EX-LIBRIS
浪漫舊書

舊書浪漫

讀閱趣與淘書樂

李志銘 著

一場浪漫的時間旅行

吳卡密（舊香居店主）

不久前在為鹿島茂《古書比孩子重要》寫序時，讀著資深重度書痴的愛戀史，不自覺會想起周遭認識、接觸過的書人書痴們，如書中所言：「古書店既是通往過去，自由旅行的時光機，但恐怕也是讓善良老百姓淪落地獄的陷阱。」有經驗、嗜書癖的書人絕對了解書海無涯，對於他們，買書藏書往往是越陷越深、愛戀無盡，征服了某個領域的古書，又會對別的領域展開新的幻想，徹徹底底就是條不歸路，書領著人從原來的領域不斷擴張，即使不向外延展，一旦上癮，大多也會走向特定的收藏主題，朝向專家之路，勇往前進。

每個書痴書蟲的演變過程，大抵不外乎從一開始買書是出於需求，買需要讀的書，繼而開始搜尋想要讀的書、特定作家的書，接下來是從新書買到舊書，想搜盡所喜歡類別的書，並立志要讀完所有的書！最後是追求特殊版本：限量毛邊、裝幀特別、書封美麗，甚至到即便是看不懂的文字也統統納入書架，買書、玩書、藏書一次到位，書痴書奴已經確立！嚴格說，十多年累積下來，志銘已離最後階段不遠矣！

志銘從寫碩論開始泡舊書店，論文完成後，他也變成每天「不是在書店，就是在前往書店的路上」。若說每天都在書店或許是誇張了！但一年三百六十五天將近有四分之三的時間，他絕對是每天遊走在城南，穿梭在新舊書店間，在舊香居看到志銘或在他筆下其他書店捕獲他大概也不意外，唯一固定時刻的是每週四明目書社的開箱時刻，和一幫同好前輩們談天，傍晚時刻最容易巧遇他！若問他為何天天往書店跑，他肯定會憨憨的笑著，一時之間無法回答。因為對他來說，這根本不是問題，書店幾乎已是他每一天的固定行程，生活的一部分，週而復始的慣性行為。

一如黃裳說琉璃廠書肆有沙龍氣息，書店是文人聚集之地，書友聚談，交換意見與軼聞。志銘也喜歡講沙龍，尤其偏好舊書店，舊書古本老物件對他就是有擋不住的吸引力，彷彿瞬間開啟與過往時光的連接，墜入某個不知名的兔子洞，尋書訪書像是未知的冒險，人與人的交流好比不期而遇的浪漫邂逅。書店和書，早已是他生活的基本配備，如陽光、空氣、水一般不可缺少！

書店對他而言，也是知識、靈感的充電所，在拓展視野和刺激多元創作上都有絕對的影響力。但最吸引他的仍然是因書結緣的同好、各有專攻的前輩朋友們，這些經常偶遇的書人班底們，是實體書店最可貴的風景。在書店的交流當然不只聊書，也時而穿插些妙人妙事、FB藝文界的奇人異事等。就創作的角度來說，除了書之外，書店沙龍中人情、故事相互竄流，也是不可錯過的風景之一。

志銘旺盛的求知慾，如同餵不飽的飢餓，加上高度的好奇心和學習力的驅使下，他努力學習日文，是為了更貼近日本文化。因老辜（辜振豐先生）翻譯《惡之華》期間，經常陪同進出信鴿法國書店找資料，不知不覺接觸許多具有特色的法文出版品和文學小說，不諳法文的志銘，也折服於法國出版品的魅力，定期拜訪信鴿便成為固定行程之一，相信不久後他應該也會跑去學法文。

每每看到他的新文章，就發現他平常看似沒作筆記的習慣，卻絕對有張大耳朵，將大家閒談、交流間所分享的種種都吸納成他寫作的靈感之一，朋友的喜好樂趣，彼此影響，所謂近朱者赤，近墨者黑，我對法國文學的喜好，閱讀的內容似乎間接也成為了他的喜好，好學好奇的他總能在短時間練就功夫，沒多久我們就可以談沙岡、談波特萊爾、談伍迪艾倫、談亨利．米勒，有時看他信手寫來，輕鬆快意，不刻意渲染、自然自在的表達，我想，源源不絕的熱情是他寫作的最大動力。多年下來，看似他用文字打造出一座書天堂，倒不如說他因進了天堂有了翅膀，讓他可以展翅快意的遨遊其中。

延續《讀書放浪》，《舊書浪漫》更多了點個人情懷式的抒寫，看來寡言憨厚的他，或許很難和浪漫二字立即連結，但他每每見到自己喜歡的書本、裝幀時，總會像撫摸小孩、小貓般反覆摩娑。記得有一天他用極其興奮的語氣和高亢的聲調告訴我，剛看完根據棟方志功《板極道》改編的傳記電影《我はゴッホになる！愛を彫った男．棟方志功とその妻》，飾演棟方的男演員相當出色，不僅做足功課，更精彩是日常生活的呈現，將棟方志功的氣質、神韻表現得維妙維肖，志銘滔滔不絕地描述主角創作時的情景和投入狀況，尤其是平時木訥的他，一碰到開心的事便會口沫橫飛、手足舞蹈。志銘在說棟方志功的同時，我也覺得此時的他不也是如此嗎？面對偶像、書事、創作，埋首其中樂此不疲，寫起文章自信有力，談起舊書口若懸河！總覺得他骨子裡的浪漫基因絕對爆表！當年他毅然放棄穩定的工作，挑戰專職的作家生涯，若沒有龐大的熱情、開放的心態，肯定無法下定決心，一路走來，雖也有困難、焦慮，但不可動搖的執念，是他前進的信心！

一直以來我們用「玩書」的概念和大家分享關於買書、藏書、有各種癖好，熱愛紙本書之行為，以更輕鬆、浪漫的心情來傾訴對書的迷戀。對志銘而言，寫作不僅是與自己的對話，每天持續寫作也是對外在世界的傳達，將閱讀的心得、新奇的發現與觀察研究，定時吸納、整理、提煉、撰寫出最精華的一篇篇文字，傳遞給大家。藉由分享的熱情，慢慢堆砌成屬於他獨具一格的書話。

《舊書浪漫》收錄兩篇關於舊香居的文章，對於舊香居，相信他有不同的情感與角度，某部份的志銘是和我們一起成長，一如他常常揶揄自己：「他在書店地下室是有床位的。」如果說舊香居滋養了他，使他更強壯，我想他是不會反對的！身為他的資深戰友、夥伴，志銘也常會催促我，應該靜下心來把書店一二事，由我的角度去呈現和敘述，寫作並非我的專業，有的只是想分享的心情和熱情，舊書不比新書可以有鋪天蓋地的宣傳，現階段我只想把舊書珍本的價值分享給更多人知道，一步一腳印，扎實、持續地做下去，努力在不同世代的視野中建立價值，將這些可以通過時間考驗的好書不斷延續下去。

我也大方地將我從未公布的童工照片獻給《舊書浪漫》，十多年的情誼、人來人往、相互碰撞，一生中不常有這麼深的緣份，可以一起成長、共同追逐相同的目標和理想，能理解、支持彼此的夢想和信念，為書店紀錄下許多的點滴。

愛書人的浪漫，往往是一種天真和執著，也許看似有些不切實際，但正因如此才能成就這麼多有滋有味書的故事，和看不盡的書店風情。對於舊書古書的狂熱者，一定能理解過去和現在相互糾纏的真實感，被喚起的熱情跨越了時間，再次建構出屬於這時代的意義和價值。翻看《舊書浪漫》如同展開了一場閱讀冒險，新與舊的界線在志銘的筆下是不存在的，一篇篇的讀書誌如同志銘的生活實錄，蛻變的痕跡，彷彿我們一起經由觸摸、聞嗅、想像、感受經歷著一趟獨一無二的舊書時間旅行。

相遇的表情
陳允元（詩人）

一九三三年七月，時設籍於明治大學文藝科的巫永福，在《福爾摩沙》創刊號發表了小說〈首與體〉。小說描述一對來自殖民地台灣的青年漫步於東京街頭，打算到帝國飯店的東京座觀看契訶夫作品《櫻園》的演出，卻同時憂慮著「首」與「體」相反對立的問題：青年S想留在東京，台灣的家書卻催他返鄉，處理結婚問題。一九二〇年代的知識青年帶著社會改革之志前往帝都東京；一九三〇年代，有志於文學藝術、懷抱「前進中央文壇」之夢的文學青年，也前仆後繼來到東京。巫永福之外，張文環、楊熾昌、翁鬧等等，都在行列之中。東京的魅力，翁鬧曾在《有港口的街市》寫道：「大東京是一塊巨大的磁鐵，將這地上所有的存在物不斷地吸引過去。」

留學生作家對東京的迷戀，倒不是耽溺於爵士樂、霓虹、咖啡廳的摩登物質生活，而毋寧是愛其作為西方文明之中介、也作為東亞文化發信地的這個層面。他們的文學之卵，必須在與世界同步的文化刺激中孵育、茁壯，長出自己的羽翼。同屬留學生的劉捷即在〈台灣文學鳥瞰〉描述，他們「處在中央文壇膝下，對世界文學的潮流有最敏銳的感受」。這一點，在巫永福身上有深刻的體現。他在明治大學文藝科階段，即師事橫光利一、小林秀雄、山本有三等大家；小說〈首與體〉，也有這麼一段敘述：「身為文學青年，對於能接觸到偉大作家的戲曲，自然感到十分的興奮跟欣慰，平常上學總是無精打采的，今天卻不管風大，一路笑談著到學校」；青年S與敘事者「我」開始讀契訶夫的契機，是放學途中發現契訶夫的全集。

讓他們發現契訶夫全集、進而接觸世界文學的，想必就是鄰近明治大學的書街神保町吧。一九二九年，打出「考現學」旗幟、在震災後「帝都復興」的昭和初期東京進行都市風俗採集的今和次郎，在其編纂之《新版大東京案內》寫道：「若到市電駿河台下到九段坂下之間、橫亙於神保町北神保町的電車通的兩側走走看看，會因櫛比鱗次的店家幾乎都是古本屋而感到驚訝。」這一段路線，便是小說中兩位台灣青年下課後的漫步路線的其中一段。巫永福曾這麼回憶他的神保町：「安定開放與繁榮的東京、神田神保町的書店，原書或翻譯本想要的書籍什麼都有。」言談之間，彷彿可以看見八十年前的他站在東京街頭，與書相遇的欣喜的表情。

二〇〇七年，當我第一次飛抵東京，第一個想去的當然便是神保町。如同當年巫永福漫步於神保町的情境，日本最新出版的書、重要海外思潮的譯本，只要逛一圈都找得到。更神奇的是，由於古本屋的存在，原本歷時的時空，竟壓縮在一間間個性、專門各異的書店裡共時呈現。記得第一次走進戰前即已存在的「田村書店」，穿過門口一落落高高疊起的套書，進到狹窄的書牆走道時，我倒抽了一口氣。先前在文學史上讀到的明治時期以降重要作家著作的初版本（有些甚至還附有作家署名），竟就這樣排排站，陳列在同一個架上，心裡真的相當震撼。一個書櫃，便是一段文學史。而一九三〇年代台灣留學生作家曾經歷的閱讀時光，竟也躲過了空襲、與世事的各種變數，被保存了下來。去年因研究之故，在東京的早稻田大學待了七個月。除了神保町，早大往JR高田馬場駅方向的古本街，或是高圓寺、阿佐谷、荻窪一帶，也成為流連忘返的地方。我不是什麼藏書家，一來沒有財力，二來對研究者而言，初版、復刻版或圖書館的複印都無所謂，重點在於資訊。然而我也曾因偶然的機運，在不起眼的角落，以便宜的價錢購得刊有呂赫若〈牛車〉的《文學評論》（一九三五）、楊熾昌當年耽讀的《詩と詩論》（一九二八年創刊）數冊、西脇順三郎的《歐洲文學》（一九三三）、百田宗治的《詩作法》（一九三四）、幾冊刊有饒正太郎作品的詩誌《新領土》（一九三七年創刊）、以及庄司總一的《陳夫人》（一九四二）等。在日本的古書市場，這些名字未必受到太多重視，對台灣人而言，卻有截然不同的重量與意義。特別在異鄉東京、在昔日的帝國首都，捧讀這些與殖民地時期的台灣有過連結的古書，所感受的，並非只是懷舊的情調，而是透過他們的書寫與閱讀，碰觸那一代人曾有的美好與憂鬱。

談到古書，當然，除了神保町老牌的古本屋，日本還有各種不定期舉行的「古書即賣會」，以及購書網站「日本の古本屋」（https://www.kosho.or.jp/）。前者是市集型態，參與的各家書店雖大都不會精銳盡出（多是庫存出盡），但仍能翻找到一些好物。跟許多歐吉桑（這種場合幾乎不會有年輕人出現）比卡位、比眼手的速度，也是古書即賣會的另類趣味之一；後者「日本の古本屋」則由「全国古書籍商組合連合會」創立，是古本界的大型購物網站。由於參與連合會的古本屋遍布全國，查詢、比價，都相當便利。滑鼠一按，就可以直接購得一九三〇年代的書籍，並宅配到府，根本就是一種穿越劇式的超時空體驗。

日本從求快速流通、價格低廉的二手書的市場概念，發展出以珍本為核心的古本文化，當然已相當成熟。曾為古本屋店員的三上延圍繞著古本而寫的系列小說《古書堂事件手帖》（二〇一一—）受到極大歡迎，並改編成日劇（二〇一三）。台灣的古本文化，則在近十幾年間急速受到重視。長我幾歲的志銘兄，是台灣古本文化的參與者，同時也是很好的觀察者、推動者。二〇〇五年，他的第一本書《半世紀舊書回味》出版，一上市我就買回家了。那時的我正賃居於溫州街以及大學口一帶，每天下課回家、或出門吃飯的路上，就是逛書店，或到某二手書店找打工的朋友聊天鬼混，對舊書文化非常好奇。後來真正認識志銘是在舊香居，經由卡密介紹。大概是他的第二本書《裝幀時代》（二〇一〇）出版的時候吧。當時我也正在籌備第一本詩集《孔雀獸》（二〇一一）。有時在舊香居遇見，便會聊一下進度，請他給我意見。詩集的新書發表會，也請他來當我的與談人。轉眼又幾年過去了。這一段時間我甚少寫詩，除了開始當菜鳥講師，也埋首寫枯燥的論文；志銘兄則繼續穿梭於巷弄書肆之間，尋書、訪人，又完成幾本膾炙人口的大作。二〇一一年的《裝幀台灣》、二〇一四年的《讀書放浪》，再到今年即將出版的《舊書浪漫——讀閱趣與淘書樂》，大致可以看到志銘的關懷軌跡。他從整體的台灣舊書發展史的建構出發，逐一探詢、深入這條鎖鏈可能涉及的每一個重要層面，包括裝幀的設計家及裝幀本身、古本的流通與相遇，乃至作為媒介的古本書屋、經營古本書屋的人，以及作為讀者的志銘所寫下的閱讀筆記。志銘每一本著作的核心，說穿了，便是書與人、以及人與人的相遇。特別在《舊書浪漫》，志銘花了相當多的篇幅談讓書與人相遇的書店。然而書店，除了作為「城市的表情」，志銘更讓決定每一間書店的表情的店主——她／他的才具、個性與溫度——鮮明地躍於紙上。書店的魅力，決定於店主的選書、及其對閱讀空間、互動空間的營造。因此書店的魅力，其實就是店主的魅力。然而什麼樣的人會來到店裡、想找什麼樣的書呢？——這畢竟就不是店主可以預知、掌控的了。相遇與不遇的故事，天天在書店上演。常駐於書店一角的店主，大概是看過最多尋書者表情的人了。

「相遇」是志銘的主題。也是相遇，促成志銘每一本著作的完成。這一篇文字，亦是如此。拉哩拉雜，是為序。

輯一

相約在書店

一頁台北・書店之城

書店在城市裡，就像是一段段被傳唱的故事。

從上世紀二〇年代在日治期間獨立設市迄今不到百來年歷史的台北城，隨著一股亟欲吸收外來文化以及謀求工商業發展太過快速更替的時間之流，許多即將面臨衰敗的老街區在短短數年內徹底被迫更換成了一副陌生的青春容顏，無論是七〇年代因應道路拓寬規畫遷移舊書攤的牯嶺街，抑或見證了世紀末三十年老台北歲月風華的光華橋地下商場（該商場於二〇〇六年正式拆遷），就連早期六〇年代曾經作為台灣書業重心、繼八〇年代過後店面裝潢連年翻新的重慶南路這條老字號書店街看在不少資深愛書人士眼中也都夾有一份難以言喻的蒼然古味。

舊時的老商圈店鋪拆除殆盡，換來與捷運共構的新建築。幾乎所有關於對這城市的往事追憶和老街巷弄裡尋常人家的眾聲喧譁，到了最後也就都自然而然地沉澱到這些書店的紙頁間。

相較於中國北京或日本京都這些東方現代千年古都，在近代城市發展史上仍屬年輕的台北予人遲暮之感格外鮮明，城市裡太多突如其來的迅疾驟變不留下任何記憶殘痕，只停格在所謂懷舊題材影視劇的情節想像之中。

當一處城市空間充滿了喜新厭舊，那便是「誰也不記得誰」。偶然翻閱多年前（二〇〇四）晨星出版社彙編《台灣書店地圖》所刊載全台書店名錄，訝然驚覺其中就有不少特色書店如今已是不存在了。我幾乎可以扳著手指數出許多名字：桂冠書局、木心書屋、草葉集概念書店、儒林書店、墊腳石書店、凱風卡瑪……，多少年來這些書店隱身在台灣城鎮大街小巷默默地守候著寂寞散播著書香，直到有一天它們突然宣告消失，只來得及在幾個熟悉的讀者心頭留下一個悵然的背影。

每在一家書店歇業隱遁之後，誰又知道那些被遺棄的書籍的下落？

因為開了一家書店，所以美好

人的生活方式有多少種，書店的城市表情就有多少種。作為所有一切故事的起點，何妨熟悉一座城市首先從它的書店開始。

按香港專欄作家馬家輝的說法，港島當地特色小書店大約以每五年為一循環，意味著即便其中一家將要關門倒閉了，不久後必定又會有另一家懷抱理想熱血的新書店再起爐灶。宛如山林野草般，台灣南北城鎮大小獨立書店也就彷彿周而復始地同樣死了一批又新生一批。

往來出入在這半徑方圓五點七公里、匯聚了島內最多書店與咖啡館的台北盆地。

2010年蘭臺藝廊舊址（台北立農街）。

2015年蘭臺藝廊新址（台北義理街）。

儘管最近幾年台灣書業出版界盛傳「景氣寒冬」之說日益甚囂塵上，城市裡總還是不乏有人無畏現實殘酷而不斷前仆後繼地投入「開書店」往火坑裡去。

二〇〇七年，我從書友Booker口中得知北投地區將要新開一家舊書店，位在鄰近陽明大學、地處天母、北投兩地往來捷徑的立農街上，名曰「蘭臺藝廊」。女主人May自云從事稅務及地政工作多年，卻因始終忘情不了童年時在父親引領下遨遊書海的甜蜜舊夢，所以才開設了這家夢想中的書店，除以鬻書生活為樂之外還不時兼作藝文展覽。室內約莫只十來坪的書店雖小，卻有著難得一見整面明亮精緻的大片臨街櫥窗。後來我幾度造訪「蘭臺」，也確實在這兒淘到了不少寶，記得包括蔡琴的絕版黑膠唱片《火舞》、廖未林設計封面的舊版小說《多色的雲》，以及台北縣文化中心未曾對外發行的《江文也紀念音樂會》現場錄音專輯等，幾乎都是從「蘭臺」得來的收穫。

平日除以鬻書生活為樂之外，「蘭臺藝廊」還不時兼作免費藝文展覽。這些活動包括有「前塵影事—五〇年代電影傳單本事、集刊、歌本特展」（二〇〇八年八月三十一日—十一月三十日）、「口說無憑—古契書收藏展」（二〇〇九年八月二十九日—十一月二十九日）、「粉墨登場—王小明老師臉譜面具珍藏展」（二〇一〇年四月十七日—七月四日）等精采內容。

位居城鎮一方偏隅的「蘭臺」儘管挾有某些地利之便，包括鄰近陽明大學文風興盛，又是天母與北投兩地往來的捷徑，有利於二手書店生存。然而，畢竟現實世界裡的書商夢想之路艱困難行，所謂「開店容易守店難」，加諸台灣書業大環境頻傳景氣寒冬的慘澹警訊，總不禁讓人掛念在大城市裡這樣一家精緻小書店到底還能維持多久？

雖言世事豈能盡如人意，但仍值得慶幸的是，前年（二〇一三年八月）聞知「蘭臺藝廊」已搬遷到附近義理街巷弄內，該地點雖屬僻靜但空間卻更為寬敞，而女主人亦相信「酒香不怕巷子深」、堅持不在巷口做任何招牌與宣傳，漸漸地一些原本的老主顧也開始陸續「回鍋」，可見一般所謂「開書店賠錢」之說，有些時候到底還是阻擋不了愛書人的滿腔熱情。

搭上捷運淡水線，一路從城南逛到城北，遠離市中心書店密集區來到「蘭臺藝廊」往往更能遇見那份難得置身化外之境的特殊悠閒。

蘭臺藝廊書店風景。

乘一陣風穿街走巷，晃過人生海海。

及至去年（二〇一四）盛夏，嗔愛戀書之人在台北開書店的「美事」又再增添一樁。此一緣分起於十多年前，當時仍只是碩士班學生的我，正剛開始起步研究台灣舊書業歷史，並且四處走訪台北附近的二手書店。記得那時差不多是在二〇〇二年底，我在和平東路（現今「台北教育大學」對面）邂逅了一家新開張的書店——名曰「何妨一上樓」，前後造訪過兩三回並還買了些書，其中大多是和我當時撰寫碩士論文題材相關的近代書話與出版史著作，此外尤論其店內小而雅的書香氛圍，乃至店主本身愛書情切的博聞健談，皆令人留下極深的印象。但可惜的是，待我數月之後想要再去探訪，才知其早已歇業。

沒想到過了十多年後，原書店女主人文自秀歷經沉潛再度復出，於大稻埕甘州街「基督長老教會」旁一幢老屋店面重啟書緣，喚名「文自秀趣味書房」。開幕之日便堂皇推出「日本名著復刻本百部展」，現場展售夏目漱石、永井荷風、石川啄木、與謝野晶子、樋口一葉、谷崎潤一郎、川端康成、芥川龍之介等明治、大正、昭和時代的文學裝幀經典（復刻）一百部，平素則以談書、蒐書為樂。書房本身風格一如既往，如今儘管店名稱謂大不相同（店主強調此處是

2002年何妨一上樓書店標籤。

「書房」，而非「書店」），而女主人殷切替有心人找書的那份熱情亦仍不變，但每週卻只開張三天（週五—週日）午後至傍晚，且隨店主當下心境及趣味之所至，仍會不定期策畫各檔主題書展（如三島由紀夫初版本展、《銀花》期刊雜誌展、歐美與日本復刻老童書展），號稱是「最任性的書店」[1]，其人灑脫直率若此，至於「開書店究竟賠不賠錢」這等掃興問題，我想最終也就只得交由香港抗世詩人吾友陳智德最新出版發表

大稻埕甘州街文自秀趣味書房藏書風景。

的一部詩集名稱來回應了：

《市場去死吧！》讓我們從此理直氣壯地宣稱。

明知其不可為而為，面臨（抵抗）無所不在的商業壓力卻仍不放棄理想，難道竟是眼下大台北地區獨立個性書店以身殉美的共同宿命？只是不知若干年後，屆時還會有多少人能依戀那曾經分據城市邊緣南北一隅依舊堅持在低迷世道中苦撐的「小小」與「有河BOOK」。

不大記得有沒有人這麼說過：決定「開書店」當下的心理狀態多多少少也就像追逐「一夜情」，因為兩者同樣都是基於「一時衝動」。

書店以內，祕境之外

了解一座城市其實遠沒有我們想像的那樣簡單。發現一處城市的隱祕部分並不在於它本身是否神祕，而在於人們能否經常以一種陌生眼光與心情來看待那些似曾相識的熟悉地方。隨處遍布住商混合的華街陋巷，構成了台北城市街道引人入勝的獨特魅

[1] 二〇一五年五月，「文自秀趣味書房」女主人復因家中諸事紛忙，故而選擇再將書店業務停歇，暫別讀者告一段落。

力，得以令你在熟悉和陌生之間有太多被縱容的新舊細節可供回味。

不少難得撥冗來台的香港背包客、大陸學者專家等外地人士，一到了台北，行程中總不免指名要走訪一趟二十四小時不打烊營業的誠品書店，尤其是在夜半時分眼見一大群人仍窩在書店裡閱讀的奇妙景象，每每讓這些熱愛閱讀的海外華人感到著迷不已。

未曾久居台灣的異鄉客，僅僅走進門面光鮮、可供購齊大量書種的誠品敦南或信義旗艦店，便自以為見識到了所謂名聞遐邇的台北書店風景。殊不知，對於本地書蠹圈內識途老馬來說，越是開在小街小巷裡那些頗為雅緻精巧的書店，其實才是真能讓人悠閒遊逛兼顧淘書樂趣的一處隱祕花園書天堂。舉凡溫州街、汀州路、師大路、龍泉街、青田街一帶的書店大都保有些內斂的純樸古風，無論周邊城市建設如何擴張變化，在我印象中這些書店總是予人彷彿置身小城的感覺。

挑一個閒暇的午後，抑或傍晚時分趁著好天氣，來到這幾許書肆街巷走走看看，人們或許將會突然弄懂了對於書店的曖昧情愫：那是一份無論你是有意識的巡店淘書、抑或只想隨意找個去處把心放空皆無所窒礙的單純自在。

地底下的書墟微光

二〇〇八年十月，一群個體書店經營者有感於在主流市場上勢單力薄，其中包括台北「小小書房」、「有河BOOK」、「唐山書店」，新竹「水木書苑」、「草葉集概念書店」，台中「東海書苑」，嘉義「洪雅書房」，以及花蓮「凱風卡瑪兒童書店」等八家獨立書店為此共同成立了「集書人文化事業有限公司」（又稱「獨立書店聯盟」）以期獲得更多的活動能量與生存空間。

其實早在三十年前，當所有這些個體書店尚未出現集體發聲之際，有一家名副其實的「地下」書店即已在熱鬧的台大商圈與連鎖書店夾縫中默默地推展所謂「小眾文化」（Minority）理想奉獻迄今。

回首七〇年代初期的台灣，乃是島內時興學運及社運風起雲湧、文學出版事業將欲蓬勃發展的啟蒙年代，學院圈內開始流行的馬克思主義、結構主義、後結構主義等時髦理論讓許多知識青年趨之若鶩。一九七九年高雄「美麗島事件」發生那年，當時有感於國內人文社科類型專書取得不易、早先在台大校園附近販售「翻版書」起家的陳隆昊以三十萬元微薄資金成立「唐山出版社」，五年後（一九八四）又在新生南路開設第一個「唐山書店」門市。

經營初期由於正值解嚴前後、各類思想資訊尚未開放，「唐山書店」主要販售的社會主義理論書籍遂多次引起警備總司令部和新聞局的密切關注，不時會有警察來沒收禁書，然而彼時青年學子們的讀書熱情並沒有因此稍減，店內翻印未授權的許多外國原文書不僅銷路極佳，比如當年陳隆昊第一本印製翻版Giddens的《資本主義與現代社會理論：馬克思、涂爾幹、韋伯》據說在兩星期內就賣出八百多本，此外像是德國社會學家馬克・斯韋伯的《新教倫理與資本主義精神》即使到了現在也仍是書店裡的招牌常銷書。

八、九〇年代漸以社會學「翻版書」事業打響名號的「唐山書店」，於焉成了台灣引進大量西方現代批判理論新思潮的重要渡口，各式各樣新穎的知識在此匯流，除了學生以外，也吸引許多教授來買書。當年「唐山」幾乎可稱得上是全世界知名的盜版書店，不少國外教授來台甚至會指名專程造訪。回顧過去幾番吹起學運風潮的全盛時期，「唐山」一度還曾兼營咖啡館，台大大新社、大陸社等知名社團最愛來「唐山」店裡開讀書會並討論運動實踐的方針，時常到了快打烊還捨不得走。

「以前書真的很好賣，」陳隆昊回憶：「那時台灣社會有股非常渴望改革的力量，初解嚴時這種感覺更是強烈，大學生開口閉口都是批判理論，一本厚厚的《哈伯瑪斯研究》原文書，一賣就是幾百本。」反倒是經歷了解嚴多年之後的現在，大半輩子幾以販書為志業的他不禁感嘆：「人們的求知欲反而沒有像以往過去那麼旺盛了。」

琳琅滿目的人文社會叢書之外，文學書同時也是唐山的另一大重點特色，更是許多年輕作家詩人甫出茅盧尋求獨立出版的發跡處。打自書店創辦以來，唐山對於寄售自印詩集來者不拒，只抽一成所得，長期支持創作者。此外，還有很多是其他書店買不到的，像是一些出版社的倒店貨，「唐山」有時也會搜購一些倒閉出版社的庫存書擺放堆置在新書平擺桌下方，靜待愛書的有心人前來挖寶。

三十年來，唐山書店總計搬過兩次家，不過都圍繞著台大周邊打轉。如今位在溫州街「秋水堂書店」對面高掛著美語補習班字樣通往大樓地下室的「唐山」至今仍無明顯的招牌，僅僅在裡面陳舊的

近三十年來，唐山書店一直是閱讀青年口耳相傳的「地下書城」。

水泥樓梯版下貼了斑駁的「唐山書店」四字，隨著幽暗狹長的樓梯緩緩步入，潮濕霉味和略顯陰暗的氣息迎面而來，周邊牆面則是層層疊疊貼滿了小眾電影、講座、演唱會、劇場表演等各種藝文活動及海報，當然更別提店門內有如存書庫房的大量書籍擺得到處都是。所有這些簡陋破舊外觀所透露的，不啻正是老字號「唐山」長久以來僅賴口耳相傳毋需任何藻飾與遮掩、於樸素中稍帶髒亂與隨性的某種獨立精神。

一般連鎖書店所講究「窗明几淨、音樂悠揚」的舒適環境從來不是「唐山」所需，店內陳列書籍的桌子與櫃架亦是平凡無奇，並未配合書店氣氛作特別搭配。只有書，才是這裡的真正風采。

近年網路時代來臨，加上大環境的社會變遷，連帶使得不少老牌書店紛紛走向關門一途，這段期間「唐山」儘管也屢屢傳出經營危機，但仍始終維持它一貫的小眾、反叛調性，棲居在巷弄的地下室內屹立不搖。

門外低頭亂翻書

就像大自然界慣常依循先前留下蹤徑巡跡覓食的蟻族一般，我從多年來的「逛書」習癖當中也無意間養成了某些特定偏好「覓書」的私路線：

首先，大抵沿途巡逛汀州路上的「古今書廊」、「茉莉書店」，乃至台大校門對面的「胡思」、「總書記」期盼遇得些許舊書機緣，接著橫越羅斯福路、來到台電大樓對面地下室的「山外圖書社」陸續挑揀最近期上架的簡體新書，此刻若是尚有餘裕，便再直奔溫州街上的「若水堂」與「唐山書店」。要不，倘若當天正值禮拜四的日子，通常就是特地前往「明目書社」專程走訪一趟，主要理由倒並非是純粹為了書，而只是想來這兒感染一下店門裡外主客齊聚品茗談天論地的書人氣氛罷了。

常來「明目」的書友們都知道，逢了週四這一天午後，書店老闆賴顯邦照例載著一車新進貨的簡體字書從台中來到台北，店員以美工刀裁開封條，把一箱箱新書放在地上打開、還來不及擺到書架上，聞風而至一批買書成癖的老客人便彎下腰，毫不客氣地挑搶起書來。甚至，還會有人順道帶了紅酒約了朋友，大夥乾脆就地圍起門外院子裡的方桌聊天，或者喝上賴老闆泡的一壺茶，書香配著茶香各言其志，一坐近黃昏。傍晚有時甚至還會生起炭

明目書社最初在台大對面的新生南路上擺攤起家（約攝於1990年代／明目書社提供）。

溫州街上有著古早舊書攤況味的明目書社。

火煮一鍋雞湯，一旁偶爾烤烤番薯，還有從老家帶上來的蔬果野菜，讓有緣在此聚首的書友熟客們隨興享用。

執一而論，「明目書社」雖是以社科類學術著作為主的簡體書店，實際上反倒讓人感覺更像是台灣早期充滿人情味、帶有老派「柑仔店」風格的舊書攤：用紙箱裝著的書籍就直接堆放在地上，一箱一箱從院子裡蔓延進店內，登門訪書的書友們得低頭依次查看。或許逛慣了一般書店的讀者偶爾會覺得有些不便，但店主自有一套說法，說是書友應該在知識面前謙卑、低頭，想來也不無道理。

類似這般獨特的鄉俗氛圍，回溯大約二十年前（上世紀九〇年代初）在台大側門（新生南路）對面擺地攤賣書的歷史盛況早已有之：同樣也是書箱都還來不及擺好，讀者已瘋狂似地開箱動手翻書搶書，也不管有沒有需要、先拿再說，就是不能有所遺漏。據說「明目」的第一代客人就是這麼在街頭認識的，所謂「明目開箱儀式」大抵也就從那時開始，週週行禮如儀。而等到經營客源稍事穩定後，「明目」隨即從街頭轉進了台大對面的溫州街巷內，於一九九〇年正式掛牌成立出版社和書店。庭院門柱上釘著一塊不起眼的小木板，上面用白色顏料寫著「明目書社」，這就是它的招牌了。

十幾年經營下來，乍看「明目」店面約莫不到十五坪的空間陳設簡陋，經常把書像地攤貨一樣擺賣，卻總有川流不息的客人流連忘返。「對我而言，書店不是咖啡廳，要裝潢得漂漂亮亮還要有音樂陪襯，」賴老闆說道：「當初只是想要做一位專業學術材料的提供者，到現在理念也一直都沒有改變。」

早先就讀北大哲學研究所兼職翻譯、隨後由學院圈內半路出走投身鬻書事業的書店老闆賴顯邦，自有其不甘受體制局限的卓爾理念。對於學術界，他其實有著不盡的批評。在他看來，如今整個學院早已定型僵化，學術語言和規範的標準化，更讓形式化既深、無法容納奇能異秀的體制本身益形鞏固，這也是「明目」於二〇〇八年五月獨立發行《門外》雜誌第一頁昭然寫著「院中少異秀，門外多長音」所欲殷切陳述的微言大義了。

這份三十二開大小、首刊發行一千本的刊物《門外》主要仿照日本「同人誌」模式，邀集平日慣來書店逛書串門子的書友同好們寫稿編印，全書內容僅五、六十餘頁的簡短篇幅，囊括了小說、哲學論述、散文、新詩以及攝影。此處「門外」一詞無疑昭然宣示圍繞著他的書店的這群作家、教師、編輯、攝影家及其他民間奇能異士，其實才是台灣社會醞釀新思創見與文化厚度的根柢所在，並且，作為一種既存於學院大門之外的多元聲音不斷綻放出遍地花火。

微風吹過店門前庭院綠意環繞的瞬間，有些許涼意，也很愜意，原本看似地窄人稠的台北城竟也頓時感覺開闊起來。

明目書社自製獨立刊物《門外》。

舊香沙龍：
台北城南瑯嬛寶窟「舊香居」

遙想世外桃源的藏書洞天，元人伊世珍曾以「瑯嬛福地」形容之。然而，伊氏所云，多屬遠離眾塵紛擾超脫凡俗的「出世」境界。但其實人世間真正的書香仙境非僅是孤芳自賞，而當更是緊挨著繁華喧囂之緣界，遂取得「入世」之靜謐。

沿街市集人潮雜沓、一旁公園老樹成蔭，進出台北城南師大夜市龍泉街八十一號高懸黃君璧手書「舊香居」牌匾之所在，實為聯繫通往人間販書場域與藏書仙境的結界處。當一推開玻璃門片緩緩步入，所有對於珍本書（Rare Books）愈是情有獨鍾的蒐書迷、戀書癖、藏書狂（bibliomania）來到舊香居的剎那

僅從舊香居正門櫥窗便能讓人感受知識的火光、濃郁的書香氣息。

來訪舊香居的客人往往一副童心未泯，彷彿只需有書便已心滿意足。

間幾乎都變成了小孩，庶幾印證了唐代詩人劉禹錫筆下「童心便有愛書癖」所形容，這些讀書種子全然一副童心未泯只需此刻有書即心滿意足，彷彿阻絕了外界俗世紛擾、穿梭時空回到小時候胡愛亂翻書的歲月童年。

於此，我們不難想像學生時代曾以「九葉派詩人」為研究題材的香港作詞家林夕，當他在「舊香居」看見了心儀已久的三〇年代辛笛《手掌集》原版詩集的那一刻該是何等雀躍！

有感於一千多年前白居易詩云：「時之所重，僕之所輕」（意味當今世人所看重的恰好是我所不以為然的）這句千古喟嘆，似乎已老早勘透了時下新舊書業起落轉圜的紅塵寫照。事實上，觀望今昔圖書市場有不少好書真是這樣：當它甫出版面世仍在時，人們通常未甚愛重，必得等到絕版多年以後，方才逐漸懂得這書的價值而苦苦尋覓。至於更多那些受到時效性新鮮話題影響在短期內凝聚了龐大買氣的所謂暢銷書，往往過了有效期限，不到幾年時間便全被扔進了舊書攤無人聞問。

光陰不停地旋轉流逝，任何事物只要經過了時間，一切都會變得面目全非。不僅美人遲暮是時間所致，許多書冊經歷歲月淘洗反倒更增幾分歷史況味。大抵為這殘酷的時間所過濾的一切紙本物件，諸如書籍、字畫、籤條、廣告、信札、明信片、郵票、照片、地圖等，但凡只要是有保存研究價值者，「舊香居」自當都能將它留了下來。

既是古書店也是獨立書店

話說一家臻至美好的理想書店其實是無法確切歸類的。

尋根探柢，「舊香居」可謂兼具多種樣貌型態，其本身既是專售絕版珍本書（Rare Books）的古書店（Antiquarian Bookshops），有別於一般以廉價書取勝的二手書店（Second-hand Bookshops），同時也是在書籍產業結構中不受連鎖流程支配、並在選書經營方向上堅持其獨特私品味閱讀的獨立書店（Independent Bookstore），店內不乏香港或本地藝文創作者自印詩集詩刊明信片手工筆記書散布其間：包括小草藝術學院、詩人零雨作品、宜蘭《歪仔歪詩刊》、香港《字花》文學誌等小眾出版品皆伴隨著「舊香居」一同度過多少午後書香時光。

書店本身即是一處充滿淘書情趣與緣分的童話遊樂場。

當年看在眾多書迷眼中頗炙手可熱的，亦有從海外託人帶進來的《明日風尚》雜誌，以及由北京知名裝幀家陸智昌設計——小說家西西的簡體版《我城》、《哀悼乳房》限量毛邊本。

起先純因個人興趣之故，書店女主人吳雅慧早自香港《字花》雜誌創刊之初（二〇〇六）便將這份港產文學刊物暨相關書籍引進「舊香居」首賣，於是經由一本一本口碑相傳，智海《默示錄》、陳智德《愔齋書話》等一系列進口港版書很快受到「舊香居」讀者熟客熱烈喜愛，連帶使得香港Kubrick出版社對於台灣市場增添不少信心，未消幾載經營下來加諸種種因緣際會累積所致，遂有二〇一〇年「台北國際書展」香港圖書文化界成功登陸後的大放異彩。

實而言之，「舊香居」不啻為中港台書業

圈內第一手資訊流通的藝文中心，有時也更像是海內外各地愛書人士經常前來尋幽挖寶的國際訪書景點，但我認為最有趣、也最深具特色的，撇開所有一切外在形象不談，如今設址在龍泉街的「舊香居」骨子裡根本就是吳雅慧透過書籍元素來製造魔法奇蹟的一處童話遊樂場。

書本有靈，慧眼慧心以成幸福魔法

一則想像的童話源起於三十年前。

那是早期大安森林公園尚未闢建、台北書展活動仍以信義路國際學舍為焦點的年代，而位在國際學舍後方，有著一處舊垃圾回收場和一大片巷弄彎折如迷宮般的眷舍「建華新村」，村旁街邊有許多裱裝店、書報攤、小吃攤以及雜貨店。就在鄰近巷口的舊書舖子裡，一位面容清秀的小女孩正閒坐「日聖書店」（舊香居前身）招牌底下替父母看店幫忙，她時常興致勃勃地把店內架上同樣顏色寬厚的書一本本排列成行，有

三十年前在日聖書店看顧書籍的小女孩，以及三十年後在舊香居現身的《愛麗絲》。

模有樣地大玩起「書冊點兵錄」，班上同學也每每樂於造訪這處裝滿了各種罕見絕版品的書肆遊戲場所一同玩耍。

小女孩記憶裡數不盡的舊書幻夢，彷彿十九世紀英國作家路易斯・卡羅（Lewis Carroll,1832–1898）筆下女主角愛麗絲不慎迷途而闖進了森林洞窟，就這麼遊走穿梭於宛若後花園巷道蜿蜒相互連通的眷村院落，置身在一個既熟悉卻又總是充滿驚奇刺激

舊香居女主人本身便是店內可移動的風景，沉浸在舊書堆中的浪漫天地，恍如意外跌入閱讀旅程的時光樹洞。

1990年比鄰信義路舊香居隔壁的信義書坊。

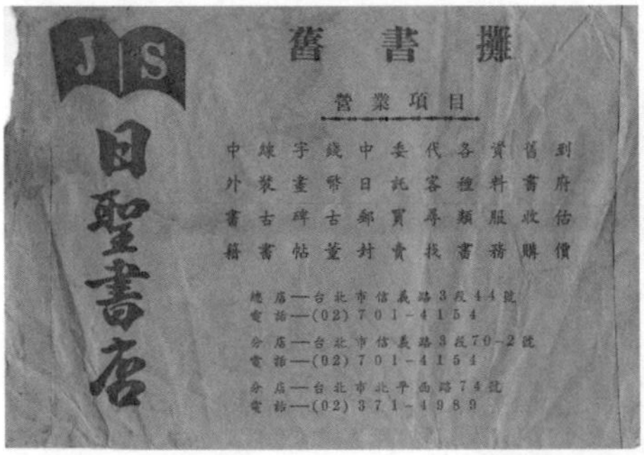

JS

日聖書店

舊書攤

營業項目

到府估價
舊書收購
資料服務
各種類書
代客尋找
委託買賣
中日郵封
錢幣古董
字畫碑帖
線裝古書
中外書籍

總店—台北市信義路3段44號
電話—(02)701-4154

分店—台北市信義路3段70-2號
電話—(02)701-4154

分店—台北市北平西路74號
電話—(02)371-4989

1970年代日聖書店廣告文宣。

1990年位於信義路國際學舍旁的舊香居。

1990年代日聖書店室內一景。

的異想國度。

隨著國際學舍書展盛況走入歷史，當年在舊書堆中玩樂不羈的吳家小女孩也長大了，之後便去了趟巴黎留學，朋友們開始稱呼她法文名字「Camille」（卡密）。

儘管現實世界的時間之流終究沒有靜止，鐘面依然無情地轉動，但過去那段追逐書物奇幻洞窟似的童年時光、昔日歡顏卻早已悄悄地凍結在那午後一瞬的永恆印象中。

不管是卡密還是吳雅慧，從「日聖書店」到「舊香居」，小女孩依舊以她始終不變的愛書深情持續編織著屬於自己的摩登童話：水汪汪可愛「小布」碧麗絲（Blythe）就倚坐在全套「三三集刊」叢書（胡蘭成、朱家姊妹）上面，豆腐人、野獸國公仔玩偶則不時陪伴在絕版郭良蕙小說《心鎖》旁，栩栩如生的紙牌外星人恆常與「晨鐘出版社」那些中外文學老版本小說比鄰而居。

1996年位在金華街156號的舊香居藝術中心。

翻覽群書，思想馳騁。

來到舊香居，不同的人與書之間經常會發生某種難以解釋的心電感應，比方當談到某人時，那人恰巧就會出現，或者某本久尋未獲之書往往卻在不經意的情況下在此相遇聚首。

其中讓人感到最神奇的，還是某天有位熟客來店裡尋找「史坦貝克」的書，一時情急之下不小心口誤說成了「貝克特」，而吳雅慧竟能洞悉對方原來真正要找的是「史坦貝克」，像施展魔法似的。但實際上說穿了，這根本也不是什麼不可思議的「讀心術」，應該說這是由於她長期幫客人找書的專業經驗累積下，能夠細心感受尋書之人常

無論再怎樣瘋狂的愛書「怪咖」，只要他們一進入舊香居，立即全都變成了「正常人」。

因蒐書情切而產生錯記或口誤的那份體貼。

如是之言，時時刻刻懇切對待書與人的誠摯心意，其實才是「舊香居」最動人的真實魔法。

融合台灣法式風格（Taiwan-French Style）的書店沙龍

一家實體書店可以讓人真正聽見各種不同型態的意見及聲音，這是現今網路書店絕對做不到的。

對此，吳雅慧常自嘲「舊香居」乃是一座吸引全世界各地愛書怪咖的「書香黑洞」。此處所謂「怪咖」，無疑是相對於世俗標準，但只要他們進入了舊香居，不管怎樣瘋狂的愛書「怪咖」立刻都變成了「正常人」，就像電影《帶我去遠方》患有先天辨色眼疾的小女孩千方百計地想要前往傳說中的色盲島，因為當同樣一群嗜書重症患者齊聚在一起時，個別之人也就不以為怪了。

還記得有一部講述書人因緣的文藝片《查令十字路八十四號》（*84, Charing Cross Road*），其中一幕場景為書店主人Frank Doel（Anthony Hopkins飾演）收到郵寄包裹，那是住在紐約窮作家Helene Hanff（Anne Bancroft飾演）遠自美國寄來的各種肉類食品

2013年跨年夜舉辦「換書趴」活動。

店主偶然隨興所至，即與幾位熟識的書友閒話天南地北，或開紅酒小酌一番。

罐頭，店內一群員工無不圍在大桌子旁感受這份溫暖。在此氣氛下，我預期眾人或許該要直接在店內開個小型Party賓主同樂，但拘謹的英國佬Frank Doel畢竟沒來這一套。

沒想到電影中由書店熟客餽贈食物的類似景況，後來竟在台北「舊香居」頻繁上演，不同的是，鬻書本務以外亦頗具十九世紀巴黎沙龍女主人（Saloniere）神采流風的店主吳雅慧偶然隨興所至，有時陪同幾位作家書友聊開之後，即席擺龍門陣或開紅酒小酌一番，為常有之事，每逢年節期間甚至還會舉行跨年「換書趴」活動。

這不是倫敦查令十字路八十四號書店的英式風情，也並非三〇年代中國才女林徽音在北京胡同自宅的「客廳沙龍」，而只是台北龍泉街八十一號所獨有、融合了台灣本土氣息與法式沙龍的台灣法式風格。

書店櫥窗且隨不同季節更迭而有各種變幻的舊書風景。

我曾對雅慧開玩笑說：幸虧當初妳去法國念書歸來時沒有嫁給法國男人，不然今天像舊香居這樣的古書店也許就不是開在台北龍泉街，而是在巴黎塞納河畔！正因為台北這座城市有了舊香居，所幸我也就可以不必再憑空戀羨法國人有令他們引以為傲的「莎士比亞書店」（Shakespeare & Company）了。

書與人，看得見與看不見的流泉匯聚

流傳於「舊香居」的沙龍風聞遠非逢迎主流，僅屬無心栽柳的書聞逸談。在固定以文史哲類書為主軸的經營走向，搭配罕見的畫冊、攝影集，醞釀出一股卓爾不群的選書氛圍，不惟老書客們紛紛回籠，同時更召喚出一批批過去隱而不現的年輕讀者流連其間，且牢牢抓緊了他們的閱讀脾胃。

在某種意義上，專業的古書店家其實都是深具隱喻的托孤者，要把一本可遇而不可求的好書交給真正能夠託付的客人。

論空間格局，「舊香居」雖不足言大，一樓

舊香居地下室展場經常不定期舉辦各種主題書展。

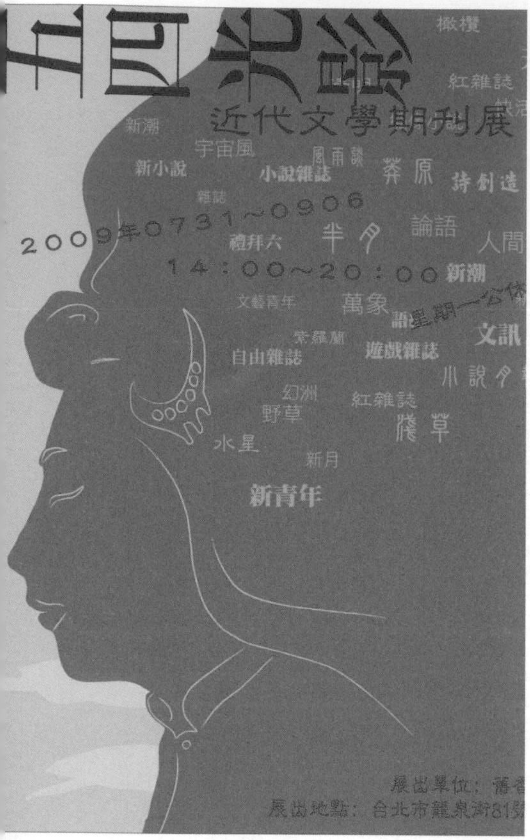

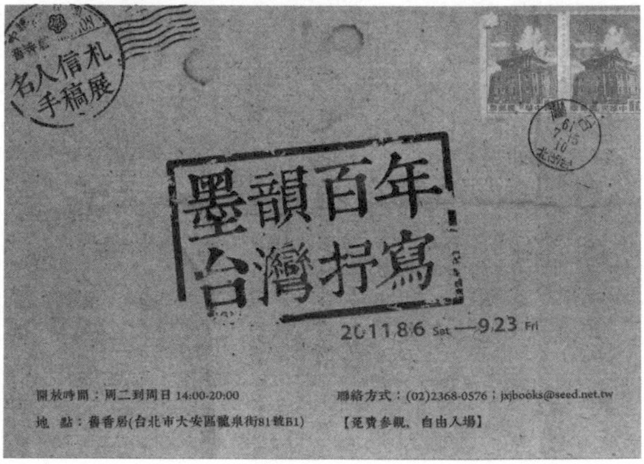

歷年舊香居籌辦年度展覽活動自製的海報文宣。

店面至多不過四、五十來坪（再加上地下室書庫工作間約二、三十坪），但徜徉其間，穿梭於古樸典雅的明式家具，俯仰觀望、游移尋書，卻能讓人感到十足天地寬敞。在滿盈書香的斗室裡，或有早已滿身桂冠的前輩文人，或有執當代文藝界牛耳的筆耕名士，或有不羈流俗行事低調的蒐書老饕。這兒就像豐沃的三角洲地帶，周圍無數條看得見與看不見的思潮流水都在此會合。

「舊香居」流泉匯聚之說，不惟對「人」如此，對「書」本身亦然。尤其是那些具有研究價值的老版本好書，不少書主人總是樂於將手頭暫不虞用的冊葉珍寶拋散於此，真切地符合了：「書往高價跑，如同水往低處流。」這句流傳在北京琉璃廠幾十年的俗諺。

雖說「舊香居」主要專賣過去的老書，但眼界與抱負卻始終朝向未來更寬廣的遠景。

自龍泉街「舊香居」於二〇〇三年開幕迄今，孜孜經營之外，總不忘透過舉辦珍本書展活動來傳達其理念。從初試啼聲的「清代台灣文獻資料展」（二〇〇四年一月十五日—二月二十八日）、「日據時期～五〇年代中小學課本展」（二〇〇四年七月一日—八月十五日）、「三十年代新文學風華：中國新文學珍本展」（二〇〇七年三月二十日—四月二十二日）、「五四光影：近代文學期刊展」（二〇〇九年七月三十一日一九月六日）、「墨韻百年・台灣抒寫：名人信札手稿展」（二〇一一年八月六日—九月二十三日）、「張大千畫冊暨文獻展」（二〇一〇年九月十八日—十月三十一日）以及紀念龍泉店十週年的「本事・青春：台灣舊書風景」（二〇一三年十二月二十五日—二〇一四年三月二日）展覽，毋庸標舉古籍保存的道貌訴求，毋須刻意迎求主流媒體的操作思維，唯一展現的，就只是回饋愛書人的純然心意。

推而廣之，「舊香居」更接連代表台灣舊書業者受邀參加第一至三屆香港國際古書展（二〇〇七年—二〇〇九年）。

表面上，看得見的盡是風華光采。但，更多的是那些一時半刻無法得見——起自八〇年代國際學舍旁「日聖書店」——吳家店主兩代人長年累積下來的文化底蘊。

2011年「台北文化護照」於舊香居舉辦「康青龍天神節曬書分享會」活動文宣。

2011年北一女中學生參訪舊香居「墨韻百年．台灣抒寫：名人信札手稿展」導覽活動。

2014年舊香居十週年紀念大展「本事青春：台灣舊書風景」展覽座談會，邀請尉天驄、楊照、楊澤來跟讀者説書、追憶青春 。

宛如一場流動的盛宴：信鴿法國書店

在台北，委實有不少像「Librairie Le Pigeonnier」這樣漂亮細緻的小店藏身在鄰里巷弄內，外頭沒有非常明顯的大型招牌，靠的多半是老主顧的口耳相傳，遠離鬧區、交通僻靜，人們唯有以步行探訪之。

此處「Le Pigeonnier」乃意指法文的「鴿舍」，中文店名為「信鴿法國書店」，書店誕生迄今已邁入第十六個年頭。近年隨著台北捷運蘆洲線的開通，更使得你我愛書之人能輕易地來此造訪，端從松江南京站走出、自街邊小巷轉角而入，沿途享受兩、三分鐘慢慢散步的光景間即可直抵這一方雅緻藏有驚奇的書香園地。

在這裡與書相遇，不單是純戀物，而是更帶有微微詩意的，一如那些不時

繽紛奪目、姿態萬千的書店櫥窗。

眾多版本的香奈兒傳記與《時尚考》。

擦肩而過的老街坊、鄰近富趣味的手創小店、巷子裡的咖啡氣味。

初來到「信鴿」，其實毋需太過急忙入內尋訪獵書，當可先於門外咫尺見方的庭院角落稍作歇息、沉澱心境，順便感受一會兒周邊的悠閒氛圍，或者對著矗立在店面中央的一大片典雅的玻璃櫥窗細細品嘗，向窗內望去，即見裡面每每搭配各個不同季節活動所作的主題陳列，包括各種精美絕倫的手工藝立體書、童書繪本、法國著名的十字繡精品等，繽紛奪目、姿態萬千，直到登堂入室便宛如置身於另一處想像世界，平台書架上對於向來重視時尚文化歷史的法國出版品而言自是少不了各種版本的香奈兒傳記、老地圖集與巴黎鐵塔攝影專輯，而暢銷作家韋振豐的新版《時尚考》也赫然在列，普通書籍從法國古典文學到現代小說皆一應俱全，旁邊玻璃櫃裡甚至還有法國高級紅酒與時下歐洲最夯的文學小說繪本，一推開門彷彿走進了紙片立體書裡的愛麗絲夢遊仙境，既華麗又平實，往往教人不捨離去。

從巴黎到台北：與法國流行同步的閱讀風景

「Bonjour!」偶然間聽到店員向客人道聲親切的法語問安，這在「信鴿法國書店」可說是習以為常的。即便是先前未曾到過「信鴿」的初訪者，相信也都會對店內那份寒暄如故的人情互動感覺印象深刻，特別是相較於其他連鎖書店，「**信鴿店員臉上總是掛著親切的笑容，**」從創店之初即已伴隨「信鴿」一同成長的資深員工小萩（林幸萩）對此強調：「**她們不僅能叫出每個老顧客的名字，甚至還記得客人來找過些什麼書，以及大致上的閱讀口味。**」由於自承並非書業科班出身，因此小萩在入行之初便很努力地吸取各種商管知識，諸如三思堂的《書店人員養成教育》、《書店經營入門寶典》，以及屋代武的《現代化書店經營戰略》等幾乎都成了她長期利用工作餘暇和每晚入睡前必讀的床頭書。

自淡江大學法文系畢業後隨即進入「信鴿」服務的小萩，彷彿骨子裡就帶有一種法國人與生俱來對待書籍與藝術創作的瘋狂和熱情，只要是她眼中認為具有閱讀典藏價值的「好書」，哪怕市場再怎麼小眾，只要還沒絕版，她都會想盡辦法利用各種管道把書訂來。這裡不少法文出版品都是從法國空運來台，堪稱與巴黎出版潮流同步，種類亦較市面上的書店齊全很多。端看屋內一整櫃價格不菲、裝訂精美的「七星文庫」（Collection Pléiade）、法國作家全集如Honoré de Balzac（巴爾札克）、Albert Camus（卡繆）、Gustave Flaubert（福樓拜）、Molière（莫里哀）彷彿就像一個個凝鑄在書架上

在這裡與書相遇，不單是純戀物，而是更帶有微微詩意的。

來自比利時的小木偶也是長年陪伴著信鴿的夥伴之一。

守護書店的文學靈魂正等候著前來尋覓的有緣人，一旁還有世界各地名家繪本的《小王子》也欲向聖修伯里致敬。

此外，曾經亦有作家辜振豐為了翻譯波特萊爾詩集《惡之華》（*Les Fleurs du Mal*）而經常造訪「信鴿」蒐集資料，並央請代訂相關法文書，沒過多久店裡便陸續出現了各式各樣插圖版本的《惡之華》，其中包括畫家馬諦斯的罕見手繪本 *Les fleurs du mal illustrées par Henri Matisse*，以及法國出版社 **petit à petit** 最新推出由十六位漫畫家集體創作的漫畫版合輯 *Charles Baudelaire: les poèmes en BD*。而我，則是在這裡首度邂逅了法國紙藝家 **Frank Secka**（1965–）於二〇一一年操刀設計的最新力作——薩德主題立體書 *Sade up*《薩德勃起》，此書透過現代攝影圖像與類似傳統巴洛克風插畫背景的結合，不禁教人驚覺紙上機關暗藏許多男女肉體交雜的排列組合與姿勢不斷變換，予以展現出前所未見的視覺效果與情色場景，也讓我自此成了每月固定前往「信鴿」尋寶朝聖的立體書迷。據

各式各樣插圖版本的《惡之華》。

說像《Sade up》這樣的書還特別搶手，不僅目前在店裡已賣到缺貨、甚至需再加訂好幾箱。

一言以蔽之，「信鴿法國書店」實乃跨越了語言上的隔閡，就算不諳法文也忍不住要沉淪。

一個巴黎猶太女子的文化大夢

在微涼的天氣裡，「信鴿」除了提供給讀者一處專業服務的法式閱讀場所之外，對於許多熟客以及曾經在書店工作過的外文系學生來說，「信鴿」幾乎成了他們心中不可或缺的另一個家，尤其每當書店舉辦大型展覽或講座活動期間，那些原本浪跡四方的「小鴿子」便會紛紛回籠到「信鴿」窩裡一齊敘舊同樂。追根探源，回溯當初之所以開始醞釀、乃至凝聚這

薩德主題立體書《薩德勃起》（*Sade up*）。

份溫馨傳承的精神源頭，即是來自小萩口中每每不忘提起的施老師——「信鴿法國書店」創辦人施蘭芳女士（Françoise Zylberberg，老友都喚她Zyl）。

時間拉回三十多年前，在那個早期台灣只知從美國《今日世界》看天下、距離法國（歐洲文化）還很遙遠陌生的年代，施蘭芳即以巴黎第七大學交換教師身份前往台灣大學任教，起先因喜愛京劇名伶「梅蘭芳」而由好友邱大環（彼時擔任台大外文系講師）為之命名的她，於一九七九年初次來台教授法語，從此她的後半生就與這塊土地結下了不解的緣分。

信鴿法國書店創辦人施蘭芳女士。

來到書店，離櫃台不遠處的書架頂端擺放了施蘭芳生前的一些日常照片，以及在她離世後（二〇一一）「信鴿」成員特別為她製作的追思紀念專輯，翻開專輯看見照片裡年輕時的Zyl留著一頭俏麗短髮，穿著一襲英挺褲衫且經常菸不離手，目光裡藏不住對這世界探索的激情與專注，其模樣神情簡直像極了當年十九歲以一部《日安憂鬱》（*Bonjour tristesse*）迷倒眾生的小說家莎岡Françoise Sagan！

書店櫃台擺放著傳遞知識與信念的信鴿象徵。

書種齊全的台灣小說法文譯本。

來自二戰後移居法國的猶太家庭，能說得一口流利中文的施蘭芳自云當年剛抵台灣時曾經看過台大校園旁一片田渠水牛漫步的田園景象，豈料爾後基於對台灣的熱愛卻讓她在這異鄉之地度過了大半生，誠如早年亦曾受其影響而走上留學巴黎之路的作家陳玉慧聲稱「巴黎人施蘭芳如今已是台北人了」，甚至「比台北人更台北」。值此之故，為回饋熱愛學習法文的台灣讀者，但凡任何法國美好的事物，她都想介紹到台灣來，而「開書店」無疑是一種最直接且又能令自己樂在其中的最佳方式。

於是就在一九九九年，由施蘭芳一手戮力編織夢想基地、有著她最喜歡的手搖風琴放在店裡教大家唱法國香頌的全台第一家專業法文書店「Librairie Le Pigeonnier」終於如願落腳在台北市松江路小巷內正式開張。

作為台法文化交流的書店窗口

草創初期，「信鴿」主要以販售台灣風景人物明信片、複製畫、精品兼進口法文書籍慘澹經營，然而透過創辦

2012年5月，信鴿邀請旅法小說家周丹穎從《包法利夫人》和〈金鎖記〉暢談新作《名媛練習》座談會。

人施蘭芳與書店成員們的長期努力（主要包括店長小萩，以及長年專責財務與對外合作計畫的孫美麗小姐，再加上創辦人施蘭芳女士等三人堪稱維繫「信鴿」生命的鐵三角），不惟在主顧談笑交往間換取了許多異鄉的友誼，更經常主動於聯繫法國出版社、說服作家訪台之際搭起了文化交流的橋梁，加上多樣化商品及專業服務打出口碑，終於讓書店營運趨於穩定，迄今「信鴿」每年都應邀參與ＣＮＬ（法國國家圖書中心，Centre National du livre）針對外國法文書店人員的培訓活動，而從第一屆台北國際書展起，「信鴿法國書店」就負責法國館的籌備與活動策畫，這些都與施蘭芳的悉心付出不無關聯（據聞她生前還一度立下宏願，要將信鴿書店從台北拓展到北京、上海，以及香港等地）。二〇一〇年她甚至獲得法國政府頒贈「藝術暨文學騎士勳章」以表彰她長年「對法國文化領域所做的貢獻」，不料半年後卻傳來她病逝消息，書店方面則交由摯友、知名服裝設計師洪麗芬接手經營。

近年來，有愈來愈多的台灣小說透過法文譯本而開始和歐洲讀者接觸，此處「信鴿法國書店」便是一道相當可觀的文化窗口，在這裡你可以找到不少著名台灣小說家（包括白先勇、王文興、楊牧、黃春明、李昂、黃凡、舞鶴）的作品譯成法文，就連年輕一輩的已故作家黃國峻也早早有了法文版《Essais de micro》（麥克風試音），根據資深員工小萩的說法，其中尤以白先勇的《Gens de Taipei》（台北人）、舞鶴的《Les Survivants》（餘生）最受法文讀者青睞、銷路不惡，前者的書籍封面設計以傀儡戲偶為主題，顯示出一般法國人看待台灣文化的某種既定東方形象（亦令我聯想到多年前李天祿的布袋戲曾在法國風靡一時），另外黃春明《Le Gong》（鑼）封面上的廣播麥克風也頗為契合小說寓意所指。

除此之外，在「信鴿」還可發現一些有趣的出版現象，比方有台灣小說作品在政府單位（中書外譯計畫）經費補助下出了法文版，但在歐洲一般書店架上卻完全找不到這些書的蹤影，例如夏曼．藍波安的《La mémoire des vagues》（海浪的記憶），此書據說是一位台灣女生在法國開了一間出版社，專門用來承接台灣公部門的翻譯補助計畫案，但也因為一整年只拿補助款才出版，因此在法國市場通路能見度相當有限！找遍全巴黎與全台灣境內各家書店，唯獨「信鴿」才有一系列專門進口這些書。

實際上，今日的「信鴿」早已不只是單純協助國內大學採購法文書、讓普通讀者想要接觸法國文化而走進去的一家書店，對許多陪伴「信鴿」成長的參與者而言，它毋寧更是提供書業出版社群以及旅台外籍人士重要資訊交流的藝文聚會所、一處串聯起閱讀共同記憶的歸宿所在。

小小的書店招牌宛如一盞點亮知識的明燈。

2002年10月，法國知名漫畫編劇及編輯Jean-David Morvan前來店內舉辦演講會後與信鴿諸友合影留念。

閱讀城市人文小風景：胡思二手書店

進入夜晚的羅斯福路台大校門口燈火異常璀璨，一道又一道川流不息的行人車潮宛如走馬燈般不斷閃爍，放眼望去，位在新生南路對街轉角處即是著名的書店地標「誠品台大店」，至於面向羅斯福路的另一邊，則有鮮明的「胡思二手書店」大片玻璃櫥窗直教人眼前一亮……

原先在天母開店、現今搬遷至台大旁的「胡思」，雖然從大馬路遠處即可清楚看見淡黃字體暈亮著的「Whose Books」書店招牌，然而對於不少初來乍到者而言，卻往往會有「不得其門而入」的窘境，殊不知其真正入口處乃必須繞至後方夜市俗稱「大學口」的巷弄內，不難發現原來這裡竟還藏有一條「祕密通道」，左右牆面上幾乎貼滿了近期藝文活動海報，沿著小小長廊緩緩走上二樓，一推開門便是一片令人心曠神怡的室內風景：井然有序的深咖啡色木質書架優雅穩重又不失現代感，窗前設有幾張咖啡桌可遠眺台北一〇一大樓，一旁玻璃展示櫃裡則擺放著幾部歐

入夜後的胡思書店櫥窗更具魅力。

書店，乃是通往知識的一條祕徑。

洲十九世紀摩洛哥皮裝幀珍品書，以及店主合夥人收藏的百年古董留聲機，三樓則是各國語言書區與童書繪本，有英文、日文、德文、俄文等書，搭配柔和暈黃的燈光映襯下不僅增添了幾許溫馨氣息，更讓整個書店空間倍感溫煦如春。

而最初，回溯這一切對於經營「書店」的諸多想像與實現，其實早在二十多年前一個高中女生的心中即已預埋下了緣分種子。

追懷光華商場那些年

彼時台灣社會剛剛進入眾聲喧譁的八〇年代，台北光華商場橋下舊書生意景氣熱絡、人潮滾滾，就讀國三的蔡能寶（阿寶）一家人透過同為金門鄉親的舅舅（即「王家書店」老闆）引介下也在這裡租了個攤位開始販售舊書營生。

想當年，正是台灣中小企業普遍崛起、全家老小一同發揮樸實精神和樂拚經濟的克難年代，

熱情好客的胡思女主人蔡能寶。

而同樣隨著時代潮流來到光華商場投入舊書一行的金門蔡家，亦於創業之初發揮所謂「客廳即工廠」的創業精神，由家族成員合力（分工）經營一家舊書攤：其中主要對外收書工作交由二哥負責，待收滿了一車子書後即動員全家採用接力方式將所有書籍搬到四樓的老家公寓存放（那時家中角落幾乎都堆滿了書）並加以擦拭清理，至於照料店面之責則由阿寶、二嫂及母親三人輪流看顧。

彼時早期的光華商場由於尚未裝有冷氣空調設備，因此每到了夏季便非常悶熱難耐，其間混雜著地下室霉味、汗臭以及廁所尿味的工作環境著實堪稱「五味雜陳」！儘管此處空氣條件極差、長時間工作也頗為沉悶，然而蔡能寶從高中到大學階段（每逢寒暑假）卻經常必須來到光華商場替家裡看顧店面，周圍隨手可得的大量二手小說與文學書籍毋寧成了一種紓解煩悶的最佳精神食糧，特別是那份和書本相處時獲得安定的感覺，蔡能寶迄今仍久久無法忘情。自承個性內向卻帶有些許反叛性格的她，聲稱當年從不愛看追趕流行的言情小說羅曼史，反倒對於純文學作家如陳映真、王禎和、黃春明、張愛玲、蕭颯等尤為偏好。後來，有一天某位書店熟客甚至在言談之間建議她不要只讀國內作家的書，而應該嘗試去拓展視野、多看一些外國翻譯小說，於是蔡能寶便找來了莫泊桑的《脂肪球》開始讀起，之後更逐漸延伸閱讀福樓拜、莎岡、波特萊爾等法國文學經典。

回想當初看顧光華商場的那些年，恰好正值台灣社會面臨解嚴前後，蔡能寶不僅懵懵懂懂地見證了當年舊書攤流通「禁書」從查禁到解禁的歷史過程，同時她也隱約開始想像著日後能夠擁有一間舒適溫暖、猶如巴黎左岸「莎士比亞書店」那般氣質獨具而讓客人不捨離去的理想書店。

店內設有「胡思推薦」專櫃。

Whose Book外文書堪稱全台二手書店之冠。

二樓日文書區分類簡潔扼要，頗有可觀。

從「天母」起步深耕：感念異鄉客的書緣情分

爾後自學校畢業（中興大學社會系社工組）進入職場，蔡能寶暫且結束了看顧光華商場舊書攤店面的日子，過去從照料家族生意到大學所學內容彷彿早已注定要「服務別人」的她，起先進入台北市政府從事青少年輔導工作，後來成為紐約人壽的壽險顧問，一待就是八年。

二〇〇二年夏天，某個因緣際會下，因為朋友租下了位於台北市天母「美國學校」旁的一樓店面，房東連帶要求二樓空間也必須一起承租，並只給她三天的考慮期限。於此，事前全然對當地環境不甚了解的蔡能寶為了一圓昔日「開書店」的夢想，乃毅然決定承租這家店面二樓，創設了「胡思二手書店」。（所以說真正促成「開書店」這件事的關鍵就在於必須擁有一股莫名其妙的衝動！）

此處店名「胡思」，主要是從英文單字「Whose」音

二樓英文書區經常展露不同面貌。

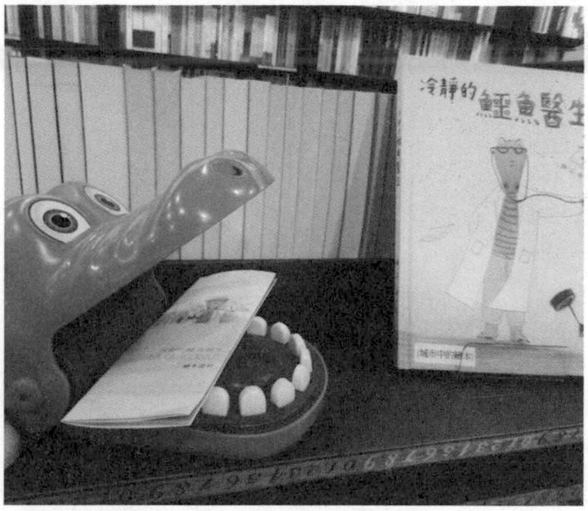

書店一隅常有令人意外的小小驚喜。

譯而來的雙關語，顧名思義「Whose book」乃意指來到店裡的每本書都曾經是屬於某個人的，可一旦到了店裡就別再「胡思」亂想，只要有讀者喜歡都可以把它帶走！

然而，所謂「夢想」總是美好、可「現實」卻很殘酷！尤其對於草創初期的「胡思」來說，開張時即因缺乏在地收書管道以及大量舊書作貨底，再加上沒能因地制宜顧及天母居民的閱讀口味，譬如過去曾在光華商場銷路不惡的雜誌、漫畫和言情小說，豈料在天母卻都成了滯銷貨，就連上個月新出的財經雜誌都賣不出去，果不其然在頭一年內生意慘澹、門可羅雀。起初每個月平均賠兩、三萬元的經營赤字，大抵過了一年之後漸入佳境，甚至還能進一步抓住天母人的閱讀口味（主要包含文學、歷史、哲學和藝術類書）以及主打外文書為特色而逐漸打響了名聲。其中特別是關於外文書的部分，這段期間「胡思」很幸運地先後遇到了兩位貴人相助：加拿大籍退休教師Joan老太太義務幫忙指點店裡的外文書籍做分類（包括應以外

通往三樓外文書與童書區的室內樓梯。

國作者的「姓」而非「名」為分類標準，電影小說要以戲名來分，傳記類要以被寫的人的名字來分，才是正確方式），另外來自美國住天母附近的Claudia小姐也提供她先前經營讀書會的英文書共兩三千本賣給「胡思」，充實了創業初期的基礎書量。

單就外文書種與數量而論，「胡思」堪稱全台二手書店之冠，如今儘管外文書這部分始終獲利不高（銷售量約占營業額的四分之一，其中以英文書最多，其次為日文書，另外還有德文、法文、韓文甚至俄文等書，內容上則以小說類型居多），卻是「胡思」自創店以來堅持為小眾讀者服務的一項重要專業類別。

書店牆面不定期會有各式主題的藝術作品展。

秉持書店人文精神與理想性格

二〇〇八年，「胡思」士林分店在台北捷運（士林）站旁開張。二〇一〇年，隨著大環境景氣低迷、致使天母住宅區人口逐漸外移，再加上台北市捷運並未通往天母所造成種種交通不便，舊書生意連帶受到影響，蔡能寶乃決定結束原本在天母耕耘多年的老店面、轉而遷往公館地區重新開幕。

談及書店經營的關鍵處，蔡能寶認為書店本身一定要找出屬於自己的風格與定位，如此才能夠面對閱讀習慣改變潮流。自從二〇〇二年創店以來，「胡思」委實吸引了不少熱中買書蒐書的「死忠」書友，並且逐漸匯聚了一群文化界的友人常客，包括兒童文學作家林煥彰、台灣史學者卓克華、人類學教授李忠霖、金門籍報導文學作家楊樹清、漂流木藝術家楊樹森、女詩人林靈等。此外每到傍晚時分，偶爾還會遇見作家王文興佇足流連於一排外文詩集小說文學區櫃前的淘書身影。

由於「胡思」公館店位處台北城南一帶讀書買書風氣最盛的文教區，所以店內經常會收購到質量俱佳、大抵從某些老學者或資深作家手中留存迄今的珍稀藏書，如若每隔一段時日、常常固定來此「巡田水」走逛一番的話，往往會有令人驚豔的意外收穫。印象較深的，記得我曾在「胡思」架上發現過一套幾乎冊數完整、且品相頗為良好的《台北人》報導攝影雜誌。該雜誌於一九八七年九月由「自立晚報社」發行，每

回顧八〇年代晚期，《台北人》雜誌的內容性質頗近於同一時期陳映真創辦的《人間雜誌》，都是著重以紀實攝影與報導文學介入對社會底層的關注，試圖深入追求真相並實踐人道關懷精神的一份民間自辦刊物。兩者稍有不同的是，《台北人》比較重視影像的部分，紙張開本更大、更具人文攝影集的氣魄，但相對而言受到一般讀者矚目的程度較不及《人間雜誌》的社會影響力，如今知道《台北人》這套雜誌的讀者似乎也不多。

月定期出刊一期，至一九八八年六月止共有十期。當時的我不由得眼睛一亮、驚喜未定，便趕緊先挑了幾本自己缺的期數，另外也順便替朋友找書，於是全都買了下來。（但很可惜還是有缺兩本，已被其他更早看到的客人挑走了，殘念啊！）另外還有一次難得的書緣機遇，竟讓我在這裡找到了心中懸念已久、多年來幾乎未曾在其他二手書店遇見的全套十冊由名設計家霍榮齡裝幀的精裝典藏版《巴金譯文選集》。

2014年寶島歌后紀露霞和石計生教授在胡思開講。

如是，從天母商圈輾轉來到台大公館，開啟了新契機之後，「胡思」不僅在空間設計上留有較多餘裕，能讓讀者感到舒適自在，進而營造出一種貼近「書房」的感覺，自從二〇一一年起更率先推出每月固定一場的「胡思人文講座」系列活動，陸續請來小說家張萬康、駱以軍、童偉格，以及詩人鄭愁予、洛夫、瓦歷斯・諾幹等當代知名作家來和現場讀者作交流，同時也有非文學領域的社會學教授石計生主講「戀戀寶島歌后紀露霞」，作曲家李子恆分享「音樂、文學、歌：從『秋蟬』、『牽手』到『落番』」，時尚達人韋振豐談「流行文化面面觀」，甚至還有王文興和李錫奇對談「藝術與文學」、前台灣文學館館

胡思（台大店）每月固定舉辦一場「胡思人文講座」系列活動。

長李瑞騰與馬來西亞維吾爾族女作家永樂多斯主講「流離與回歸：跨國界談馬華文學」等多元內容。

值此，「胡思」除了擁有豐富的外文書為號召、並舉辦各種講演活動外，就像新書連鎖店如「誠品」設有所謂「誠品選書」專櫃每月定期主打某些特色重點書籍，「胡思」二手書店也從很早就開始設立「胡思推薦」書區來強調自己的選書風格。

來到「胡思」不強求非得買書才能翻閱逗留，且有閒適桌椅和書架前小平台讓人隨時稍事歇息以沉澱心情。「把顧客當家人，重視內心的感受，比只看到表面的利益更重要，」蔡能寶表示：「雖然有很多的服務項目和理念並無法短期回收，但總期待長期經營下能獲取某些成就。」雙魚座的她自嘲帶有些莫名執著的浪漫性格、熱情而好客，對於店內活動策畫以及未來經營走向頗為堅持。比起單純做生意賺錢營利，蔡能寶認為選擇開書店主要是為了讓自己生活過得開心自在，不奢望訴說太多的雄心壯志，但求穩定成長下還能顧及某些文化理念的推展，因為對她來說，如何維繫一家書店的人文精神與理想性格（包括定期舉辦常態性的書店講座活動，或提供場地贊助獨立出版社不定期舉辦發表會）、進而展現自身特色才是最重要的。

DECCA

通往那美麗的年代：1920書店

走訪「永樂市場」對面、行經每日遊客香火鼎盛的「霞海城隍廟」旁，一整幢有著氣派巴洛克立面、外觀醒目的「屈臣氏大藥房」李家街屋乃是迪化街（永樂町）一帶著名地標建築，約莫自二〇一〇年底開始，其中一側牆面陸續掛上了成排磚紅色布旗寫著「**1920s' Legacy**」（一九二〇年代遺產或一九二〇年代精神），該店名曰「小藝埕」（**ArtYard**），顧名思義即指「謙卑地在大稻埕賣小藝」，裡頭不僅有咖啡館（爐鍋咖啡）、展演場地（思劇場）、也有手工藝（陶瓷、織布）工作室，以及一間小書店。對此，「小藝埕」創店經營者周奕成盼能吸引不同客群來到迪化街，並期許恢復大稻埕一百年前在文化上的影響力。

只因為這裡是承載了最多歷史意義的地方。

還記得前些日子看了伍迪・艾倫（Woody Allen）的《午夜・巴黎》（*Midnight in Paris*）彷彿感覺意猶未盡，便不禁想把片中穿越時空的情節「移植」過來、從而開始幻想「午夜台北」是否也能在街上遇見這麼一輛神奇的**Peugeot**古董汽車，打開車門進去之後便能帶你闖入昔日二、三〇年代的古早台北市街：那年頭的淡水河畔尚未築起偌高水泥堤防、能令你一眼望見浩浩河川，遙想水運發達的當年船行至此貨物下船，於焉造就了一片風光繁華、船帆如雲，而通往大稻程太平町地區（今延平北路一帶）則是蔣渭水所開設的「大安醫院」、「台灣民報社」和「文化書局」，同時他也在鄰近經營「春風得意樓」（酒樓）作為廣結文人志士的交流場域，並藉由創組「台灣文

位在「屈臣氏大藥房」百年街屋的小藝埕（ArtYard）今後盼能吸引不同客群來到迪化街。

小藝埕1920書店舊址（2012年）。

化協會」據以啟迪民智、開拓台灣民族自覺運動風氣之先。除此之外，漫遊其周邊且有音樂家鄧雨賢、陳君玉、周添旺、李臨秋等三五好友經常於傍晚相約「波麗路」西餐廳、「山水亭」台菜餐館及「天馬茶房」咖啡館聚會談天說地，從藝術文化到思潮時事幾乎無所不聊，一干子黑貓姊黑狗兄穿著英式西服洋裝圓帽，一邊品嘗手中那杯咖啡，一邊聆聽留聲機曲盤隨著節奏韻律微微哼唱出鄧雨賢筆下譜出〈跳舞時代〉曲調歌頌自由愛情時代的來臨……

然而對於當時真正生活在二、三〇年代的老台北人來說，套一句伍迪・艾倫式的戲謔口吻：「這一切真如我們想像般美好嗎」？

其實，這就好比《午夜・巴黎》片中男主角Owen Wilson扮演的作家吉爾（Gil）回到一九二〇年代與海明威、費茲傑羅等文壇巨匠在巴黎邂逅，這無疑便是他內心嚮往已久的黃金年代，豈料當他與謬斯女神Adriana（當年畢卡索的情婦）相識且又再次意外地坐上馬車、進入更早期的十九世紀末看見印象派畫家羅特列克與高更之際，Adriana卻對吉爾宣稱一八九〇年代才是她夢寐以求的美好時代。

或許，身處每個不同年代的人們幾乎免不了都在感嘆自己生不逢時，並且總會不時想像、戀慕距離他們先前遙遠的上一個時期才是真正的「黃金年代」。

二樓爐鍋咖啡每每不乏濃郁的咖啡味道伴隨著書香氣息。

無獨有偶，過去大稻埕曾是北台灣經濟發展最昌盛的「本島人市街」，亦為本土文化菁英和仕紳階級的匯聚陣地，過去他們在此吟詠賦詩、撰文演講、積極推展新文化運動思潮，儼然形成一股引領時代改革的巨流！爾後伴隨著東區（信義計畫區）新都心的崛起，城市發展軸線由西向東嬗遞，如今大稻埕儘管仍美麗依舊、卻已繁榮不再。但所幸尚可予人期待的，隱隱然這世界總是不斷帶來巨大變化，以及相對未知的機會。於是乎，一群年輕的創業者遂組成「世代文化創業群」，為追尋當年由大稻埕發軔的台灣新文化運動足跡，因此有了小藝埕「一九二○書店」（Bookstore 1920s）的誕生。

台版日式洋風：百年街屋書店風景

「無經驗可，無精神不可。學歷不拘，愛讀書必須。性別不限，要有魅力無限」、「特殊福利：可用進貨價買書；每日一壺爐鍋咖啡，薪資面議；打扮成一九二○年代風來上班，可享員工分紅配股」。此為二○一一年小藝埕「一九二○書店」開幕之初招募新進員工的徵人啟事！其中特別提到鼓勵店員在工作場所扮裝成「一九二○年代風」現身、如此大喇喇玩起日本青年Cosplay次文化的招募條文委實不禁令人會心一笑。

話說「小藝埕」店址所在，座落於迪化街永樂市場口、早自日治時期修建迄今的「屈臣氏大藥房」，李氏家屋曾被台北市文化局列入市定古蹟（台北市迪化街一段三二巷一號），多年前卻因為樓下餐飲店不慎引發火災、導致內部木結構付之一炬，後來屋主重建，除了外牆不變動，室內空間完全將過去由福州杉木構成的樓梯與地板皆以鋼筋水泥替代。隨之，就在房屋修建落成後，這幢累積近百年歷史、有著三層樓獨立空間的古老街屋很快便被當時甫從政治圈內隱退、轉而投身尋求「微型（文化）創業」契機的周奕成視為心目中的「夢幻店面」而承租下來。

小藝埕三樓「思劇場」經常不定期舉辦公開（免費）演講活動，後方即是挑高五米半的招牌書牆。

來到「小藝埕」，開門見山走進這幢老房子街屋一樓便是人文書店「Bookstore 1920s」以及布料設計工作室「印花樂」，此處店面空間不大、卻也自有一番從容愜意的悠然景致，入口平台陳列著每月分主題重點選書，其類別大略囊括了台灣文學、美術設計、旅遊踏查、當代社會思潮以及台北城市史等相關題材出版品，庶幾具體而微地呈現出大稻埕從過去到現在的百年絕代風華。

沿著牆邊樓梯走上二樓則是精品「爐鍋咖啡」（luguo cafe），這裡不乏經營者早期從網路郵購或二手市場依著不同的機緣經年累月蒐集得來的舊家具（包括老式長條板凳和打字機）、線條造型兼具摩登與古典風味的桌椅，加上挑高天花板搭配紅色方塊地磚，另有視覺穿透的矮櫃陳設之間且隨處擺放著店主人的私房藏書以及各類時事藝文雜誌，營造出既復古又前衛的新鮮感，在幽微溫潤的光影下，彷彿於濃郁的咖啡味道中透著一股書香的獨特氛圍總是令店內生意經常高朋滿座。

至於三樓「思劇場」主要提供商業及藝文公益活動租借，裡頭設有一面挑

眾藝埕 1920 書店新址（2015 年）。

小草明信片與台灣主題筆記書。

1920書店滿懷時代氣味的書籍平台。

高五米半、從地面延伸相連至斜屋頂天花板上的壯觀書牆巍峨矗立，堪稱「小藝埕」全店最令人動容的一道招牌Landmark（空間地標）。

淘書者言：酒香不怕巷子深

及至二〇一五年五月，就在「一九二〇書店」於迪化街「小藝埕」默默耕耘三年有餘之後，搬遷到了位於霞海城隍廟後方較為僻靜的民樂街一幢前後兩進的三層樓街屋名曰「眾藝埕」1。此處約莫聚合了潮服店、布作生活用品、自行車店、二手相機、童書繪本屋、手工皮革工作室、日式洋風小酒館等諸多兼具質感與創意的獨立自創小品牌百花齊放，其中「一九二〇書店」便落腳在二樓處。

具有在地文化特色的風景明信片和陶藝品。

對於真正的愛書人來說，誠可謂：「酒香不怕巷子深」，而小巷深處毋寧也可飄書香，且在這古老街屋、舊式窗花之間滋養出一種塵俗之外的從容和淡然，不驕不躁，不疾不徐。迨從門口漫步拾級而上，穿過天井，走進洗石子牆面掛有「1920s」布招店內，乍見一片書林景觀琳瑯滿目，訝然頓覺一番別有洞天、豁然開闊之感。以往由於整幢街屋（兩進式三層樓）原本分隔為二處，如今打通兩座天井之間的隔牆，形成了引人入勝的複式空間，可予人上下穿梭、自由遊走於屋內各家商舖。

每座書架即是一方文明的小宇宙、一幅動人的風景。

顧名思義，「眾藝埕」即是以大「眾」及群「眾」為題，位在台北市民樂街二〇、二二號，或由民生西路三六二巷二三號另一側進入，包含有「民眾工藝」、「本土在地」、「復古風華」、「當代設計」、「生活滋味」、「美學教育」等面向。

1920書店重現大稻埕的絕代風華。

大稻埕木屐
WIRE

大稻埕的街屋、木屐與書香。

隨之，恣意踱走書櫃旁、樓梯邊，舉目即見象徵一九二〇年代摩登思潮的魯迅、蔣渭水、徐志摩、芥川龍之介、費茲傑羅、西蒙・波娃（Simone de Beauvoir）、葛羅培斯（Walter Gropius）、路易斯・阿姆斯壯（Louis Armstrong）等中西文化人物皆化身成了一道道鮮明的風景圖騰，加諸每月不定期更換書籍陳列的「大稻埕文藝書展」，一旁則有日治時期前輩畫家郭雪湖的「南街殷賑」複製名畫，伴隨著許多角落擺置各種搭配在地文化而有不同特色主題的「小草明信片」。

翻覽群書，徜徉恣肆，從《圖說日治台北城》、《島嶼浮世繪》到《老屋顏》，從《殖民主義與文化抗爭》、《帝國的年代》到《百年追求》，人們似乎就在某種意識抑或無意識的閱讀過程當中不斷找尋歷史的再現和隱喻。除此之外，這裡的書架上也能找到據說是「一九二〇書店」相當受歡迎的暢銷書：知名畫家暨美術史家謝里法以戰前山水亭台菜館、波麗路西餐廳為故事場景的長篇小說《紫色大稻埕》，以及「台北市文化局」復刻當年鄧雨賢、周添旺在「古倫美亞」[2]灌錄的《一九三〇年代絕版臺語流行歌》唱片專輯，彷彿令妳置身其間，重返昔日「跳舞時代」台北摩登的留聲歲月。

午後窗邊的閱讀時光，慵懶而迷人。

著重連結在地生活的文化聚落：以「書店」作為精神核心不斷延展

始自二〇一〇年「世代文化創業群」進駐迪化街為起點，從此一步步開拓了「大稻埕做大藝埕」的文化街區聚落版圖，以每年營造一棟街屋的步調持續延展，從二〇一一年「小藝埕」、二〇一二年「民藝埕」[3]，二〇一三年「眾藝埕」[4]，乃至二〇一四年「學藝埕」[5]、「聯藝埕」與「讀人館」（Readers' House）[6]，其間經過一番努力，乃逐漸吸引了一群懷著夢想的創業人士相繼來到大稻埕，他們不僅關切在地文化與風俗民情，亦與迪化街當地屋主與業者持續深耕、良善溝通，彼此建立長遠合作關係，讓以往過去只有中藥行、南北貨及布料行的傳統產業市街，如今則慢慢醞釀著一股新氣象，相繼出現了獨立書店、個性咖啡屋、小酒吧、陶瓷工藝品店、展覽空間及手工微型創業者等特色店家。

除此之外，過去大多曾是中藥行老舖，內部縱深狹長、中段有著天井空間的傳統三進式街屋，從

郭雪湖的複製名畫「南街殷賑」與小草明信片。

街上觀之，長期以來都只能看見最前方第一進從事零售批發的店舖門面，至於其餘閒置的老屋們則幾乎更是閉門深鎖不見天日，後來經過修繕以後重新規畫，在平面上陸續打通、串接起後方二進三進的儲藏空間，再加上一批創業者新店面的進駐，遂慢慢引來人氣的流動，讓民眾能夠在這些修繕得極有復古況味的連棟街屋隨興遊逛，使之成為外界訪客尋幽探勝、流連忘返之地。

很多人一到這裡，就好像剎那間掉入時光迴廊、沉浸在一種舊式台灣家屋悠閒靜謐的氛圍當中，掩藏於商店與門宅之間，一層層的路徑規畫、

民藝埕一樓店面陳列柳宗理的工藝設計作品展。

[2] 古倫美亞唱片（Columbia,1945），是為台灣第一家製造發行留聲機唱片（SP）的流行音樂唱片公司，由日本人柏野正次郎所成立，以代理美國哥倫比亞唱片所生產的留聲機為主要業務。

[3] 台北市迪化街一段六七號，當初之所以將店名取作「民藝埕」，乃是期許這裡將來能夠逐步實現「亞洲民藝匯聚大稻埕」之意，同時為了更深入理解、宣揚所謂「民藝」思想，初期不僅籌設了日本近代工業設計師柳宗理（日本「民藝之父」柳宗悅之子）的作品展，同時也將陸續舉辦一系列「民藝與設計」講座。

[4] 參見前注釋。

[5] 台北市迪化街一段一六七號，以工藝及美學教育為主題，不定期舉辦展覽與講座課程。

[6] 台北市迪化街一段一九五號—一九九號，以「風土」、「博物」、「旅行」為主題，為一棟三進式街屋，一進是公平貿易商店「蘭裏子」、咖啡烘焙坊「鹹花生」、文化果品「豐味」。二進是歐亞料理餐酒館「孔雀 Peacock Bistro」。三進則是通往安西街四二號，為舉辦文學書店沙龍及提供旅人住宿的「讀人館 Readers' House」。

職住疊合，前後進的院落相接，令此處的前廊逕自通往彼岸的後巷。每回偶然踏查的遊逛穿梭、前入後出，都宛如不經意地闖入了非正式的祕密隧道，彷彿漸進地賦予了戲劇化的空間轉場，還有那空氣裡不時飄散出淡淡茶香，復古的老舊桌椅，以及濃濃的中藥材味，總是讓徒步晃蕩的心情，揚起緩緩期待。

民藝埕二樓茶館流露出一種舊式台灣家屋特有悠閒靜謐的空間氛圍。

回顧過去，距離當年蔣渭水在太平町（今延平北路）開設「文化書局」（一九二六）、連雅堂創立「雅堂書局」（一九二八），以及當時蔣渭水出資贊助、由謝雪紅與楊克培共同開設的「國際書局」（一九二九），迄今為止大稻埕地區已經足足超過七、八十年以上的長時間裡沒有過任何一家（在地）書店了，直到「一九二〇書店」

的出現（還有後來在二〇一四年開設於甘州街的「文自秀趣味書房」）。

「大稻埕的輝煌盛世，正是在一九二〇年代」，「世代文化創業群」負責人周奕成表示：「然而在大稻埕開店創業並非只是單純為了懷舊，而是希望能在延續既有的歷史基礎上進一步創新。」職是之故，近年來相繼進駐的「小藝埕」、「民藝埕」、「眾藝埕」以及「聯藝埕」不僅致力於連結過去曾在大稻埕引領風騷的文化產業（包括茶、中藥、織布、戲曲、古蹟建築），而在做生意的同時，周奕成更強調的是與在地生活文化緊密結合—諸如開店初期舉辦「文化協會九十週年活動」、播

位在同一幢三進式街屋的聯藝埕與讀人館（Readers' House）於各進之間皆有綠意盎然的天井花園相互連通，皆可讓人在此悠遊穿梭，似是柳暗花明又一村。

放本土音樂劇《渭水春風》，另外也會有自製發行《大藝埕街刊》、策畫「夢遊一九二〇變裝遊行」以及迎接「郭雪湖名畫〈南街殷賑〉重回故里行動」，甚至為配合鄰近霞海城隍廟舉行民俗慶典的陣頭活動，店家還特地在「民藝埕」門口奉茶慰勞陣頭小兄弟們及來賓信眾。

此外，為求和當地生活作息同一步調，主要包括「小藝埕」與「民藝埕」，到了晚上七點鐘也都一概跟著熄燈打烊。正所謂「新」事業和「舊」傳統彼此之間應當相互學習、和睦共存，「我把創業視為創作，文化事業應該先做了再說。」周奕成深自期許在未來十年內（二〇二〇年之前）將大稻埕賦予新生命，祈使之成為一處能夠引發更多藝文思潮與公共討論的文化重鎮。

或許，對於你我聽慣了爵士樂或現代流行樂的普通讀者而言，不妨也該來一趟「一九二〇書店」試著聽聽鄰近大稻埕在地的時代歌謠或北管八音。

讀人館（Readers' House）不時會舉辦書店沙龍活動，並且提供旅人住宿空間。

讀人館（Readers,House）文學書店的廊道盡頭即是通往另一處祕密花園所在。

上了山就看海：尋訪九份「樂伯二手書店」

書店，向來被視為城市的產物。職是之故，某些少數位居城郊邊緣地帶而兼享天然景致與人文風貌的小鎮書店無疑也就更加顯得出塵脫俗羨煞凡人了。正所謂「遺世隱居看山嵐，入世賣書討生活」。一般人僅能仰慕，難以追隨。

走在老街蜿蜒的街道上，身邊多是異國的遊客，多樣的語言令人有時空錯置的幻覺。頹圮的昇平戲院一任野草蔓生，泛黃的電影宣傳畫訴說著戀戀風塵。這裡既沒有刻意的廣告和宣傳，迄今不過短短幾年光景便已在愛書人圈內盛傳口碑，在台北類似這般環境條件得天獨厚的特色書店，除了淡水河岸的「有河BOOK」，步出台北盆地以外最為遠近馳名的，無疑便屬九

從九份店家窗外望去，便是一幅宜人的山海風景畫 。

份山城的「樂伯二手書店」。此處「樂伯」（Lobo）乃是書店主人化名，至於真名就不重要了，大家在九份都叫他樂伯便是。

提起九份曾以產金著名、早年素有「小上海」和「小香港」美譽的礦業小鎮，早自清朝光緒年間即因大量淘金客湧入而繁華。繼之，到了三〇年代日本殖民統治時，復又隨著金價上漲締造了「亞洲金都」繁華絢麗的輝煌盛況。台灣光復之後，由於金礦逐漸開採殆盡，昔日盛極一時的採金事業也就迅速走入了歷史滄桑。

九份曾以產金著名，早年素有「小上海」和「小香港」美譽。

一九八九年因侯孝賢執導電影《悲情城市》在威尼斯影展大放異彩，九份山城的狹長階梯上再度湧入了無數傾慕而來的觀光人潮，每逢週末假日遊客摩肩接踵喧譁擾攘一如台北鬧區街頭，遂使原本寧靜的山城便不再寧靜，成為一處臨海半山腰間由商業懷舊主題堆砌成形的城市後花園。

儘管數十年來起起落落的九份小鎮不知曾經有過多少小吃店、攤販以及民宿業者駐足於斯，而今侈談書店者卻始終僅有「樂伯」一處。長年在觀光區經營二手書店的他，自云「六、日上班，週休五日」，平常日子若不是在書店裡，就是在廟前和老礦工泡茶聊天，或是到隔壁鄰居家宅串門子、穿梭於忽上忽下的山城小道間。

順著基山街彎彎曲曲地迂迴行進，兩側商店熱鬧異常，約莫快到盡頭時轉個彎，便可遠望位於一八二號的書店舊址，且見三兩民宿店家垂立於山崖邊，流連其間不惟有股鬧中取靜的隱士趣味。每回搭車上山買書，亦予人感覺庶幾近乎踏入深山採藥。從店家的大落地窗望去，就是一幅宜人的山海風景畫：澳底港、外木山、野柳岬、基隆嶼，由近而遠，盡收眼底。

坐山面海惜書緣，二手書店知客僧

話說二〇〇六年間，原先以新書買賣為業的樂伯適逢經營生涯轉折，並打算擇一處環境清幽之地開設二手書店，後經友人輾轉相告，得知詩人林煥彰的房子正欲出租，於是某天晚上他依約來到詩人位在九份的居所「半半樓」（因九份地勢特殊，建物一半在地面，一半在地下，故有此別號），一進門內便陡然驚覺眼前落地窗外黝黑海面上的點點漁火閃耀如繁星，讓樂伯一眼就愛上，乃毅然決定租下用來開書店。

性格樂天知命、出身法律系背景的樂伯，宣稱「開書店」乃是他目前唯一做過的職業。對此，他經常回憶起小時候雖因家境困窘買不起課外讀物，而在住家附近開書店的某位阿婆卻總是對他極好，每發現他站著「看白書」不但不趕人，還拿板凳給他坐。自此，開書店便成為樂伯心中長久以來無法忘情的一個浪漫宿願。

果不其然，書店順利於秋天開張。兩層樓十五坪大小的書店、約莫上萬本藏書、沒有多餘的室內裝潢與擺設，這裡委實就像是樂伯私人書房般。「我在九份看著山與海，不得不承認自己的渺小，」樂伯表示：「在二手書店裡我是個知客僧，與客人敘述著舊城的九份……正因為書店與客人之間的界線不明顯，也是我經營書店的樂趣所在。」

或許是這般真誠的經營方式，樂伯得以和不少來自四面八方的客人成為朋友，時常有書友到店中尋寶聊天。「時常一個客人坐下來跟我聊天，三十分鐘內就讓我聽到他人生的精華。」樂伯回憶道。某次他在部落格上寫了一篇文章，提及當時老礦工喝酒的情況，不到幾日，竟收到陌生網友寄來的好酒，也曾收過黑膠唱片、名畫家生前書信等珍貴贈禮。

牆邊掛著二手書店路標用以指點陌路生客尋徑而來。

書本有靈，虔誠要緊

隨之，到了二〇〇八年八月，「樂伯二手書店」因舖子租約到期而進行搬遷，喬遷至佛堂巷新址後的書店仍在九份，但稍稍遠離街市核心，反倒更多了些幽靜。訪客只要從基山街尾大轉彎處與佛堂巷交接口的牌樓進去，就能看到一棟白色二層樓略帶斑駁的現代建築與二手書店的招牌。不同的是，書店裡雖少了一片觀海的大幅落地窗，整體空間卻感覺寬闊了許多，架上書量同時也增添不少，走上樓去舉目即見樓梯間懸有台灣前輩作家王昶雄手書「安得開門對絕景，更思築室藏奇珍」一幅字聯亦別具心裁。原先舊址附近則是掛上了一塊像鯨魚模樣的招牌，用以指點陌路生客尋徑而來。

這時由於書店空間上的限制，因此樂伯特別將店內收納之書鎖定在文學、歷史、哲學、藝術等幾大類，而在這些書籍當中，屬於不易分類或流通性較高者大多擺放在書店一樓，二樓空間則專以台灣文學、中國文學、英日翻譯、社會科學、古典典籍、中外歷史書籍為主。店內標價大約是一般新書訂價的五折，另外有些時候則會祭出特價優惠。

儘管此處遠離台北城內地區至少半日之遙，若論存書量多質精、買賣出入流動之快，「樂伯二手書店」可是一點也不含糊，和許多城市同業二手書店相較誠然毫不遜色，不少嗜書老饕、淘書常客每每上山訪書幾乎都能滿載而歸。

頹圮的昇平戲院一任野草蔓生，泛黃的電影宣傳畫訴說著戀戀風塵。

平常不在書店的日子，往往就在隔壁鄰居家宅串門子、穿梭於忽上忽下的阡陌小道間。

別出心裁的特色書店指標。

喬遷至佛堂巷新址後的樂伯二手書店。

去收購。

但凡只要看到適合的、符合書店主題的書籍，樂伯幾乎都會不遠千里跑遍全台灣

事實上，樂伯先前也曾在大台北地區開過只販售新書的連鎖書店，他說當時的感覺就像「飼料雞」，以往上游供應商給什麼書就賣什麼書，賣的是裝潢、廣告；現在開了二手書店之後卻像是「土雞」，常常四處奔波，想要什麼書就得親自去尋覓，有種不可預期的快樂。能一窺愛書人的家，是他蒐書的樂趣之一，「我常花十分鐘收書，卻和書主聊了一個早上，」樂伯說：「書是有靈性的，虔誠要緊，每一座書櫃就等於是愛書人一本無言而恆久的回憶錄，在打開書櫃的那一剎那，迎面而來的是愛書人曾經的往事與心事。」

至於提及「收書」一事，樂伯自承收購的書源管道儘管相當廣泛，但有兩個規矩很特別：一、不跟親朋好友收書；二、不在書店現場收書。這也與一般二手書店的經營或收書方式大相逕庭。

我是二手，誰是我的下一手

已不大記得是哪位藏書前輩這麼說過：一家舊書店只要能營造出它獨一無二的風格面貌，即使開在如何偏僻的地方也都會有人不遠千里專程造訪。坐落於山崖海角的

「樂伯二手書店」實不啻為如此一方書香天地所在。

自從書店搬來新址之後，非但進來買書的人口沒有減少，反而引來了九份地區以外更多想要進來佛堂巷一探究竟的觀光人潮。

那麼，如此一來書店生意豈非愈加興盛？

其實不然，說到這當中的「賣書」甘苦，樂伯坦言經營二手書店其實賺不了什麼錢，「但只要物質欲望降到最低，生活就不成問題」。對此，樂伯看得雲淡風清，因此與其說他是在開書店營生，毋寧說他比較像是替每本書找到歸宿。他的二手書哲學是：「我是二手，誰是我的下一手？」而與對書頗

由於書店空間上的限制，因此樂伯特別將店內收納之書鎖定在文學、歷史、哲學、藝術等幾大類。

書店樓梯間懸有台灣前輩作家王昶雄手書「安得開門對絕景，更思築室藏奇珍」一幅字聯。

有研究的客人熟識，則又是另一個驚奇。記憶力極佳的他，不僅記得每本書的原始主人，有時若遇上有緣非贈書不可的客人，樂伯甚至還會獻上驚喜、贈予珍本，並且備有一本贈書簽領冊請對方簽名紀錄，據說這是為了方便他日告知原書主書的去處。

隨季節及天候變幻萬千的山城風景，總讓樂伯百看不厭，本身即熱愛著九份的他，平日販書收書之餘只要一有空就會在水金九地區探訪採擷各種人文歷史遺跡以及當地耆老口述軼事。樂伯說九份就像台灣開發的縮影，這裡曾經發生最慘烈的煤礦災變，還有曾經居住於此地的原住民三貂社，這些傳說都將在時間的推移下逐漸消逝。於是，他開始把過去九份過往的這些點點滴滴全都寫入了部落格。樂伯不只開書店，自己也像本書。

此時樂伯心中最大的夢想之一，便是希望有朝一日能在九份地區找到更大的空間，成立專賣台灣文學的書店。

每本書，其實都有它閃閃發亮的時刻。如果不是書店的氣氛如此靜好，我想有些書很可能從此就無法遇見理想的讀者。就像九份「樂伯」這樣的書店，哪怕經過了多久歲月都是不該被人們遺忘的。

香草鋪子

書店行旅，島嶼之東：花蓮舊書店散記

花蓮時光1939室內風景。

十九世紀法國象徵主義詩人韓波（Arthur Rimbaud）曾有詩云：「La vie est d'ailleurs（生活在他方）。」意謂從平日一切習以為常的現狀裡出走，不僅止於一種心靈上的放逐，其實亦是為了重新尋找內在更真實的自我。

尤其當我經歷一陣繁忙生活過後，疲憊的身心每每盼著一股寧靜，總迫不及待收拾行囊，搭上太魯閣號列車，拋開一切喧囂與煩躁，遠離台北城市，前往島的東邊，向壯麗多姿的海岸山脈奔去，或想像投入太平洋的懷裡。

相隔四十年前，三十五歲的詩人楊牧正在西雅圖的太平洋沿岸看海，驀然思及身在異國的岸邊浪潮必是從大海遙遠另一端的島嶼故鄉奔湧而來，便有感而發地寫下〈瓶中稿〉：「當我涉足入海／輕微的質量不滅，水位漲高／彼岸的沙灘當更濕了一截／當我繼續前行，甚至淹沒於／無人的此岸七尺以西／不知道六月的花蓮啊，花蓮／是否又謠傳海嘯？」

車窗外，眺望海灣的末端依著層巒疊翠的中央山脈，一邊是清澈見底的湛藍海面，一邊則是變動仍在拔高的山勢。於此坐看潮漲潮落，聽任海風輕拂，心境即隨之如山穩重、似海寬廣。到了城裡，幾乎每一個彎進去的街頭轉角都有著很復古的畫面，稍不留意便輕易擦身錯過，但見市區內參差錯落、大量低矮的日式木造老屋隱身在巷弄中，斑駁的門窗壁面訴說著歲月洗練的滄桑，乍覺時間似乎在這裡緩慢移動或靜止了。

山海莽莽、洄瀾邂逅。時光流轉、晃晃悠悠。

花蓮，在我印象中彷彿就是個山海相連的迷人後花園、一處適合漫遊和懷舊的城市。正所謂「一方水土養一方人」，物華天寶、人傑地靈，伴隨著緩慢的生活步調下，平常日子過得優閒而簡約，怪不得花蓮人的性格大多真誠熱情、直爽樂觀自然不造作，就連當地少數幾家舊書店也都透著一份屬於花蓮獨有的質樸氣味。

因緣際會「舊書舖子」

自從投入寫作生涯陸續出書的這些年來，我似乎和花蓮的舊書店特別有緣。

回溯二〇〇三年五月，花蓮市博愛街上開始有了第一家舊書店，名曰「舊書舖子」。出身美術背景（復興商工美工科）的店主張學仁原先在北美館工作、離職後一度販賣藝術圖書，隨之於台北士林經營專業畫材生意，其間常有機會與藝術家往來，卻也因此意外捲入藝文界的風風雨雨，加諸台北過度繁忙的工作壓力，更令他深深厭倦都市生活。此時他突然想念起當年被分發在後山服兵役期間所感受的大山大海，遂毅然決定和太太兩人遷居花蓮。起初他一邊四處找工作，

光復街上，花蓮舊書舖子門口一景。

另外也在美崙住家的社區回收場當義工，常看見許多因主人身故或搬家而被丟棄的一整批絕版書籍、畫冊、地方文獻史料、老照片等都被送進垃圾場當作廢紙，於是他一點一點撿回留存，孰料沒多久竟在家中積攢了上千本書，後來在某個機緣下即以每月八千元租金租下博愛街的店面開設了「舊書舖子」，也讓他從此在花蓮安身立命。

書店開張一年多，由於租約到期，「舊書舖子」搬遷至節約街的「東益印刷廠」舊廠房，此地亦是詩人楊牧青年時的故居所在（當年楊牧曾以筆名葉珊在這裡刊印出他的詩集《水之湄》、《花季》）。彼時素有「古物狂」稱號的張學仁在進行整修時，發現挑高的屋頂藏著精緻古樸的檜木梁架，便主張把天花板拆下、讓整個屋頂結構外露，既美觀又通風。來訪的客人只要一踩進門，迎面盡是撲鼻的檜木香與書香，包括店內書架都是幾塊空心磚、木板簡易搭成的，舖子內還珍藏了一台昔日印刷廠使用的裁紙機——充作張學仁平日整理舊書的工作檯，至於當年留下的老舊玻璃櫃，則是用來擺放店主珍藏的花蓮作家簽名書。

於此，就在當地愛書人士口耳相傳，以及諸多報章媒體的推波助瀾下，由楊牧老家印刷廠改成的「舊書舖子」很快便引來讀者大眾廣泛關注，成為花蓮在地象徵懷舊文化的知名景點。彼時眼見「舊書舖子」慢慢闖出名聲的那些年，正恰逢台北舊書業邁入新舊世代改革、且開啟了另一波新型態舊書店風潮的轉型期，包括像是龍泉街的「舊香居」、台大師大的「茉莉」、天母的「胡思」等，幾乎都是在這段期間（二〇〇二

—二〇〇三）陸續開店。

當時，無獨有偶，遠在東海岸的後山花蓮也彷彿隨著這股舊書新浪潮相互應和，幾家舊書攤舖紛紛創立，先是二〇〇三年三月開始有了一家「中古書攤」以小貨車流動擺售方式、由劉月華與黃柳池夫婦倆每天從早上七點到中午十二點在重慶路附近的

書店員親切的笑容展現極具親和力的服務熱忱。

舊書舖子規劃有不同特色的主題分區，更利於讀者找書挖寶。

古物舊貨跳蚤市場賣書營生。此外又有張學仁的「舊書舖子」，以及二〇〇四年初由吳宛霖與吳秀寧在建國路合開的「時光二手書店」，這三家店主人不惟性情與趣味殊異，書店本身也各有擅場及地緣關係，讓原本缺乏書店文化的花蓮地區增添了一道道可觀的舊書風景。因著這份微妙的因緣，二〇〇四年五月《東海岸評論》雜誌特別為此策畫了一期「獵舊書」專題，採訪撰文的編輯「小各」還暱稱此三家店主為花蓮舊書市的「鐵三角」。隨之，劉月華的「中古書攤」於經營數年之後率先退出舊書買賣這一行，目前則是在花蓮市化道路租賃一處小小攤位販售有機蔬菜——店名「春田有機蔬菜舖」，至今花蓮地區僅存兩家舊書店：「時光二手書店」與「舊書舖子」。

吾人幸甚！得遇久居花蓮小鎮的青年藏書家、同時也是我在台大城鄉所的老同學何立民的引薦及協助，方能有機會躬逢其盛、幾度往來後山書肆淘書，見證花蓮舊書業那一段「曾經最美好」的時光。

及至二〇一〇年十月，「舊書舖子」因店面租約問題（原屋主決定改建大樓）而再度搬家撤櫃、遷移到了光復街，當時的新店面甫開張不久，旋即受張學仁老闆之邀參與首度對外舉辦的第一場公開活動，就是我的《裝幀時代》新書演講會，還記得那天幾乎所有住在花蓮附近愛好逛舊書店淘書的書癡書迷們差不多全都到齊了，甚至還有人帶來自家收藏舊刊珍本不吝分享現場其他讀者，其純樸熱情的人情味最令我深刻難忘。另外當天「時光二手書店」女主人吳秀寧也來了，且在活動結束後秀寧即邀我下一部新書問世時能夠再去她那兒辦一場演講，沒想到很快過了一年，我又因《裝幀台灣》這本書的出版而和「時光」就此結下緣分。

邂逅「時光」歲月流轉

「來花蓮，主要還是為了探望這些書店的老朋友，」我經常對早在「台電花蓮區營業處」工作多年、占「地利之便」的老同學兼書友何立民開玩笑說：「全花蓮也就只有這麼幾家舊書店，他們平日所進貨的那些文學藝術類絕版書，這些年應該差不多都被你全部蒐光了吧。」由於我倆在舊書領域的收藏嗜趣與品味相近，平日閒暇也都頗愛走逛舊書店及跳蚤市場，因此便有了這番默契：凡是他才剛逛過的地方，往往讓我無書可買；反之，亦然。

邂逅午後的那一點點愜意，就在時光二手書店。

而我一直以來有個宿願，那就是能在花蓮的舊書店買到當地耆宿駱香林（一八九五—一九七七）晚年（八十二歲）自費出版的攝影集《題詠花蓮風物》，此書收錄黑白照片一百二十一幀、彩色六十三幀，並搭配作者的古典詩文加以題詠，難能可貴地記錄了五、六〇年代花東土地的山川景觀、風土人物與民俗風情。只可惜我走訪各處書攤多年始終沒能入手，書緣未到，至今仍深以為憾。不過，正如俗話說：「一失必有一得」，隨之靠著老友何立民的帶門引路，倒是讓我在中華街某間二手古物店意外蒐得了近代「花蓮音樂之父」郭子究於一九七二年灌錄發行、基督教救世傳播協會「天韻歌聲」混聲合唱團（國內第一支全職的基督徒合唱團）所演唱的《郭子究合唱曲集》LP黑膠唱片。

「春朝一去花亂飛，又是佳節人不歸……思歸期，憶歸期，往事多少盡在春閨夢裡」，

電影海報二手書之戀令人聯想閱讀時光的好處去。

微微斑駁的「時光」木製招牌訴説著歲月的痕跡。

每回順著中山路往建國路的方向、走進這家名喚「時光」的書店，腦海中總不自覺縈繞著郭子究這闋〈回憶〉的曲盤歌聲從日式老屋內斑駁質樸的木製課桌椅、靛藍的窗條之間汩汩流出。在昏黃微醺的燈光下，伴隨著那一縷復古懷舊的氣息迴盪其間，讓人彷彿時光倒流、逕自墜入了遙遠的歲月裡。

約莫二〇〇六年左右，我初次造訪了鄰近林森路與建國路巷弄交會處的「時光」——其外觀以連續兩幢日式木造平房打通的這家著名書店。拉開淡橘色的老舊木門吱吱作響，入內即見櫃檯（兼吧台）後方牆上貼著一張「二手書之戀」電影海報，平台架上饒富特色的文學書籍隨興擺放、錯落有致，還有靠窗邊古早的檯燈和書桌、溫暖的老式沙發椅，以及留言簿上滿滿都是過往旅人書寫著每個當下回憶的塗鴉，當然更

時光二手書店主人對於流浪動物的關愛之情，每每呈現在店內擺設許多讓人會心一笑的小物件當中。

花蓮時光1939入口景象。

少不了終日慵懶賣萌的店貓Woody與店狗小黑，這一切的一切，至今大抵也都沒什麼變動，多年來似乎就只是一直保持著它原本的樣貌。

或許，這些年「時光」唯一最大的改變，即是書店女主人之一的吳宛霖選擇走入婚姻、退出經營，再加上前三年業績不理想，因此決定把開書店的夢想留下來給昔日一起在花蓮長大、亦曾共同待過大愛電視台工作的同儕好友秀寧接手。

從「時光二手書店」到「時光一九三九」

某日午後在「時光」店內閒聊時，我不經意問起書店女主人秀寧當初為何能夠執著於獨自將書店持續經營下去？「就覺得很不甘心啊，」只記得那時秀寧語帶爽朗地說：「我認為首先是我們自己還不夠

寧靜的午後，來趟時光1939享用下午茶看書，便是一種平淡而溫暖的幸福。

時光1939宛如開啟了一道閱讀的書窗。

努力，然後整個書店未來的面貌我都還沒有把它弄起來、做到我理想中的樣子，仗還沒有打完啊！」

於是乎，就在她儘管曾經受挫、卻仍毅然選擇「要堅持到底」的這份信念鼓舞下，秀寧開始重新調整書店本身的營運方式與策略，比如首先將架上所有的書做整理，再來淘汰掉某些不適合書店屬性的書，讓收書與賣書之間經常保持流通平衡。果然過了一兩個月後，業績終於慢慢回升。對此，她表示其最直接的關鍵就在讓店員隨時勤於「擦書、上書」，這樣子書才會一直流動，業績才會提高，「所以說，要當一個二手書店的店員，她最喜歡的工作應該是擦書才對。」秀寧如是說道。

之後，隨著「時光二手書店」的營

運收益日趨穩定、盛名漸開，連帶亦使得外地觀光客與背包客愈來愈多，相對在店內看書找書時，便愈常聽見他人相機不停地按著快門的聲音，形成了一種「違和」而奇妙的書店景致。

日子很快過去，來到「時光」開張第十年（二〇一三），經老友何立民來信得知，溫柔而堅毅的書店女主人秀寧又再開設了另一間分店（果真是勇氣十足啊！），自詡這輩子「打算一直賣書賣到八十歲」的她把花蓮市民國路上一幢擁有七十多年歷史、屋前留著一片寬闊庭院的日式平房承租下來，並給予重新打造，名曰「時光一九三九」，於三月初正式開幕，除了維持原有二手書生意之外，更引進了專業主廚開發的早午餐蔬食料理、花茶、咖啡為重點，也兼賣一些在地手工藝人的手作雜貨。

除此之外，更令我深感欽佩的是，大致上店主秀寧希望能夠在不仰賴政府單位補助、以期達到自給自足獨立經營的原則下，為此大開大闔地規畫了一系列前所未見，饒富特色的藝文活動，其中包括首開風氣之先的「藏書票工作坊」，另有開幕期間連續十晚找來十位演講者分別談不同主題的「閱讀多樣性」十連發講座，以及「時光一九三九」初次採用講堂形式（套票收費）開辦的「探聽國家與城市的角落」系列專題演講。

「開書店」需要一種細膩的感覺，其實「逛書店」也不例外。

儘管時間宛如流水般一去不返，且觀當前的書店面貌與經營型態也總是不斷地發生變化，但凡有些恆常的記憶和溫度卻能長遠存在、歷久彌新，乃至瀰漫著濃厚的懷舊味道，一如書頁上的摺痕或字跡。所幸，我們在花蓮還能保有像「舊書舖子」、「時光二手書店」以及「時光一九三九」這樣的地方，藉由書店結合老房子的復舊維新，不惟讓人沉浸在歲月恬靜的木造氛圍裡，更使得這處位居山海一隅的城市不會很快地失憶。

2013年5月，作者應邀來到花蓮時光1939開講，以「探聽國家與城市的角落—聆聽黑膠時代：從台灣歌謠看城市文化」為系列專題、連續兩個週末夜晚時段共講演四場，並於會後與昔日號稱花蓮舊書市「鐵三角」的三位店主合影。
照片由左至右依序為中古書攤的劉月華、作者本人、時光二手書店女主人吳秀寧、舊書舖子店主張學仁。

8

時光

書街歲月：重慶南路

記憶中，我第一條認識的台北街道就是重慶南路。

驀然回首、歲月如歌，思念迄今大概已有將近十多年的時間似乎不曾在重慶南路買過書了！這對於平時熱中逛書店買書、堪稱日人河村徹（早年日治時期「臺灣愛書會」創始成員）筆下形容「中毒極深的『蒐書狂』」如我而言，可說是令人不禁頗為失落且感傷的一件事。

想當年就讀高中時，總要從中永和地區搭二四三路公車上台北，來到省立博物館前的站牌、接著轉乘通往信義路師大附中的班車。等傍晚五點下了課、偶爾趁回程並不趕著回家的空檔，往

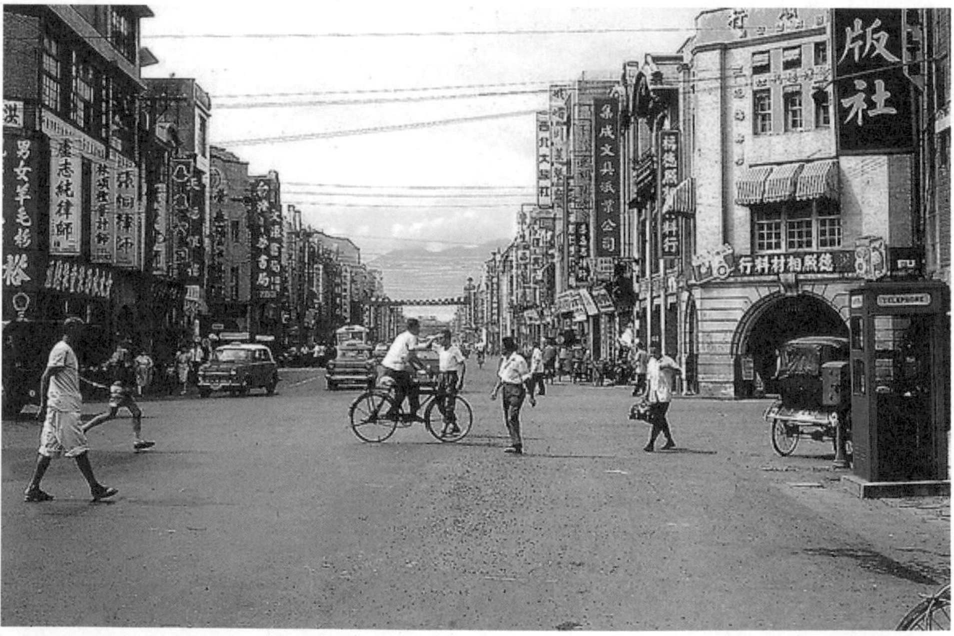

1960年代初期，台北重慶南路與衡陽路口（照片右方拱廊建物即現今金石堂書店所在，遠方可清楚眺望北面的大屯山）。

往就會順路走去一旁的重慶南路瞎逛閒晃。乍見街上滿滿的書店，想像能夠待在裡面貪婪地翻閱各種書籍，竟讓我的眼睛頓時亮了起來。

彼時按我個人習慣所致，大多由新公園西面入口出來的第一個十字路、位在衡陽路口的金石堂開始逛起，沿著重慶南路人潮明顯較多的「陽面」街邊往北走，依序經過「天龍」、「世界」、「東華」、「建宏」、「黎明」和「三民書局」，連同騎樓下的書報攤櫛比鱗次（早期據說在這些小書攤櫃底下往往藏著只有熟客才會詢問的黨外雜誌和李敖的禁書，而警備總部恰好也距離附近的北一女並不太遠），之後穿越漢口街，便是一整幢四層樓三角窗建築、自八〇年代以降作為重慶南路地標所在的「臺灣商務印書館」。

還記得那些年頭的高中校園內，身邊有不少同儕年輕女孩幾乎都曾伴讀過一本叫做《未央歌》的書，據稱它一度風靡了無數台灣校園學子，從六〇年代

1970年代中期，重慶南路書店街風貌（翻拍自一九七六年《中華民國出版年鑑》）。

到八、九〇年代持續暢銷不輟，甚至創下（五十刷）五十萬本的佳績，而這部超級暢銷書（也是長銷書）的出版者，即是「臺灣商務印書館」這所百年老店。

城內，最美的書街風景

「在平凡無奇的人世間，給我一點溫柔和喜悅……你知道你在尋找一種永遠，經過這幾年的歲月，我幾乎忘了曾有這樣的甜美……」，每當我心有戚戚焉、不經意從書店街口遠眺北面那一端的大屯山時，腦海深處總會恍然浮現當年黃舒駿取材自鹿橋著名小說《未央歌》譜成的這首旋律歌聲。正所謂「世事無永遠、青春多短暫」，假使有一天這裡的書店終究是要離去，那麼昔日這些徘徊於一道道書架書攤之間帶有點酸、有點甜的青澀回憶或許也將隨之飄散。

話說日治時期隸屬台北「本町」、因殖民政府施行「市區改正」計畫而留下一整排歐式古典建築風格的重慶南路書店街，可說是台灣戰後初期絕無僅有匯聚了當代出版業及書店文化精髓的一條美麗街道。而當時讓人印象最深刻的、其中最美麗的一家書店，無疑應屬位居台北城內當年最熱鬧的本町通（今重慶南路一段）及榮町通（今衡陽路）交叉路口，原建於日治大正年間、有著「後期文藝復興式」（the post-Renaissance）古典三層樓紅磚建築氣派恢弘的「東方出版社」了（其前身為日治時期全台灣最大的書店「新高堂」，直到一九八〇年它被拆除、改建為鋼筋水泥八層樓高的東方大樓）。

昔日這家書店不僅外觀美麗，同時更是伴隨著我們這一輩台北人在童年歲月中共同成長的書香寶窟，回想小時候經常翻讀的黃皮版《怪盜亞森羅蘋》、《福爾摩斯探案》、《中國歷史通俗小說》、《世界偉人傳記》等少年讀物幾乎都是「東方出版社」的書，此外每當有家長要到附近「城中市場」採買時，也總會把小孩安置在「東方出版社」二樓童書區看書。起初大夥原本站著翻看，可站久了腳會痠，於是就用蹲的，但蹲久了腳麻，最後就乾脆厚臉皮坐在地板上，甚至後來店裡還有安置板凳，簡直就像舒適的圖書館一樣，大概幾年下來在這裡所看的書籍早就比買書數量要多出好幾倍，據說咱那一代有許多人的閱讀嗜好便是如此養成的。

1970年代台灣最美麗的書店：東方出版社舊門市大樓。

至於對面（衡陽路十九號）轉角的金石堂書店，則是一棟九開間三層樓街屋建築，係由厚實的石材累疊砌築而成，正面入口有著優美的石拱騎樓，那是殖民地時期引領島內歐化風潮的日本建築師為這條街上所帶來巴洛克式的古典優雅。

從一家書店的「造字工程」談起

一九六六年，彼時甫從美國來台擔任大學建築系客座教授的Felix Tardio因對於台北城內古厝風景深感著迷，遂以手中畫筆勾勒出一幅幅詳實而迷人的鋼筆素描，從他早年自印出版的《台地先生看台灣》（*Mr. Tardio Draws Taiwan : Sketches of Taiwan*）集結作品中當可顯見他帶有強烈歷史情結所描繪「記憶重慶南路」的某種濃厚情感。

風聞往昔重慶南路書店街最熱鬧最繁榮的時代，卻也是國民黨對台灣社會管制最嚴的年代。

僅就商業層面來說，那年頭台灣的「書店」（書局）跟「出版社」幾乎絕大多數都是混雜著做，有些書店甚至不僅賣書、同時也負責出書，比如六〇年代衡陽路上率先出版一系列「文星叢刊」赫赫有名的「文星書店」，以及致力於復刻中國傳統古籍的「世界書局」，還有專以法律政經類教科書為出版大宗的「三民書局」等。

1960年代美國建築師Felix Tardio勾勒「記憶重慶南路」的素描畫作（翻拍自1966年《台地先生看台灣》〔*Mr. Tardio Draws Taiwan : Sketches of Taiwan*〕一書）。

此處所言「三民書局」旗下出版事業版圖不僅規模龐大、而且還很賺錢！迄今至少出版了各式各樣的書籍叢刊總類超過六百種以上。有趣的是，這家「書店」經常被誤以為是黨營文化單位，事實上卻是不折不扣的民營企業，且與「三民主義」一點關係也沒有，此乃源自當年（一九五三）由創辦人劉振強和其他兩位夥伴共同合資創建，取「三個小民」寓意而命名。

另值得一提的是，在早期尚未有電腦排版、印製書籍主要仍賴鉛字撿排的環境下，「三民書局」為了編纂出版《大辭典》一書，竟然決意開始重鑄中文銅模、自己設計字體，此一宣稱「巨大而帶著美麗與夢想」的所謂「造字工程」一做就是十五、六

2013年全面整修百年洋樓建築重新開幕的金石堂書店（城中店）。

年，這段期間光是鑄字用的鉛條據說就耗費了七十噸，如今這些銅模和鉛字目前都還堆放在倉庫，隨之歷經了數位化變革以後，接著又創設了專屬的「字型研究室」，截至目前為止聲稱已完成了包括明體、楷體、方仿宋、長仿宋黑體、小篆、簡體等六套字體共數十萬字。

那麼，如此毅然投下重資、單以一家「書店」之力獨資開發的「三民字體」到底成效如何、字體好不好看？有興趣的朋友可自行找來近年新版的「三民叢刊」一窺堂奧。

現今重慶南路書街招牌一景。

挖掘自身記憶與歷史的連結通道

曾幾何時，過去我們所曾經擁有許許多多的美麗事物，包括台北城區的小河小溪，以及年歲悠久的巷弄古厝老街建築（比如位在重慶南路一段十八號的「台灣書店」舊門市大樓曾於一九八九年被列入「重要紀念性建築」，但仍於一九九〇年遭拆除改建），到最後卻都訝然驚覺它們幾乎全毀於咱自己的手上。

及至二〇一三年七月，重慶南路上的金石堂書店自從（一九八四年）開設以來似乎終於體認到這點，不僅把將過去封死的老屋門窗立面打開，同時也在室內露出象徵歷史的紅磚與鋼梁，經此一全面整修裝潢重新開幕之後，果然呈現出它原為百年洋樓的美麗樣貌。

但隨著新世代的閱讀生活型態改變，城市書店的空間版圖自然也就跟著變化。

遙想當年有許多老派「文青」從公園路買杯酸梅汁、一路漫步閒逛整條重慶南路，看書看累了還可彎進桃源街吃牛肉麵或菜肉餛飩，像這樣「暢聞書味滿街，何假南面百城」的浪漫景象，以及自日治時期所遺留下來大批舊城區的街屋建築，在過去二十年間幾已逐漸消失殆盡，於今只剩少數倖存紅磚古厝牌樓立面的老舊建物在綠樹掩映下，依舊靜靜地挺立在繁華喧鬧的水泥大樓夾縫中，凝視那一條消失中的台北書街，默默見證其半世紀以來的風華與滄桑。

重慶南路上殘存的歷史古厝。

輯二

何故亂翻書

守護書籍的黑夜裡，永遠有星光

風聞二〇一三年九月二日這天下午，位在台北中山南路的「國家圖書館」國際會議廳舉辦了一場別開生面的電影試映會，會中邀集全台各地圖書館館長、館員、圖書資訊學系所師生共同觀影，據說不僅於短短幾小時內線上報名立即額滿、觀望現場更是座無虛席。而這裡播放的，正是今年（二〇一三）日本導演佐藤信介根據女作家有川浩的暢銷小說改編、由岡田准一和榮倉奈奈主演的《圖書館戰爭》。

對於喜愛日本通俗「輕小說」的本地讀者來說，有川浩大膽顛覆圖書館傳統形象、虛構未來（西元二〇一九年）在

1981年呂金翰譯《華氏451》封面書影／照明出版社（台灣最早的中文譯本）。

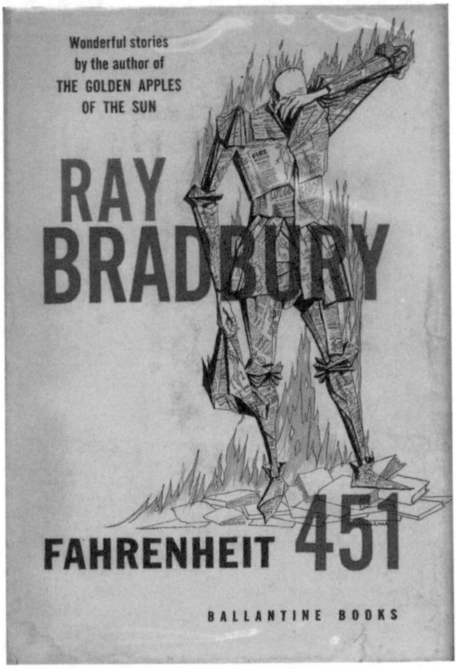

1953年《華氏451》（*Fahrenheit 451*）初版封面書影，封面設計／Joe Mugnaini。

支持「媒體良化法」的政府軍攻入各大圖書館搜取禁書的時代，「圖書隊」為了守護書籍而組成武裝自衛隊爆發衝突擬戰所撰寫成的《圖書館戰爭》系列劇情內容想必並不陌生。早自二〇〇六年起開始刊載原著小說，二〇〇八年獲頒日本科幻小說星雲賞，隨之更陸續改編為電視動畫及漫畫連載。

作為一部結合科幻、愛情、軍事要素的通俗小說，《圖書館戰爭》大抵聚焦於「捍衛圖書自由」為主軸，故事講述高中女生笠原郁在書店裡為一本等待了十年才等到續集的童話而感動落淚，卻正好遇上「淨化特務機關」例行審查。笠原寧可被當成小偷也不願把書交出來，幸好此刻及時出現一位圖書隊隊員（即是後來的男主角——圖書隊教官堂上篤）挺身解救，她也在五年之後成了關東圖書隊的一員，從此矢志為保護人類圖書文明、尋求思想自由和正義理念而戰鬥。

誠如《圖書館戰爭》所描述：統治者為了控制人民思想而銷毀書籍的種種情節，回顧過去的文學發展自有其脈絡，其實遠在更早之前，美國作家布萊伯利（Ray Bradbury,1920–2012）於一九五三年發表科幻小說《華氏451》（*Fahrenheit 451*）書中即以「焚書」作為一種壓制思想自由的「體制化」象徵。

「It was a pleasure to burn」（焚燒真是一件樂事），布萊伯利在這部小說裡寫下了如此看似平凡卻又教人驚心動魄的開場白。

顧名思義，書名《華氏451》乃意指焚燒書籍時的紙張燃點，作者設想未來的社會裡，每棟建築物都百分之百防火，小說主角Montag身為消防員，他平日的工作職責卻不是滅火，而是縱火——有目的地替反智愚民的政府機構焚燒禁書。布萊伯利形容Montag喜歡聞煤油的氣味、喜歡欣賞火焰吞噬書頁的場面，而他也相當熱愛著這份工作，直到某個深秋夜晚，他在回家路上邂逅了一名熱愛閱讀、看待周遭世界充滿好奇心的鄰家女孩Clarisse McClellan，受其影響的Montag慢慢也對書籍感到興趣，甚至在後來的焚書行動中偷藏了幾本書。但這件祕密終究還是東窗事發，拒絕交出書本的Montag被迫踏上亡命之路，旅途中結識了同遭迫害而藏匿在森林裡流浪的一群「書人」（Book People）團體，他們無書可讀，只能各自選擇一本喜愛的書把它默記起來。最後箝制人們思想的社會終於走向滅亡，Montag和這群Book People滿懷希望走出叢林，準備用腦中記憶的書籍重建文明。

在這裡，布萊伯利巧妙地賦予了原意消防員的fireman這個字眼另一

2013年《華氏451》（*Fahrenheit 451*）紀念六十週年封面設計比賽首獎作品，封面設計／Matthew Owen。

種隱喻的意涵：縱火者。事實上，當整個世界都將知識和思想視為心靈毒藥時，對於那些專職從事銷毀知識和壓制思想的人來說，還有什麼稱呼比消防員來得更加貼切呢？

一九六六年，由法國影壇新浪潮旗手楚浮（François Truffaut）執導的同名電影正式上映，原著《華氏451》一書內容最初根據一九五一年布萊伯利發表在科幻小說雜誌*Galaxy Science Fiction*的中篇作品《消防員》（*The Firemen*）所改寫，早昔這位蘊含奇幻想像力而文筆優美如詩的作家幼時成長於美國經濟大蕭條之際，由於家境因素而無緣念大學，於是自高中畢業起便開始半工半讀戮力自學，他白天送報，晚上則到洛杉磯加州大學的圖書館內看書，在地下室用一部租來的打字機寫小說。

於此，布萊伯利自承是圖書館把他養大的，所以他希望透過《華氏451》這部小說

1996年法國導演楚浮執導《華氏451》（*Fahrenheit 451*）電影海報。

來表達對書的熱愛與感激，且觀諸以往歷來專制政權施行「圖書查禁」、「思想檢查」之舉（參照美國五〇年代，彼時雷厲風行的政治人物麥卡錫也正在全美各地掀起一連串查緝進步書刊的運動），布萊伯利毋寧更有一份深沉的焦慮。

職是之故，世人多將《華氏451》理解為對審查制度的控訴，但布萊伯利本人卻不以為然，他明白指稱：我的批判對象既不是麥卡錫主義，也並非政府體制，而是廣大群眾自身耽於影視媒體貪圖逸樂、不思長進的人心！晚年的布萊伯利，對於現今無所不在的手機、網路以及高科技產品始終都抱著一份疑慮和厭惡，更說電子書「聞起來像煤油」。

二〇一二年，適逢布萊伯利以高齡九十一歲逝世的這一年，美國最大的圖書出版公司之一「西蒙與舒斯特」（Simon & Schuster Inc.）為慶祝翌年即將到來的《華氏451》出版六十週年紀念，乃特地舉辦了一場「徵選書衣」的設計比賽，歷經一個多月激烈評選，結果由美國阿肯色州的年輕設計師馬修・歐文（Matthew Owen）從近三百件參賽作品中脫穎而出，以單純紅黑兩色為基調，設計一款從黑皮書精裝書口上方拉出的火柴盒圖案贏得了首獎（二千五百美元獎金），其獲獎傑作也成為二〇一三年該公司發行《華氏451》最新款的紀念版封面。

對這部經典作品，布萊伯利曾說：「我並沒有要預言未來，我只是想要防止它（發生）。」放眼今日，當有愈來愈多的人不愛看嚴肅的新聞、深入的長篇大論和經典書籍，只愛看膚淺弱智的娛樂節目，除工作以外便是盡情享樂，進而掌控消費市場與媒體管道的資本家及統治者也樂得替人民做決定、篩選掉他們需用大腦費力理解的知識訊息，於是人的思想逐漸變得空洞，甚至對身邊事物不再產生任何質疑或期望，環顧我們周遭的現實世界不也多有類似之處？

倘若愚昧已然成為一個時代的選擇，它甚至不要權力和專制就可以成形。此時，唯有書的力量——不管身處何方，得以讓我們檢視自己的時代、自己的社會。

奇幻瑰麗的甜美及悲傷：法國鬼才作家鮑里斯・維昂的泡沫人生

我讓每個音符對應一種烈酒、甜燒酒或香料……強音對蛋花，弱音對冰淇淋。若要蘇打水，就在高音區彈顫音……當你彈奏慢板曲時，就要用與其相符的音域，避免劑量增多，那樣的話，你調配的雞尾酒過多，所含的酒精量就太濃了。

這是已故法國鬼才作家鮑里斯・維昂（Boris Vian,1920–1959）在長篇小說《泡沫人生》（L'Écume des Jours，另譯：歲月的泡沫、流年的飛沫）當中描述故事主角高蘭（Colin）親手做出一架夢幻般的古董鋼琴，它能根據不同音樂旋律來調配出各種口味的雞尾酒——名曰「鋼琴雞尾酒」（Pianocktail）。

除此之外，這部《泡沫人生》還有更多令你匪夷所思、宛如天馬行空的奇幻場景，包括像是鰻魚能從水龍頭裡游出來，冬天的水泥地面下鑽出一朵雙色蘭花，男女主角兩人約會出遊時總是會有一團柔軟的粉紅色雲朵飛過來將他們包裹在裡頭，而一曲優美的音樂可以把整個房間變成了圓形，破碎的玻璃能夠自行生長復原，和煦的太陽光芒投射在水龍頭上會發出撞擊聲，最後掉落在地上散成一顆顆細小的珠子，還有廚房裡可

1997年黃有德譯《歲月的泡沫》封面書影／皇冠出版社（台灣唯一的中文譯本）。

愛的小灰鼠會愉快地與跳躍的陽光嬉戲，也會偷偷跑到牙杯裡把香皂切成棒棒糖。

展讀鮑里斯．維昂筆下描摹的異想世界，可謂「萬物皆有靈」。

諸如此類似真非真、光怪陸離而充滿想像力的荒誕畫面，其實正是小說本身最具詩意魅力之所在，一如鮑里斯．維昂在法文版書序前言指稱：「這部小說的具體創作，就其本義而言，基本上可以說是現實的一種折射，顯現出一種被扭曲了的投影。」作者意欲透過輕盈的筆觸，且將夢幻與現實的分野打破，由此向我們講述著那些既美好又殘酷的感情故事。

二十七歲那年即以本名Boris Vian發表了《泡沫人生》這部小說鉅作，其特立獨行的語言風格，極盡怪異而詼諧，加諸全書不斷遊走於寫實與超現實之間、隻言片語隨處可見黑色幽默橋段的劇情張力，被譽為「法國當代文壇第一才子書」，也是一部足以完全顛覆讀者的日常想像、靈光四射的奇書。

大致上，《泡沫人生》劇情內容以一位富有的年輕紳士高蘭（Colin）為主軸，他在朋友的舞宴中結識了女主角克媬（Chloe），雙方旋即一見鍾情並舉行了盛大婚禮。然而就在新婚蜜月旅行途中，克媬意外染上一種怪病、在她的肺裡長了一朵睡蓮，令她從此臥病不起，必須時時刻刻嗅聞著宜人花香味，才能抑制病情。高蘭為了解救愛

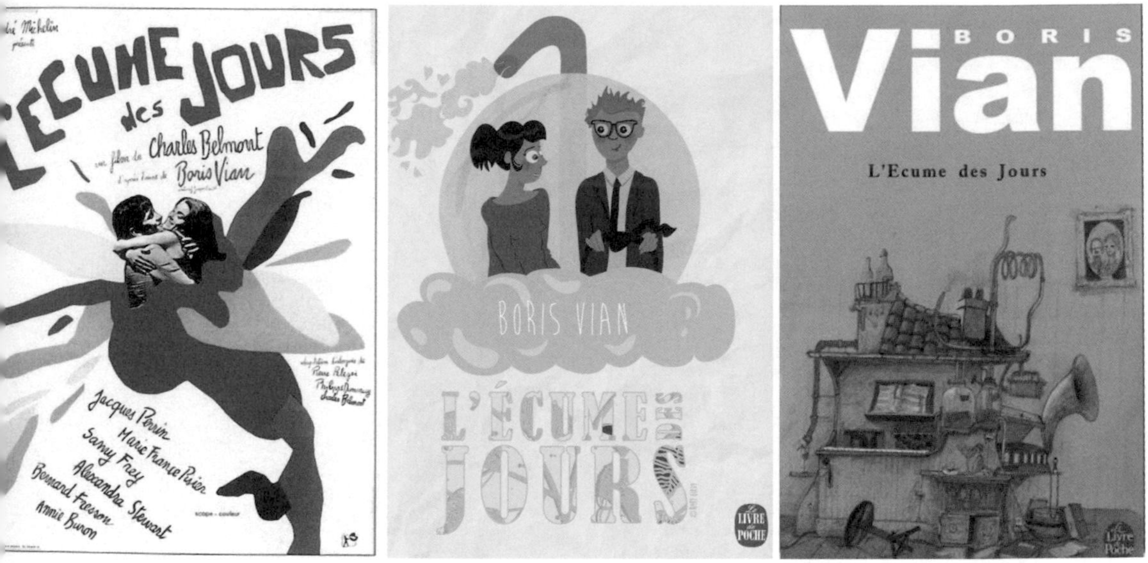

各種不同版本的法文《L' Écume des Jours》封面書影。

人，不惜傾家蕩產四處奔走求醫，甚至還賣掉心愛的雞尾酒鋼琴給古董商。但最後克媒終究不敵病魔的摧殘而離世，僅留下高蘭傷心欲絕，於是他茶不思飯不想，一心只想等候機會殺死這朵睡蓮以替愛妻復仇……

小說裡，美好生命的凋零恰如泡沫易逝。事實上，鮑里斯．維昂終其一生只活了三十九歲的短暫歷程亦有如泡沫般，脆弱而絢麗。

一九二〇年出生於法國阿夫賴城（Ville-d'Avray），十二歲時因感染急性的風濕性關節炎，遂導致他的心臟主動脈瓣膜閉合不全。後來他進入巴黎「中央工藝美術學校」（École centrale Paris）就讀，畢業後當了機械工程師，同時他也開始嘗試寫作，並擔任爵士樂手（吹奏小號）。一九四六年，鮑里斯．維昂以筆名「韋龍．沙利文」（Vernon Sullivan）發表小說《我唾棄你的墳墓》（*J'irai cracher sur vos tombes*），該作品甫一出版隨即引起軒然大波，故事內容主要講述一位年輕貌美的女作家為了尋求靈感而遠離塵囂、來到一處人跡罕至的森林湖畔小木屋專心創作，不料卻遭到當地一夥流氓的侮辱和輪暴，受盡凌虐的女作家死裡逃生，多年後她重返故地，同時以極端殘暴血腥的方式對這些男人進行復仇，由於小說本身強調「以暴制暴」的劇情橋段委實過於驚世駭俗，且毫不避諱將人性最醜陋骯髒的一面赤裸裸地揭露出來，當年鮑里斯．維昂甚至為此被判短期入獄。這部作品後來還在一九七八年由美國導演兼編劇Meir Zarchi翻拍成同名電影，上映以後同時遭到許多國家禁演，多年來始終爭議不斷，被譽為影史上最惡名昭彰的十大禁片之一。

鮑里斯・維昂畢生酷愛爵士小號，儘管曾有醫生警告他說吹小號會對心臟不利，但他仍然照吹不誤。當時，鮑里斯・維昂作為法國青年爵士樂的先鋒分子，白天從事木工製作、作曲、翻譯、研究數學、兼寫淫猥小說，晚上則固定前往地窖酒吧吹奏小號，或常流連於巴黎「花神」（Café de Flore）、「雙叟」（Deux Magots）咖啡館與藝文界名人如沙特（Jean Paul Sartre）、西蒙・波娃（Simone de Beauvoir）等徹夜飲酒喝咖啡，彼此交相談論詩歌、小說、爵士樂和哲學，一直聊到天亮。如是縱情揮霍的夜生活，很快便使他過度透支了自己的生命。

過去，從未有一位作家的死去，如鮑里斯・維昂這般充滿了黑色幽默和戲劇性。那是在一九五九年夏天，他在巴黎香榭麗舍旁的某家小影院裡觀看米歇爾・加斯特（Michel Gast）改編自他的小說《我唾棄你的墳墓》所拍攝的電影試映會，彼時由於改編爭議極大，鮑里斯・維昂帶著極為不滿的心情出席。正當他坐在黑暗的觀眾席間，電影一開場才沒多久就突然心臟病發，待放映結束、燈光亮起，豈料鮑里斯・維昂已然昏迷不醒，竟於奔往醫院的救護車上撒手塵寰。

鮑里斯・維昂的文學作品絕大多數在他英年早逝之後才逐漸受到讀者的讚賞和評論家的重視，其中尤以小說《泡沫人生》最為經典，並曾於一九六八年與二〇〇一年被改編成電影。二〇〇一年是由日本導演利重剛執導、友坂理惠飾演染上睡蓮絕症的女主角Chloe，片名叫做《睡蓮》。

十二年後（二〇一三），由法國青年導演 Michel Gondry 執導、靈氣女星奧黛麗・塔圖（Audrey Tautou）擔綱主演的小說同名電影《泡沫人生》在法國上映，同年為了搭配電影風潮，向來以出版「文庫本」為特色的法國 LGF 出版社（Livre de Poche Librairie Générale Francaise）特別精心製作了一款紀念版「口袋書」（Livre de Poche），包括書名字體燙銀、外觀華麗大方的書盒裝幀，以及隨書附有一本薄而精美的電影劇照手冊，令我在「信鴿法國書店」一見便愛上、忍不住趕緊把書掖在懷裡，封面設計則是以小說中那朵致命的睡蓮為主題圖像，全書僅用兩種顏色：橙黃和水藍色為對比，映襯出那一池水中的睡蓮晶瑩如琥珀般，清麗純真、纖塵不染，亦彷彿小說自身所隱喻那一輪泡沫臨碎前的絢爛，卻偶然被鮑里斯・維昂的文字記錄下來，看得令人驚心、也教人柔腸寸斷。

des jours
AU FILM
Le Livre de Poche
BORIS VIAN
L'Écume des jours
Le Livre de Poche

2013 年《L' Écume des Jours》口袋書紀念版小說封面書影及隨附電影手冊／吳卡密 攝影。

那一天，我的靈魂已跳向妳

在駕駛員的椅背上，我握住了妳的手，妳把手縮回了。然後那隻手又回來了，放在我手上。不，那隻手握住了我的手，在我手上痙攣。在那些我們不了解的控制機的聲音中，在口吃的機器語言中，在破碎的字句中，妳曾把大而綠的眼睛轉向我。我以為我在其中讀出了一個問號。我只讀出了一種挑釁。我接受了。巴哈瑪斯的克麗西，翡翠海的克麗西，白山上的飛機裡的克麗西。那一天，我的靈魂已跳向妳，我已深入妳的世界，屬於妳的。

——馬赫索，一九六九，《克麗西》

人生有許多的境遇就像這樣，從一次偶然的邂逅開始，愛情就不知不覺發生了。始料未及的，彷彿電光石火般，它就像是一陣無法預期的颶風、一場情迷意亂的遊戲。就在上世紀即將步入七〇年代前夕，法國當代劇作家暨小說家馬赫索（Félicien Marceau,1913–2012）在他五十六歲那年（一九六九）寫下了一部長篇小說《克麗西》（*Creezy*）作為表衷愛情的美麗證詞。

該小說情節內容主要講述一位前途看好的青年政治家、已有家室兒女的國會議員朱利安・丹杜（Julien Dandieu），以及另一位總是在鎂光燈下婀娜多姿、平日以拍攝時尚廣告為業的美麗單身女郎克麗西（Creezy），某一天在機場，在飛行馬達的隆隆聲中，他們彼此相遇，鍾情一瞬，隨即狂烈地相愛。其後不久，誠如馬赫索藉由書中男

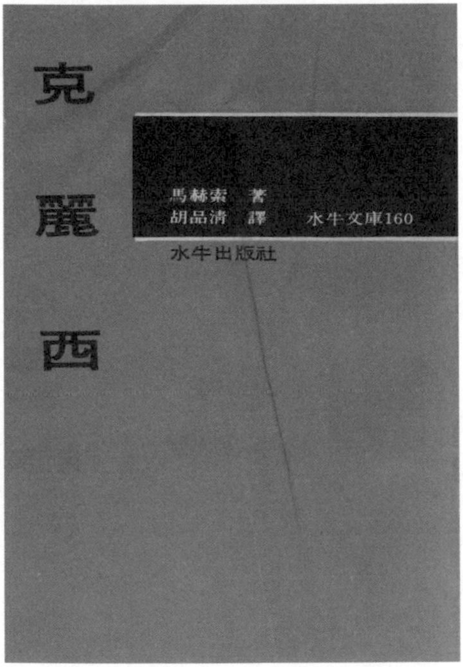

1970年胡品清譯《克麗西》封面書影／水牛出版社。

1969年《克麗西》（*Creezy*）法文原版封面書影。

主角朱利安以其第一人稱口吻寫道：「在那狂熱的擁抱中，仍然有愛，也有相互的激怒，或是甚至有憎恨。」但隨花開花落，物換星移，兩人之間恍恍惚惚的狂愛熱戀，卻在經過一連串現實生活的摩擦、無法妥協之下而逐漸變質。後來，由於男主角思量自身從政的生涯抱負、家庭的顧慮，以及愛戀關係的第三者介入，繼而掀起了一陣妒忌狂濤，亦令他頓時陷入「愛江山抑或愛美人」的兩難境地。最終，不堪情感重負的克麗西竟選擇以身殉情，從自宅寓所高樓一躍而下，香消玉殞。

撫讀馬赫索筆下克麗西和朱利安的禁忌戀情儘管不為世俗所容，彼此高漲的情慾卻也嘗得濃烈、溫柔且哀傷。昔日曾以小說《克麗西》獲頒當年度代表法語文學界最高榮譽「龔固爾獎」（Prix Goncourt）的他，深信文學乃是這世界上唯一的真實。

一九一三年（第一次世界大戰前夕）出生於比利時，作家馬赫索本名Louis Carette，父母都是公務員、篤信天主教。翌年（一九一四）戰爭爆發，家人曾被德軍占領者短暫劫持為人質。四年後烽火消弭（一戰結束），青年時期的馬赫索先是在「聖三一學院」（Sainte-Trinité）修習法律，之後進入「魯汶大學」主修哲學和文學。一九三六年（二十三歲）任職於國家廣播科學研究院（Institut National de Radiodiffusion），一九三九年（二十六歲）擔任比利時電台的記者（直到一九四二年離職），其間適逢二戰烽火再度燃起，祖國（比利時）又遭德軍入侵。

豈料，正所謂「禍生不測、造化弄人」，及至戰爭結束後的翌年（一九四六），曾於德國占領時期軍政體制下工作的馬赫索，卻被後來的比利時政府指控為「通敵」，且被冠以「親納粹」和「反猶太人」的罪名、判處十五年服勞役的有期徒刑，同時還被剝奪了比利時國籍。為此，堅稱不服判決的馬赫索，只得被迫流亡到義大利和法國，並於一九五九年在戴高樂將軍的庇護下入籍成為法國公民，且在定居巴黎十六年後（一九七五）當選為法蘭西學院院士。

早先在戰前歲月乃至四〇年代初期，與生俱有寫作才華的馬赫索即已多方嘗試使用比利時文、義大利文及法文進行創作，也曾陸續出版了一些劇本、小說和散文。但他真正的文學志業起點卻始自於巴黎：一九四八年率先在法國Gallimard出版社發表了小說《納伊》（*Chasseneuil*），一九五一年接連出版了《骨肉皮》（*Chair et cuir*）和《卡普里的小島》（*Capri, petite île*）等作品，很快為他帶來了文壇的聲譽。

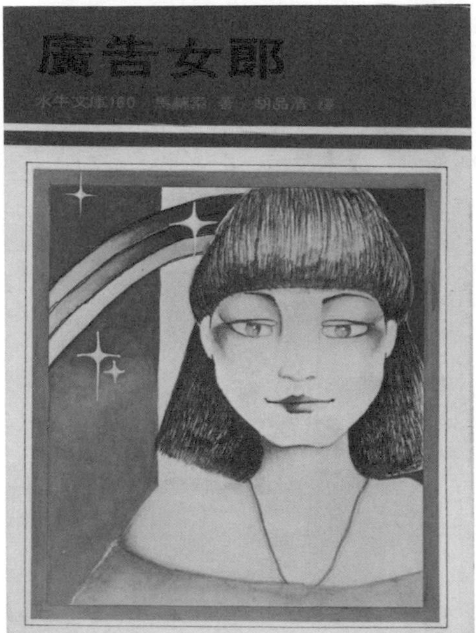

1980年水牛出版社將《克麗西》易名《廣告女郎》改版重新問世。

終其一生，馬赫索可謂筆耕不輟，創作生涯長達五十餘年，著述豐碩，但卻限於沒有中文譯本的緣故，遂讓許多讀者無緣得見。其中最具代表性的小說《克麗西》，於法文原著出版獲獎後的翌年（一九七〇），便有幸由早昔旅居法國多年、長期致力於中法文學（互譯）交流的知名作家胡品清（一九二一—二〇〇六）譯為中文，並交付「水牛出版社」以當時風行的三十二開文庫本首度發行，名曰《克麗西》。此乃馬赫索最早於中文世界問世、亦為迄今為止唯一在台發行的翻譯作品。之後，《克麗西》於一九八〇年再版，除了把版型改為略大開本之外，同時也易名《廣告女郎》。

回溯彼時《克麗西》甫初問世之際，正值歐陸「新小說派」大行其道，他們力圖摒棄傳統寫實主義的敘事手法，意欲由情節、人物、主題、時間順序結構中解放出來，作品強調以簡潔的意象與明快的節奏鋪陳，乍看就像是用破碎的、片段的語言文字剪輯而成的蒙太奇或拼貼畫，故而有著極為鮮明的影像特質（包括蒙太奇、淡出、特寫等），畫面感十足。果不其然，法國著名導演皮耶・葛漢尼爾德—菲赫（Pierre Granier-Deferre）慧眼獨具，於一九七四年將小說《克麗西》改編拍成了電影*La race des 'seigneurs'*，一九七六年在台灣上映，譯名《私生活》（大陸另譯《激情與抱負》），片中找來六、七〇年代素有「法國第一美男子」封號的老牌影星亞蘭・德倫（Alain Delon）飾演男主角朱利安，性感女星雪妮瓏（Sydne Rome）飾演克麗西。

饒富興味的是，小說中挾有國會議員身分的已婚男主角朱利安和克麗西大搞「婚外情」的故事橋段雖屬「老哏」（所謂「外遇」向來都是古今文學作家和影劇編導最愛描寫的題材之一），卻總讓人不禁想到某位資深新聞記者曾半開玩笑地影射：「幾乎所有的法國男性政治家都是患有強迫症的花花公子」，就連近年歷屆法國總統（從密特朗、席哈克、薩柯奇到奥朗德）也都是「外遇」緋聞層出不窮。而對政治人物周旋於（情婦）小三之間的風流韻事，多數法國人似乎就像看小說般，只是一笑置之。

果然文學小說與真實世界裡的荒誕相差無幾。

青春幻滅、歲月如歌：石黑一雄小說裡的音樂與鄉愁

基於歷史與地理因素，台灣自古以來即由海內外各族群（從最早的南島原住民，乃至後來的漢人）在這塊土地上雜居、通婚、融合，先來後到、縱橫交錯，從而構成了多族群的移民社會。

於此，侈談族群的離散、記憶的創傷，以及喪失了身分認同的世代鄉愁，孤獨與失落等，不單僅止於台灣文學與歷史學界屢屢回溯、不斷反芻探究的重要母題，亦為我對日裔英籍移民作家石黑一雄（一九五四—）筆下小說情有獨鍾的箇中原由之一。除此之外，我尤其偏愛他經常以音樂（包含各類古典流行歌樂與那些鬱鬱不得志的樂手）為背景，字裡行間處處都散發著一種氤氳的氣息，敘事平穩、緩慢而優雅，宛如百老匯的歌。

縱使直到曲終人散、人去樓空，卻仍不失餘韻繚繞，一切就像沒有發生過，只剩下那淡淡酒香和一輪朗朗明月。

回想我最早拜讀過石黑的作品、同時也是最令一般讀者廣為周知的，是他在三十五歲那年（一九八九）榮獲英國文學最高榮譽——布克獎（Booker Prize）、後來（一九九三）還改編成電影搬上了大銀幕，由老牌影星Anthony Hopkins和Emma Thompson主演的《長日將盡》（*The Remains of the Day*）。

該小說劇情大致講述一位英國鄉間豪宅的老管家史蒂文生（Stevens）終其一生信守「僕以主為貴」的紀律、尊嚴與承諾，為了盡忠職守，史蒂文生極度壓抑私人情感，即使在父親中風垂危之際，他也不願告假返鄉視親，而寧可選擇「守在餐廳門口等待主人搖鈴」，堅守崗位盡責到底。甚至儘管他目睹了主人的異常行徑有覺蹊蹺，也仍絲毫不加以干涉、逾越本分。

值得玩味的是，像《長日將盡》這樣一部描繪根深柢固的主僕文化、強調「僕役工作至上」的文學作品，出版後不僅引起巨大轟動、銷量逾百萬冊之譜，數十年來更普遍受到當前資本主義統治階級、大企業主與資本家的青睞，認為是教導員工對公司（體制）一輩子忠誠奉獻的理想典範。比如美國最大網路書店Amazon創辦人Jeff Bezos便公開聲稱他最喜歡的小說是石黑一雄的《長日將盡》，且至今仍被列為Amazon管理人員的必讀書單。

二次大戰結束後九年出生於早昔「蘭學」發源地、和洋雜處的日本長崎，六歲即隨海洋學者的父親遠渡重洋移民英國，石黑一雄從小在英語環境中長大、接受教育，小時候愛看西部片和偵探小說，青少年時期瘋狂迷戀Beatles和Bob Dylan，也開始蓄長髮、學彈吉他寫歌詞，渴盼追求Hippy（嬉皮士）流行文化，高中畢業後隨即出外遊歷、背著吉他在美國四處旅行，夢想成為萊納德・科恩（Leonard Cohen）那樣的歌手，甚至還做過巴爾莫勒爾的Queen Mother樂隊的打擊樂手。後來他寫了不少歌給唱片公司寄去，結果卻都石沉大海。

就讀大學期間，石黑一雄主修英語和哲學，卻經常蹺課外出、兼職從事social worker（社工），在慈善機構幫忙看顧那些社會底層邊緣人、無家可歸者、心理疾病患者以及被遺棄的老人，聽著他們講自己的故事，這些經歷不僅對他投身寫作的這條路上具有重要意義，也為他後來在小說中深入挖掘人物的心靈傷痛和生命思考提供了豐富素材。

年少時曾一心嚮往職業音樂生涯的石黑一雄，不禁令人聯想他寫於二〇一〇年的短篇小說集《夜曲》（*Nocturnes*），其中一篇〈莫爾文丘〉（Malvern Hills）描述那位蟄居於英國鄉間小餐館、平日喜歡彈唱寫歌、經常背著吉他跑上山丘作曲、想像著將來有朝一日前往倫敦自組樂團發光發熱的大男孩，依稀便是石黑一雄深藏於內心某部分的自我寫照！

正所謂「青春幻滅、歲月如歌」，儘管石黑一雄日後並未能如願以償、一圓自己的音樂夢，卻把聽音樂、寫歌詞當作一種「寫作的練習」，將其視為一輩子的最愛，亦成了他撰寫小說人物情節裡最常出現、援引的創作元素。

二〇〇二年，英國BBC廣播公司著名節目《荒島唱片》（*Desert Island Discs*）邀請石黑一雄上電台進行專訪。過程中，石黑一雄選了一首美國爵士樂女伶Stacey Kent演唱的歌〈Let Yourself Go〉作為自己放逐在荒島上必聽的音樂，之後雙方經由幾度會面聚餐結為好友，也促成了日後彼此進行跨界合作的契機。及至二〇〇七年，**Stacey Kent**發行新專輯《早安幸福》（*Breakfast On The Morning Tram*），並且邀請石黑一雄特別為她跨刀譜寫四首歌詞。然而，平日習慣寫長篇小說的石黑一雄，卻在交稿時才驚覺自己的歌詞寫得太長！對此，Stacey Kent表示，長篇幅的詞句韻文有助於完整詮釋一個人生情節或故事，反倒讓她更能體會歌曲本身的演唱意境。此外，Stacey **Kent**在該專輯裡翻唱了一首五〇年代老歌〈別讓我走〉（Never Let Me Go），石黑一雄亦以之為名，寫下了一部關於愛與犧牲、氣氛悲傷而美麗的同名小說，後來還被拍成了電影。

放諸英美文學出版與閱讀市場中，被冠以移民身分的石黑一雄，二十八歲時（一九八二）以日本戰後的長崎為背景，講述在英格蘭生活的日本寡婦悅子因為女兒的自殺，遂令她揭開昔日傷痛回憶的故事，發表了第一部長篇小說《群山淡景》（*A Pale View of Hills*），自此成為英國文壇備受矚目的新銳作家。回看當年甫出茅廬的石黑一雄在八〇年代迅速崛起，繼而得到布克獎的《長日將盡》被改拍為電影之後聲名大噪，固然緣自其一貫淡然簡樸、哀而不傷的獨特文風，卻也往往不得不歸因於某種時勢之偶然。彼時西方（歐美）書市愈益對他這樣具有東方族裔背景的「ethnical writer」（少數民族作家）深感興趣，石黑一雄的風格總是被形容為很日本，他筆下的小說常被當成西方研究日本歷史文化的一個重要管道。

然而，一直以來都用英文寫作的他，內心卻很明白：他其實並沒有那麼清楚了解日本。但由於他的東方臉孔，讓他似乎沒辦法太過理直氣壯地宣稱自己已經是個英國人了！而他小時候總是被承諾著「再過幾年就會回去」、那個記憶中的故鄉毋寧也早已隨著時間悄然消逝。

此生猶有未竟之志：李哲洋與巴托克

俗云：大千世界，書海茫茫。人得遇其書，抑或書得遇其人，純粹都只是一種冥冥之中的緣分。

某日傍晚，偶然走逛台大公館「胡思二手書店」，無意間從架上發現了一本書齡比我還大、由「全音樂譜出版社」於民國六十年（一九七一）首版發行的早期匈牙利音樂家巴托克（Béla Bartók）的翻譯傳記《巴托克》。沒想到更令我驚喜的是，打開書名頁一看，竟是當年譯者李哲洋（一九三四—一九九〇）簽贈給已故作曲家戴洪軒（一九四二—一九九四）的簽名書！

正是他，李哲洋！乍見這名字的當下，旋即使我墜入遙遠的時空記憶，依稀回想起高中時代初次接觸古典音樂入門，那時的我幾乎是每晚如飢似渴地從校內（師大附中）圖書館借來一期期由他主導編譯的《全音音樂文摘》與《名曲解說全集》貪看著長大的。

對於我這一代、甚至於更早一輩的諸多資深樂迷而言，當年《全音音樂文摘》滋養了無以數計的愛樂種子，其影響力庶幾等同於台灣樂界的「文星」。

提及這套《全音音樂文摘》自一九七一年（十二月）創刊起，至一九九〇年（一月）停刊為止（最後一期終刊號為巴托克專集），前後出刊長達十九年（中間曾停刊數次），共計發行一百三十三期，且每月皆以一位音樂家或地域樂種（如法國音樂、東歐音樂、維也納樂派等）作為當期企畫專題，內容主要包含翻譯自日本、歐美音樂學者撰寫的作曲家介紹與名曲解說，另外還有邀請國內特約作者針對華人演奏家的採訪報導，以及近期出版相關音樂譯著書評書介等文章，堪稱包羅萬象、雅俗共賞。即便以今天的標準衡量，《全音音樂文摘》涵蓋面向之廣、內容之豐富，至今在台灣依然鮮有能及，而且由於沒有廣告壓力，更能引介大量知識性、學術性的文章。

比方在該雜誌第五卷第一

1971年李哲洋譯《巴托克》封面書影／全音樂譜出版社。

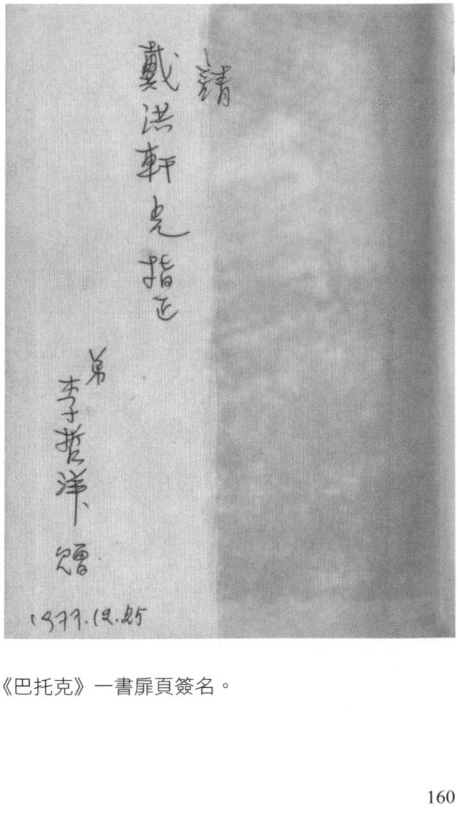

《巴托克》一書扉頁簽名。

期（一九七六年刊）當中，李哲洋即以一篇〈漫談黑澤隆朝與台灣山胞的音樂—研究台灣山胞音樂的第一塊穩固的踏腳石〉首度發表文章提出重視日治時期民族音樂學者來台進行音樂調查的問題，復於戰後六、七〇年代台灣樂壇學界大老許常惠、史惟亮高舉民族主義大旗，浩浩蕩蕩地進行「民歌採集運動」之初，便率先投入田野調查，就像他一生所嚮往尊崇的巴托克那樣，帶著簡陋的錄音器材深入民間走訪台灣音樂的根，並在資料不足的情況下發覺「採集運動」本身在研究方法上的諸多盲點，可謂饒有先見之明。

1971年李哲洋譯《貝多芬》封面書影／全音樂譜出版社。

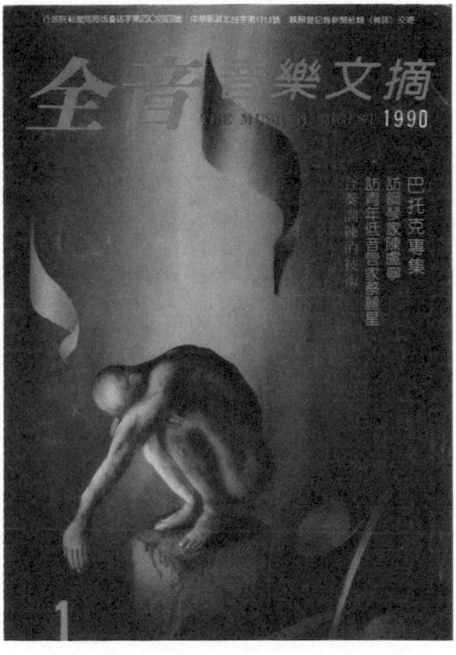

1990年《全音音樂文摘》第133期（終刊號「巴托克專集」）封面書影／全音樂譜出版社。

追懷這位戰後傳播普及台灣音樂文化的重要推手、從小在新竹出生成長的李哲洋，少年時期生涯坎坷、父母離異。十六歲那年（一九四九）以第二名優異成績考入「省立台北師範音樂科」，課餘常與郭芝苑、張邦彥三人出入台北衡陽路「文星書店」斜對面的「田園咖啡屋」交流古典黑膠唱片資訊，暱稱「音樂三劍客」。一九五〇年十二月，他的父親李漢湖任職八堵鐵路局圖書管理員期間，因被指控參與「明朗俱樂部」（官方宣稱是中共外圍組織）受牽連慘遭槍決。性情耿直、無所屈撓的他，後來又因在週記上批評校長而遭學校開除，從此被列入有關單位監控的「黑名單」裡，終身不得再進入體制內接受正式音樂教育，甚至阻斷了申請出國留學的任何機會。於是他開始背負家計重擔，獨自撫養三位弟妹。陸續當過書店店員、台肥公司製圖員，最後轉任基隆三中音樂教員。儘管經濟拮据，卻仍矢志刻苦自學，更不惜上山下海蒐購一切有關音樂理論的書籍文獻，並以此為職志，土法煉鋼、深入堂奧。

李哲洋閱讀興趣廣泛，舉凡歷史學、人類學、民俗學、社會學、舞蹈誌、音樂美學乃至樂器學等無一不涉獵，因為懂日文，也從日本出版界翻譯了不少經典名著，諸如菅原明朗的《樂器圖解》、威納爾（Marc Vignal）的《馬勒傳》、鮑考雷斯科（Andre Boucourechliev）的《貝多芬》與錫特隆（D. Headlam）的《巴托克》、赫菲爾（Friedrich Herzfeld）的《西洋音樂故事》（這些書皆由日文版轉譯而來）、盧原英了的《舞劇與古典舞蹈》，以及根據日本「音樂之友社」《名曲解說全集》重新編譯而成的藍皮精裝本《最新名曲解說全集》（該套書原本預計要編二十四冊，後來因為主持翻譯的李哲洋過世而停頓，故只出了十七冊）等，對台灣早年推廣樂教的啟蒙委實功不可沒。

據聞年輕時的李哲洋喜歡爬山，亦經常前往原住民部落採集他們的音樂，甚至一度熱中練習素描繪畫，因而得以結識林絲緞（台灣美術界第一位專業人體模特兒），隨之更與她結褵、同甘共苦。從六〇年代中期以降，李哲洋毅然放棄教職、一頭栽進民歌採集運動浪潮中，卻因為在「音樂採集」的觀念上與其他領導者意見不同：許常惠主要將之視為汲取創作靈感的「素材」，史惟亮則是認為唯有絕對純淨的、不受現代文明污染的民俗音樂才具有保存價值，而忽略漠視當下已逐漸混雜漢化的現代原住民流行歌，這都與李哲洋所秉持、強調互動生態的民族音樂學理念格格不入。為此，他選擇退出主流學界舞台，僅憑一己之力默默付出。

「當我譯到第二章的時候，時時擱筆陷入沉思，」想望當年有志難伸的李哲洋到底還是隱忍不住在《巴托克》〈譯者後記〉文中感嘆：「尤其每當回憶到數年前，跟劉五男君一起在東部做地毯式的民歌錄音之情景，這趟差一天就一個月的工作，雖然我們原先都決心做他一輩子，結果由於圈內人的猜忌與其他因素，就此告一段落。此前此後雖然自己也零零星星以自費繼續進行這樁工作，奈何身為一個小教員，也只能再以業餘的身分零星地做下去，哪年哪月才能夠把研究成績公布，想到這裡實在寒心……」

職是之故，由於早年李哲洋並沒有取得外國文憑的顯赫學歷，多年來始終以「民間學者」身分沉潛鑽研，在他五十七歲因罹患淋巴癌病逝後，遺留下生平累積的音樂史料整整七十大箱，其中包括關於《台灣音樂誌》、《台灣音樂詞典》研究初稿，賽夏族音樂調查圖錄、採集手稿及相關文獻。去世前一年，李哲洋交代助手范揚坤「要把這些資料燒掉」。所幸，這批珍貴資料最後由遺孀林絲緞決定捐給藝術學院（今「台北藝術大學」），於校內圖書館頂樓設置了「李哲洋紀念室」進行數位化整理與保存，靜待未來有志研究台灣音樂歷史的後繼者善加利用。

吟詠孤獨和鄉愁的滋味：
赫曼・赫塞的《玻璃珠遊戲》與我

沉浮於出世和入世之間，徘徊在理想與現實的邊界上，永遠有無盡的躑躅、擺盪與徬徨。

尤其，當我每回重新翻讀赫曼・赫塞（Hermann Hesse,1877–1962）的《流浪者之歌》（*Siddhartha*）、《徬徨少年時》（*Demian*）、《荒原狼》（*Der Steppenwolf*）抑或《車輪下》（*Unterm Rad*），總是依稀喚起往昔那個似懂非懂的青澀年代，蟄伏在記憶中的某段旋律、某些場景。彼時無以數計、離經叛道的年輕人，紛紛在小說主人公身上找到了自己的影子。據聞上世紀六〇年代末曾以一曲〈Born To Be Wild〉登上美國 Billboard 流行榜的著名搖滾（重金屬）樂隊團名就叫「Steppenwolf」（荒原狼），此一命名即是來自赫塞的小說。

1972年《玻璃珠遊戲》文庫本封面書影。

1943年《玻璃珠遊戲》初版封面書影。

於今，回想當初頗為罕見的，我竟能讀得下如此卷帙浩繁的長篇作品，遠景版厚厚一本近五百頁的《玻璃珠遊戲》（*Das Glasperlenspiel*），宛如一首宏偉的交響樂，通篇用生命譜成的奏鳴主題不斷圍繞著道德與人性、理智及情感、社群和個體、約束與自由間徘徊，伴隨著書中主角約瑟夫·克涅奇（**Josef Knecht**）終其一生為尋找內心最終的和諧及真理而苦苦探求，總不禁勾起了我在國高中時代那段青春年華歲月裡曾經幾度掙扎、迷茫而煩躁的日子，有些苦澀，卻又耐人尋味。此亦為赫塞晚年發表的最後一部長篇壓卷之作。

1983年林秋蘭譯《玻璃珠遊戲》封面書影／遠景出版社。

比起赫塞許多其他較為一般讀者大眾熟悉的短篇作品，這部內容幾乎包羅萬象、作者試圖將西方文明和東方文明的意象和情思鎔鑄於一爐（譬如書中嘗以中國的古琴曲〈高山流水〉和巴哈的管風琴賦格〔**Fugue**〕音樂並列在一起類比出某些共同點）、且具有多重隱喻意涵的《玻璃珠遊戲》並不是一本很容易上手的小說。但於我而言，卻是對它一見傾心。

從初識到喜愛，從迷茫到覺醒，閱讀《玻璃珠遊戲》這部小說毋寧便是一種對靈魂進行洗禮和淨化的過程，那種直抵人心深處震撼的感受著實難以形容！還記得一開始與它相遇，是在高二那年因逢「六一二大限」[1]，某個週末課後的下午偶然走逛台北重慶南路某家書店大清倉特賣時所入手的，「遠景出版社」林秋蘭譯本，封面乃是一幅溫暖的深橘色為背景、畫家吳耀忠手繪赫塞姿容的素描畫像。隨之，經過多年以後，我陸陸續續又在「胡思」、「茉莉」二手書店找到其他各種版本的《玻璃珠遊戲》，包括「志文出版社」新潮叢書的徐進夫譯本、「國家書店」的蕭竹譯本，乃至早期較為罕見的「臺灣商務印書館」王家鴻譯本，由於實在太愛這部小說了，因此只要是我沒有看過的版本，幾乎完全就是隨看隨收。

思及當年的我，正值狂戀癡迷於古典音樂當中而無法自拔，鎮日如飢似渴地泡在師大附中校園圖書館裡，一本又一本追讀著李哲洋主編的《全音音樂文摘》和《名曲解說全集》，西班牙「Plaza & Janes」公司出版的《偉大音樂之旅》系列，以及邵義強編譯的《音樂家軼事》、《交響曲淺釋》、《協奏曲欣賞》等書。透過文字與聲音的想像，引我兀自嚮往著赫塞筆下《玻璃珠遊戲》書中主角Josef Knecht自小被知識和音樂包圍的幸福人生，同時渴盼在庸俗的現實生活裡四處尋覓心目中難以企及的、懷有完美崇高精神的烏托邦理想國「卡斯達林」（Castalia）。即使在當下不被他人理解，雖孤

[1] 自一九九二年六月起，台灣開始實施新著作權法，並且訂下落日條款，規定沒有經過授權翻譯外國人的著作只能販售至一九九四年六月十二日為止，是為台灣出版史上通稱的「六一二大限」。

1984年蕭竹譯《玻璃珠遊戲》封面書影／國家書店。

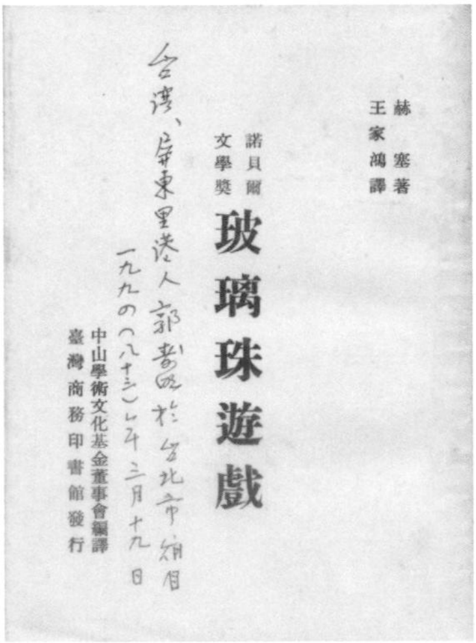

1979年王家鴻譯《玻璃珠遊戲》封面書影／臺灣商務印書館。

1986年徐進夫譯《玻璃珠遊戲》封面書影／志文出版社。

獨亦芬芳。

綜觀赫塞長年筆耕不倦，幾乎所有作品都帶有濃厚的仿自傳性質。自幼生長在德國西南部小城卡爾夫（Calw）的一個牧師家庭，赫塞的外祖父和父親均曾前往印度傳教、通曉梵文，自家書房裡盡是來自歐洲及亞洲的世界名著藏書，母親也在印度出生、喜歡寫詩和唱歌，並且在印度與赫塞的父親結婚。由於童年時家庭環境的耳濡目染，使得赫塞從小就對古老絢爛的東方文明充滿嚮往。平日喜愛親近繪畫、文學及一切關於「美」的事物，特別鍾情於古典音樂，且終其一生都極為熱愛聆賞、研究和彈奏蕭邦，甚至直到年過八旬耄耋之齡偶然從廣播電台裡聽到了傅聰演奏的蕭邦音樂，為此激動不已的他還特地寫了一封〈致一位音樂家〉的公開信予以盛讚。

早先於少年時期，赫塞即對傳統基督教家庭及社會體制萌生了反抗意識，不喜枯燥的學校教育，曾自殺未遂，後離開學校，改習從商，陸續在機械工廠及鐘錶工廠做過實習生，也在杜賓根大學城附近當過書店店員，並開始從事詩文創作。二十七歲那年（一九〇四），以回憶式的自傳小說《鄉愁》（*Peter Camenzind*）一舉成名。及至三十歲時（一九〇七年）初讀德國詩人兼翻譯家漢斯・貝德格（Hans Bethge,1876–1946）依據李白等人的唐詩自由翻譯編輯而成的德文詩集《中國牧笛》（*Die chinesische Flöte*），頓覺驚為天人。此後，赫塞便開始致力尋找身邊所有可能蒐集到的、有關東方（主要是中國）流傳到歐洲的古籍譯著，其中包括赫塞在小說《玻璃珠遊戲》篇章裡經常援引的《老子》、《莊子》、《易經》、《呂氏春秋》等。雖然赫塞本人完全不懂中文且從未到過中國，但他似乎卻在那古老的文化當中找到了自己矻矻以求的心靈故鄉。

從構思到付梓問世，赫塞投入《玻璃珠遊戲》的寫作過程長達十二年，其間曾經歷一、二次世界大戰後的幻滅和絕望，甚至因表達「和平主義者」（Pacifist）立場而一度被視為賣國賊，被迫流亡瑞士。彼時在一片迷惘與苦悶中，赫塞認為唯有中國古老的精神文化能夠拯救歐洲的靈魂，而更殘酷的現實是，原本暫時脫離了喧囂塵世的桃花源最終仍須返回苦難多舛的人間，小說結局遂以一個溺水身亡的悲劇傳說下戛然而止，由此象徵作者自身重燃入世的殉道決心。

故而赫塞屢屢對人懷有最深沉的愛，因為眾生皆苦。

騷動的靈魂無可遏止：亨利・米勒的巨蟹（Cancer）與女人

常言道：狂傲不羈，離經叛道，此乃真性情也！

誠如作家亨利・米勒（Henry Miller,1891–1980）以其自傳體小說《北回歸線》（*Tropic of Cancer*）主角人物的對白聲稱：「**我對生活的全部要求不外乎幾本書、幾場夢和幾個女人。**」從他作品裡往往令你第一眼就能看出，這位作者熱中描寫縱情聲色的瘋魔程度，毋寧極為狂妄放縱、糜爛下流，卻又如此簡單真實、趣味橫生。觀諸他筆下那些混吃混喝的主人公不僅講起話來無所顧忌，書中橋段更隨處充斥著宛如酒後夢囈般的污言穢語，以及各式各樣匪夷所思、撩得令人臉紅心跳、氣喘咻咻的露骨性愛場景。然而在我心中，卻也還沒有人能夠像他瘋得這般率真、坦蕩，毫不做作。

「我必須承認在我開始寫作生涯以前的日子裡，讀書既是最能給與感官刺激又是最有傷害的消遣。回憶過去，對我來說，似乎讀書只是一種迷幻劑，一開始很刺激，然後就令人沮喪，令人麻木……」回想多年前我初讀亨利・米勒《我一生中的書》自敘其生平書緣

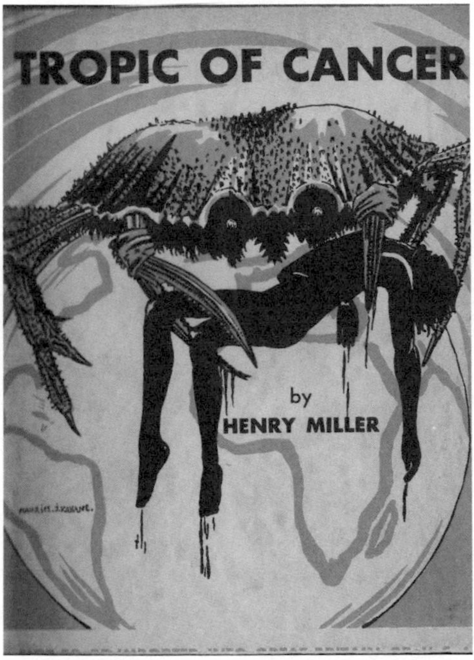

1934年《北回歸線》（*Tropic of Cancer*）初版封面書影／巴黎尖石碑出版社（Obelisk Press）。

的這段話，於字裡行間強烈透露出那份非比尋常地擁抱慾望直白、毅然拋開一切世俗偽裝的「反叛的激情」，至今仍深深吸引著我。

自詡為「流氓無產階級吟遊詩人」，生命中大半輩子總離不開思考、寫作以及風花雪月的亨利．米勒，自幼生長於十九世紀末紐約布魯克林一個德裔裁縫師的移民家庭，早先他曾在紐約市立大學就讀，但兩個月後因無法忍受墨守成規枯燥乏味的校園生活而自行輟學，從此隻身步入社會、闖蕩江湖。之後，他陸續做過碼頭工人、清潔工、列車乘務員、酒保、幫廚、打字員、教師、編輯等各行各業，其間飽嘗生活底層之艱辛，並利用工作餘暇遍讀東西方諸多文學家與哲學家的經典著作，如拉伯雷、盧梭、康拉德、愛默生、**D.H.** 勞倫斯、杜思妥耶夫斯基、史特林堡、尼采、蘭波、老子、諾斯特拉達莫斯（**Nostradamus**，十六世紀法國預言家）。除此之外，他還一度沉潛於佛教禪宗、梵谷的印象派繪畫、葛飾北齋的浮世繪、古猶太苦修教派的教義、神祕學、星相學等各門博雜學問，其閱讀嗜趣可謂百無禁忌、三教九流幾乎無所不涉獵。

後來有一天，亨利．米勒邂逅了一名女子瓊（June Edith Smith，米勒的第二任太太），並在她的鼓勵下辭去工作、同時開始了自己的職業寫作生涯，卻也因此讓日常生活陷入貧困。一九三

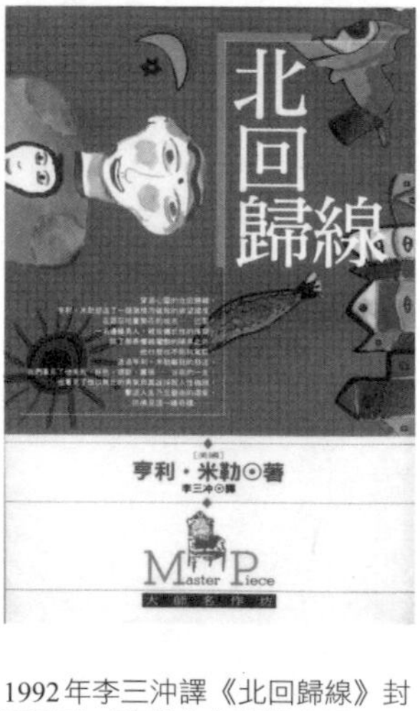

1992年李三沖譯《北回歸線》封面書影／時報文化出版公司。

〇年，亨利・米勒三十九歲，幾年下來面臨寫作瓶頸仍始終一籌莫展的他，遂決定遠離美國前往巴黎找尋靈感。

回溯上世紀三〇年代歐洲，「一戰」結束的烽火硝煙才剛散去，緊接而至的經濟危機一波未平一波又起，環顧整個西方世界和社會面貌滿目瘡痍、百廢待興。在他獨自浪跡巴黎僑居期間，亨利・米勒終日過著窮困潦倒卻又放浪不羈的生活，經常一拿到妻子June從美國寄來的錢，便立即趕去花街柳巷找女人，然後沒錢吃飯繳房租。就這樣居無定所，不時被迫露宿街頭、食不果腹的流浪日子一天天過去。此後十年裡，他同一群不務正業的青年藝術家混在一起，成天交談、宴飲、嫖妓，同時還認識了一些朋友，包括日後成為米勒情婦的法裔美籍女作家安娜伊絲（Anais Nin）和她的銀行家丈夫雨果（Hugh Guiler）。而著眼於彼時這些紅塵男女間的曖昧糾葛，日後還被Joseph Strick與Philip Kaufman相繼拍成了電影*Tropic of Cancer*與*Henny & June*。

及至四十三歲那年（一九三四），因受巴黎友伴的環境薰陶與情人安娜伊絲的勉勵資助下，亨利・米勒發表了生平第一部長篇小說《北回歸線》、由杰克・卡漢（Jack Kahane,1887–1939）創立的「尖石碑出版社」（Obelisk Press）正式出版，內容主要描述亨利・米勒在巴黎放浪形駭的生活，幾乎你從任何一頁讀起，全都是濃得化不開的幻想和絕望，以及俯拾皆是極盡瘋狂的做愛情節，因此被當時衛道人士指斥為「淫書」，且遭許多英語系國家加以查禁。直到一九六一年有出版商大膽在美國出版《北回歸線》，兩年內大賣兩百五十萬本，也掀起了冗長激烈的法律訴訟。最後米勒一方勝訴，被視為爭取言論自由的歷史上一個重要的里程碑。

相對來說，書被查禁，反倒愈益抑制不住人們的好奇心，故而早在上世紀三、四〇年代亨利・米勒便不乏大批讀者乃至崇拜者。根據四〇年代末《紐約先驅論壇報》刊登一則趣聞記載，一名學校教師踟躕於巴黎街頭，說她無論走到哪兒都非常高興地能夠看見年輕人在讀《簡愛》，某天她發現有一本《簡愛》被人丟棄在桌椅上，於是她把書撿起來，赫然發現夾藏在書封底下的內頁文字，竟是亨利・米勒兩卷本的《北回歸線》與《南回歸線》！

原書名*Tropic of Cancer*，中文譯為《北回歸線》，實際上其小說內容根本就和這個地理座標毫無關聯，而是該以直觀文意稱做「癌症地帶」或「癌症地區」，一如他在小說開篇寫道：「時間如癌，正在吞噬我們……我們一個個都要排隊走向死亡的牢獄。」此處「Cancer」亦有「巨蟹」（星座）之意（據聞亨利・米勒本身就是一個痴迷於觀察星象的天文學迷），乃意指充滿旺盛的精力和敏銳的洞察力，在星座學上象徵願意為愛犧牲一切的母性特質。

有趣的是，《北回歸線》最先於巴黎問世的初版封面設計即以一隻巨蟹用牠巨大的螯爪捕獲女人身體當作獵物的圖像為主題，不禁令人聯想到三百年前日本江戶時代常以「章魚與裸女」圖畫作為情慾象徵的浮世繪巨匠葛飾北齋。亨利・米勒在筆記本裡摘抄了這樣一段話：「我自己出生在巨蟹座下，因此我獨立自主，在海上和陸地上都擁有大片領地。」蟹可以橫行不羈，象徵著自由的精神，亨利・米勒遂以此自喻，「人如果不能坦然面對性，那他怎麼能面對更血淋淋的自我？」終其一生肆無忌憚、粗心大意，滿不在乎他人目光的好色、猥褻、囂張、喜歡胡思亂想，他老人家就這樣也活了八十九歲。

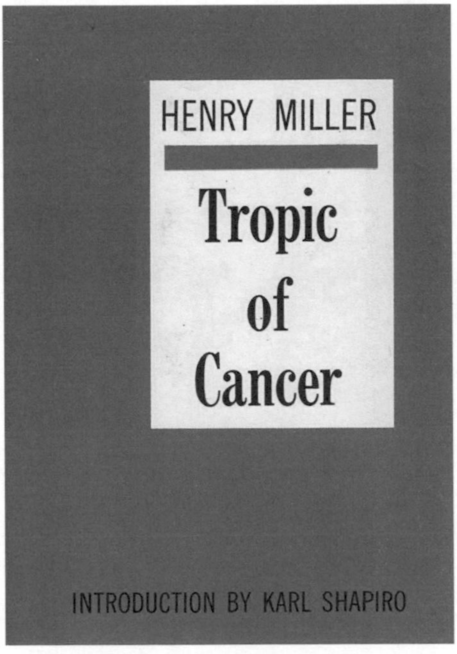

1961年美國首版《北回歸線》（*Tropic of Cancer*）封面書影／葛羅夫出版社（Grove Press）。

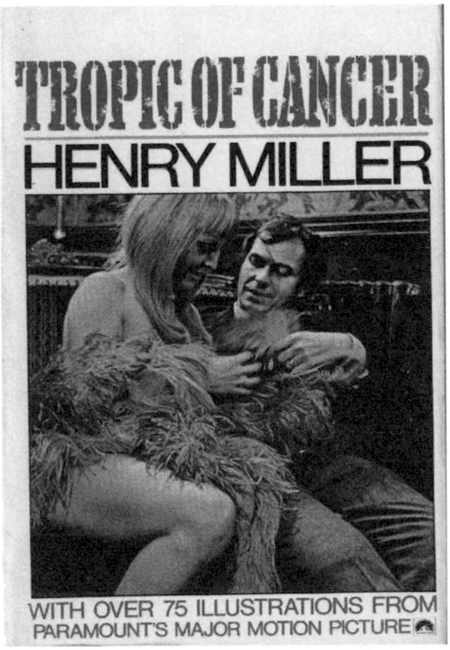

1970年電影版《北回歸線》（*Tropic of Cancer*）封面書影／葛羅夫出版社（Grove Press）。

欲向怒海頑抗：談海明威與蔣介石

「人不是為失敗而生的」、「一個男子漢可以被消滅，但不能被打敗」。幾十年來美國文豪海明威（Ernest Hemingway,1899–1961）透過他筆下最為膾炙人口的短篇小說《老人與海》（*The Old Man and the Sea*）書中主角所說的這句名言，一度讓後世無以數計的讀者深深動容。

該書內容主要描述一名古巴老漁夫Santiago獨自出海打魚，在一無所獲地漂流八十四天之後釣到了一條無比巨大的馬林魚，歷經整整兩天兩夜的周旋，終於把大魚刺死，拴在船頭。不料此時卻遇上了鯊魚，老人又與鯊魚進行殊死搏鬥，後來老人戰勝，用魚叉殺死了鯊魚，但在歸途中，大魚的肉早已被一群群的小鯊魚吃光，儘管老人幾已疲乏力盡，卻仍繼續堅持奮戰不懈……

在文學史上，《老人與海》可謂歷久不衰，並於一九五八年首度改拍成電影，由銀幕上以硬漢形象著稱的美國影星史賓塞．屈賽（Spencer Tracy）主演。值得玩味的是，那年《老人與海》電影在美國上映兩個月後，彼時已屆高齡七十二、心中仍念念不忘想要反攻大陸的蔣介石在侍從的安排下，恰好也在高雄西子灣的行館裡觀看了這部影片。由於這時候國民黨政府才剛經歷過慘烈的「八二三炮戰」，美軍開始介入協防，蔣深知反攻無望，且在他任內憲法明定的總統任期（一九五四—一九六〇）亦即將屆滿，垂垂老矣的他眺望西子灣茫茫大海，有感於電影裡海明威筆下的老漁夫雖明知不可為、卻毅然挺身欲向怒海頑抗，內心不勝唏噓，認為自己也該是一個鬥志堅

1953年辛原譯《海上漁翁》封面書影／拾穗出版社，封面設計／張明垠。

強、永不向命運低頭的老人，因此大加讚揚其影片「寓意甚佳，能發人深省」，甚至交由當時奉令前往金門慰勞前線軍民、負責政戰工作的蔣經國寫下了一篇〈生存與奮鬥的啟示〉，文中自云「看了海明威所寫的《老人與海》，獲得了很多新的、有關人的生存與奮鬥的啟示」、「我們應該緊握著舵柄，朝著既定的方向，乘風破浪，勇敢前進」（該文章後來收錄在國中國文課本第四冊）。自此，台灣文化界乃赫然掀起一波討論、介紹海明威的熱潮，坊間出版社更競相翻譯其作品。

回顧過去，中文世界最早問世的海明威譯本，應屬一九五二年十二月由香港美新處旗下的「中一出版社」印行、署名范思平翻譯的《老人與海》。此處范思平即為張愛玲筆名，據聞當年她來到香港旅居期間（一九五二—一九五五），為謀生計，便向美新處寫信自薦翻譯美國文學，供她初試譯筆之作，就是海明威的《老人與海》。約莫同一時期在台灣，這部小說亦早有人著手翻譯，書名曰《海上漁翁》，那是在海明威獲頒諾貝爾獎的前一年（一九五三），由台灣高雄左營高雄煉油廠的「拾穗出版社」發行，譯者為辛原，列為拾穗譯叢第五種。於此觀其封面木刻圖案帶著濃濃古意，搭配今日早已不復見的老派書名《海上漁翁》，令人不禁聯想昔日柳宗元詩「孤舟簑笠翁，獨釣寒江雪」烘托出老人不悲不憤、高潔無畏的坦蕩心境。

隨之，其中頗受讀者好評的張愛玲譯本《老人與海》於一九七二年改由香港今日世界社發行，並延請香港著名畫家蔡浩泉繪製封面設計。因是名家譯筆，加上煥然生

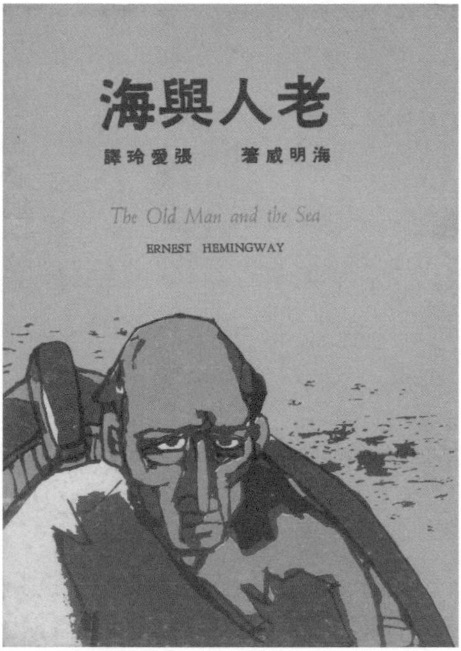

1972年張愛玲譯《老人與海》封面書影／今日世界社，封面設計／蔡浩泉。

1966年呂津惠譯《老人與海》封面書影（此為張愛玲譯本所翻印）／大眾書局。封面為Spencer Tracy主演《老人與海》電影劇照。

輝的裝幀插圖，故而銷路甚佳、廣為流傳。據估計，光是《老人與海》一書，在台灣各地大大小小的坊間出版社以張愛玲譯本為底稿的翻印本（盜印本）至少就超過二十種以上。眾所周知，海明威一生的傳奇際遇並不亞於其小說。從小即有叛逆精神、性格剛強的他，自幼便承襲了父親熱中野外活動的興趣，尤其喜愛狩獵、捕魚、游泳、拳擊、鬥牛、旅行等，白天釣魚打獵，晚上便去泡酒吧、大口豪飲著古巴的朗姆酒（Rum），用來刺激自己的肉體和靈魂，每當靈感來了，就站在置於書架上的打字機前寫作，他曾居住的地方都留下許多軼事，身邊好友都暱稱他："Papa" Hemingway（海老爹）。

在他三十七歲那年（一九三六），適逢西班牙爆發內戰，舉世矚目，來自數十個國家的三萬多名志願者組成「國際縱隊」（Brigada Internacional），相繼奔赴戰場，齊聚馬德里，力抗以佛朗哥（Francisco Franco,1892–1975）為首的法西斯軍政府，海明威亦以北美報業聯盟記者身分四度前往助陣，在採訪過程中與聰慧貌美的《柯里爾》雜誌（*Collier's*）特派女記者瑪莎（Martha Gellhorn,1908–1998）彼此滋生愛苗，後來成為海明威的第三任太太。

彼時這對新婚夫妻才剛在歐洲度完蜜月不久，旋即接受美國媒體紐約《午報》（*PM*）所委託，於一九四一年春天偕同前往中國採訪抗日戰爭實況。他們由香港取徑進入廣東、再從桂林搭機飛往重慶。由於海明威在美國頗有名氣，且和羅斯福總統夫人私交甚篤，因此也受到蔣介石、宋美齡的熱忱接待，雙方共進午餐，甚至還與共產

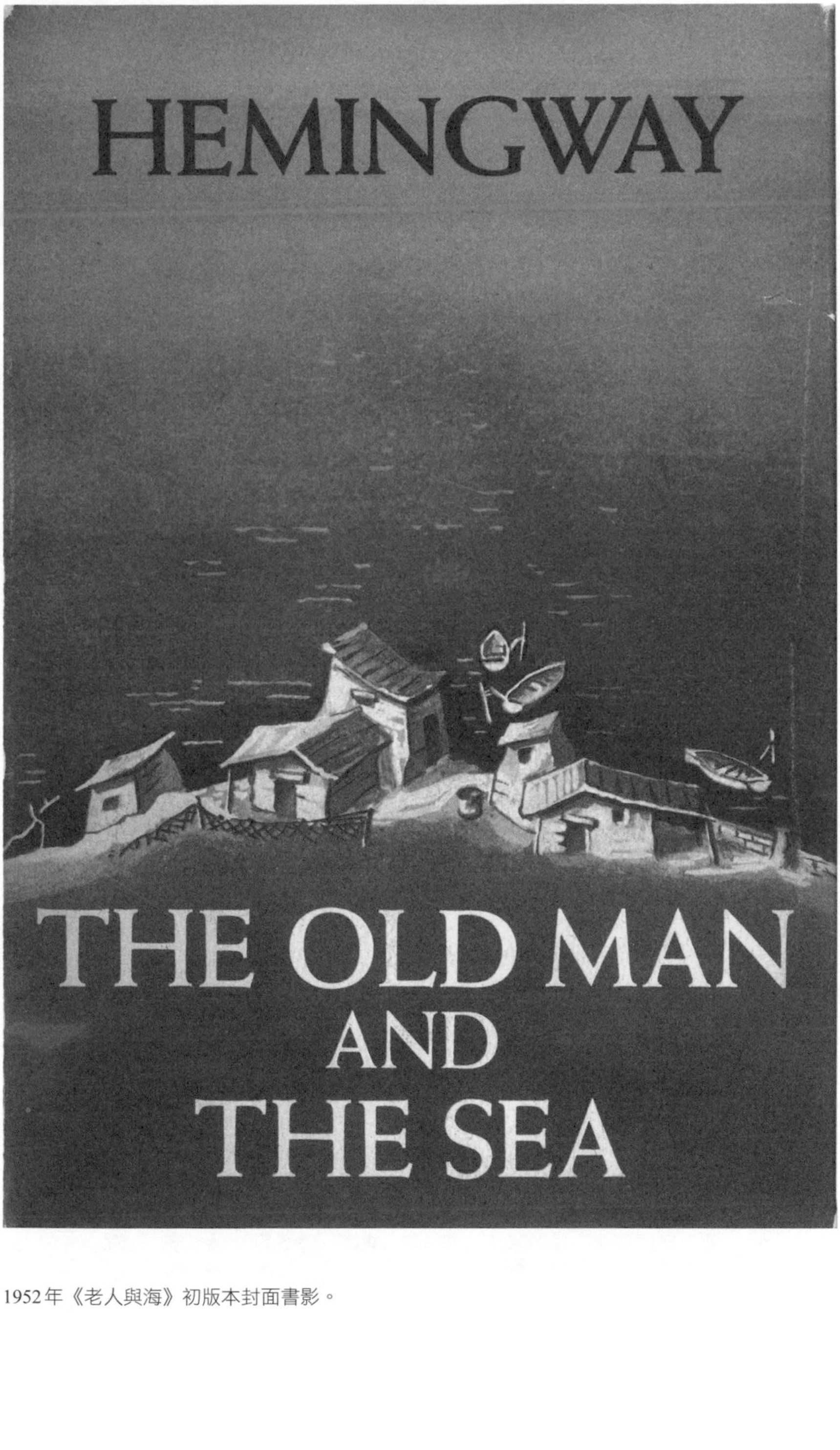

1952年《老人與海》初版本封面書影。

黨領袖周恩來有過祕密會面。旅途中，海明威與瑪莎親眼目睹當時處在戰禍下的中國社會底層人民生活之慘，包括像是在大街上被人遺棄的痲瘋病小女孩，裹小腳不良於行的難民，鴉片館裡衣不蔽體、面黃肌瘦的童工等。而相對於一般平民百姓難求溫飽、物力艱難，那些高官大員們日常生活之闊綽、衣著飲食之奢華，皆令他們感到瞠目結舌。海明威的妻子瑪莎日後回憶道：「the Chiangs were pumping propaganda into us, as effective as pouring water in sand」（蔣氏夫婦口若懸河地向我們做宣傳，其效果就像往沙裡潑水）、「All the big shots we've met don't give a damn about anything except their perk and their power」（我們所見到的大人物，除了金錢和權勢外，他們對其他任何事物都毫不在意）[1]。

回溯當初這段頗為微妙的東方經歷，爾後在二〇一二年美國HBO自製電影《戀上海明威》（*Hemingway and Gellhorn*）片中多有著墨。我從這部電影當中，似乎又再度領略海明威其人其文難以抗拒的魅力所在，這也是海明威文學之所以偉大的原因，他的小說至少不是寫給那些偉人看的，我們在教科書裡看到的那些偉人，幾乎都是那種有著單一性格的人，而海明威一輩子卻都爭強好勝、性格複雜。因此當他晚年屢為疾病所苦，以致未能再寫出超越自己、震驚世人的作品時，最終唯有以一把獵槍結束了自己六十二歲的生命。

1 引自Martha Gellhorn回憶錄《Travels with Myself and Another: A Memoir》，Tarcher出版社，二〇〇一。

凝望歲月青春，我們依然孤寂

青春就像一只容器，裝滿了躁動、不安。

生命如水，歲月無聲，靜靜地流走於每個春秋冬夏，也悄悄偷走了我們的青春、改變了我們的容顏。而那些被偷走的青春、逝去的容顏，往往都藏在那些褪色的舊書和老照片裡，翻過一頁又一頁，便是青春的往復再現。

如是，歲月總在期待中開始，在平淡中流逝，彷彿墜入時間的宿命迴圈，不斷循環、周而復始。有時候，我總覺得自己似乎也經常反覆地做著同樣的事情、犯同樣的錯誤，就像拉丁美洲魔幻寫實作家馬奎斯（Gabriel García Márquez,1927–2014）筆下《百年孤寂》（*Cien años de soledad*）講述邦迪亞家族（Buendia）人物主角關在小屋裡不停地做小金魚然後融掉再重新做，或是不停地編織裹屍布，或是不停地洗澡、修破

2011年范曄譯《百年孤獨》封面書影／新經典文化。

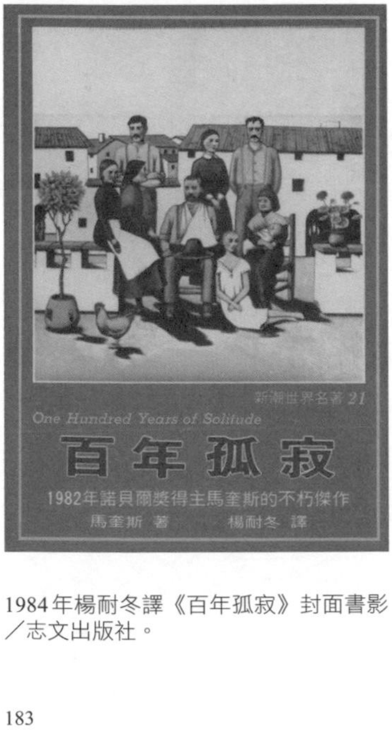

1984年楊耐冬譯《百年孤寂》封面書影／志文出版社。

門窗，或是不停地鑽研難以破解的羊皮紙，如此沉湎於毫無意義的生活瑣事，日復一日、年復一年地被重複著。

現實生活遠遠比我們想的複雜、甚至荒謬，但也要去嘗試。

多年以來，我讀《百年孤寂》，起初看的是「志文出版社」楊耐冬的譯本，後來偶然在書店陸續找到了「遠景出版社」宋碧雲翻譯，以及「大漢出版社」較少見的蔡豐安翻譯《百年的孤獨》這兩種版本，卻無論怎樣也讀不慣！（由此可見「先入為主」的偏見影響）。特別是書題的命名，雖說都是從英譯本《One Hundred Years of Solitude》轉譯而來（皆非由西班牙原文直譯），但相較於遠景版的《一百年的孤寂》或大漢版的《百年的孤獨》，此處所云Solitude一詞，我往往偏愛翻作「孤寂」更甚於「孤獨」，取其前者略有沉思之意。總而言之，志文版的譯名《百年孤寂》乍見之下不僅更為簡潔有力，且亦多了一份秋水伊人的淺淺韻味。

回想起昔日初讀此書的悸動，那段被時光偷走的歲月青春，在那個思想不自由與知識圈封閉的大環境當下，早年在坊間市面所見各種外國文學經典譯作，幾乎無一例外全是未獲正式授權的翻印（盜版）書。比如志文版《百年孤寂》最早的封面圖案，即是取自一九八二年英國「鬥牛士出版社」（Picador Books）英文版平裝書，之後（一九八四）又被上海譯文出版社「二十世紀外國文學叢書」沿用其版畫風格作為封

1983年蔡豐安譯《百年的孤獨》封面書影／大漢出版社。

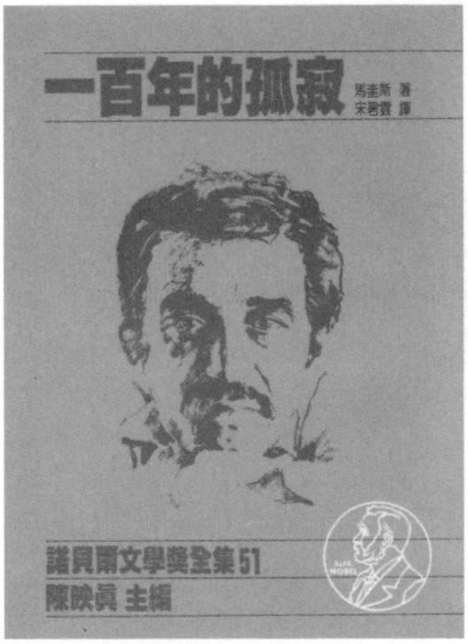

1982年宋碧雲譯《一百年的孤寂》封面書影／遠景出版社。

1993年吳健恆譯《百年孤獨》封面書影／雲南人民出版社。

面，藏書者暱稱為「版畫本」（據說當年仍在解放軍藝術學院文學院念書的莫言便是初讀此一譯本）。

自幼常聽外祖父母講述民間靈異故事，大學時主修法律，不久即輟學轉任記者，乃至一度因投入寫作而負債累累的馬奎斯，在他五十五歲那年（一九八二）以小說《百年孤寂》斬獲諾貝爾獎，無數的讚譽及盛名旋即如潮水般湧進，復於上世紀八〇年代中文世界引發集體性的熱潮，字裡行間咆哮翻滾的拉美靈魂、充滿亂倫與迷醉的幻想色彩，成了那一代文藝青年言必稱「魔幻寫實」的共鳴箴語。隨之接踵而來的，各式各樣五花八門、千姿百態的裝幀版本，無論是譯名《百年孤寂》或《百年孤獨》，彼時相繼出現的中文譯本之多足以令人眼花撩亂。（據聞馬奎斯本人於一九九〇年來訪中國北京和上海期間，因隨處可見當地書店未經授權即擅自出版其著作，乃憤而宣稱在他有生之年絕不把版權賣給這個滿是盜版書籍的國家！）自從一九六七年第一版西班牙文《百年孤寂》單行本問世以降，數十年來不知曾令多少讀者為之魅惑而

1984年黃錦炎、沈國正、陳泉譯《百年孤獨》封面書影／上海譯文出版社。

著迷，每個版本的推出都伴隨著不同的圖案設計與裝幀紋理，予以呈現這一部歷年經久不衰、瘋狂而偉大的書。

二〇一一年，適逢英國老牌「企鵝出版社」（Penguin Books）舉辦第五屆「企鵝設計獎」（Penguin Design Award）年度圖書封面設計大賽，即以馬奎斯的《百年孤寂》為命題，開放邀集各新生代設計師、藝術設計科系的在校學生投稿參加比賽。該獎項不僅為入圍者提供了價值一千英鎊的獎金，還可獲得在企鵝設計工作室的六週實習機會。根據評選結果，首獎得主是一名就讀英國法爾茅斯大學（University College Falmouth）的年輕人Alexandra Allden，其設計概念主要以一層白色的外書衣包裹著，書衣本身使用雷射切割出鏤空的裝飾圖樣、形成了穿透性的視覺效果，頗似一般家族聚餐常見的紙桌巾，觀看者可從鏤空圖案的縫隙中隱約窺見書封內層，用來比喻其小說主角——邦迪亞家族面對未來不可知的命運若

2011年英國企鵝設計獎（Penguin Design Award）以馬奎斯《百年孤寂》為命題的封面設計首獎作品。

隱若現，對照這漫長歲月，亦虛亦實，心卻又懸浮，讓人不自覺產生一種既華麗又盛滿生命紋理、旁觀歲月編織著百年宿命的閱讀想像。

那一年（二〇一一），恰好也是馬奎斯的版權代理人終於首肯、應允將他生平多數作品授權給中國正式發行的重要日子。後來有一天，我在台北溫州街「明目書社」初次看到了深赭紅黑封面線條斑斕似醇酒、帶著精裝本瑰麗書衣的簡體字「正版」《百年孤獨》，卻總是感到有些相對隔閡的陌生感，甚至有種不太真實的感覺。於是乎，我讀著原本熟悉的主人公邦迪亞變成了布恩迪亞（Buendia），溫柔堅毅的易家蘭變成了伊瓜蘭（Iguarán），糜爛揮霍的阿克迪亞變成了阿爾卡蒂奧（Arcadio），埋首孤寂的奧良奴變成了奧雷理亞諾（Aureliano），縱情放浪的亞瑪蘭塔變成了阿瑪蘭妲（Amaranta），美麗早逝的瑞米迪娥變成了蕾梅黛絲（Remedios），故事場景的小鎮馬康多變成了馬孔多（Macondo）。

融匯於Buendia家族系譜裡的各色人等，這些似曾相識的名字，強盛的原始欲望，一再反覆，重演著上一代的不幸，甚而逐漸步入毀滅，彷彿不斷輪迴的歷史宿命。回到現實，也許Macondo什麼也沒發生過，如同歷經白色恐怖屠殺後現在的馬場町公園，老街町歷史建物被拆除弭平後重建的高樓大廈，威權統治屢屢意圖復辟的專制愚昧，人們很快便會遺忘，除了藝術與文學。尤當夜深人靜之際，撫讀這份日益衰敗的孤獨，確似有別樣的味道。

何妨浮生盡荒唐：讀《日安憂鬱》與少女莎岡

是一個全面以視覺姿態塑造人格形象的媒體時代。話說「眼見為憑」，其實就是一種最不費力去認識其他外在世界的觀看方式。

值此，注重外貌原是人的天性，但凡男人女人都很難拒絕美貌誘惑，一如上世紀八〇年代首度以女性身分晉身法蘭西學院院士的著名小說家瑪格麗特・尤瑟納爾（Marguerite Yourcenar,1930–1987）所言：「美麗的外形，於愛的情緒和感性愉悅，至關重要。」特別是在現今主流媒體影像當道的現代社會裡，「美貌」同時意味著容易被窺視和消費（比方以「美女」為噱頭來取悅消費大眾，促使一本雜誌書刊看似會更有賣點，迄今我們對於這樣的宣傳伎倆該是不陌生的）。

1976年李牧華譯莎岡《日安憂鬱》封面書影／大地出版社。

放眼中國近代文壇，有曾被梁啟超擬作「清水出芙蓉」的三〇年代北京林徽音（一九〇四—一九五五）不僅工詩文善繪畫，還能設計建築雕飾婚紗服裝，而那出身前清遺老貴族愛衣成痴的四〇年代上海張愛玲（一九二〇—一九九五）尤喜愛穿著奇裝異服上街並將之刊印在書冊封面，甚至是到了七〇年代台北往來撒哈拉之間以一襲波西米亞式寬鬆長裙穿戴流蘇環佩裝扮揭開「流浪文學」序幕風潮的已故女作家三毛（一九四三—一九九一），這些過去曾經引領整個時代一種新審美觀的雋永女子很明白地告訴我們：所謂內在心靈與外貌姿態從來都不是絕對一刀兩斷涇渭分明的。

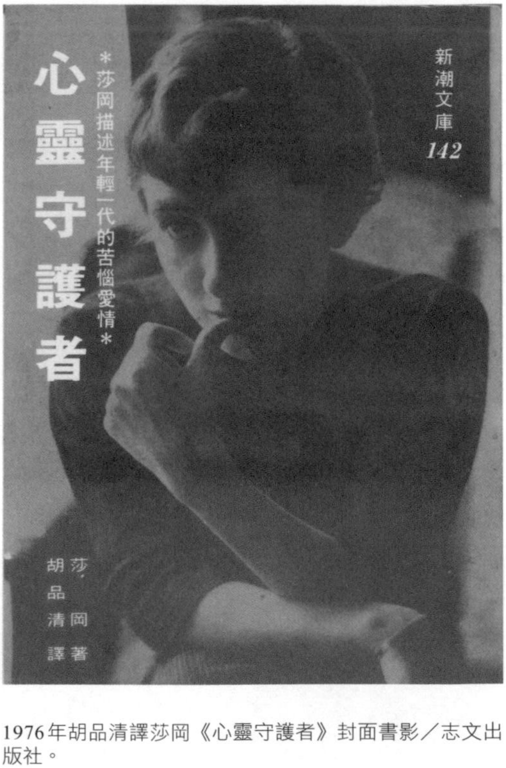

1976年胡品清譯莎岡《心靈守護者》封面書影／志文出版社。

一個謎樣的眼神。

五十多年前，來自法國巴黎的十八歲少女莎岡（Françoise Sagan,1935–2004）某日突發奇想，為了證明自己能夠寫小說賺取稿費、因而待在咖啡館裡發憤疾書，於短短四十八天內完成了一部五萬字的小說《日安憂鬱》（*Bonjour tristesse*），甫一推出便廣受好評，旋即獲得法國「文評人獎」（Prix des Critiques），自此成了各家媒體無時不刻的追逐焦點，「所有和我攀談的人都盯著我看，都想批評我，認為我是一個極沒教養的孩子，」莎岡回憶：「剛成名那一兩年，我不得不四處藏身。」[1] 觀諸其小說封面照片上，從她那雙游離而神祕的深邃大眼睛裡，彷彿承載了所有貌似放縱聲色、揮霍青春和愛情的日子。

「La vie facile, les voitures rapides, les villas bourgeoises, le soleil, un mélange de cynisme, de sensualité, d'indifférence et d' oisiveté.」（簡單的生活，速度很快的車，高級的別墅，陽光，玩世不恭、輕浮、冷漠、與自由奔放的結合。）昔日莎岡琅琅上口的這句宣言，無疑正是她畢生賴以追求的人生樂趣和激情所在。

《日安憂鬱》作者莎岡一如她小說筆下的少女賽西麗（Cécile），自小生長於富裕之家，安於享樂，性情叛逆。在彼時那個蠢蠢欲動的年代，她終日出入社交場所，隨心所欲地四處玩樂、飲酒狂歡，生活過得既熱鬧又盡興，但內心卻充滿了空虛和孤寂。十七歲那年夏天，賽西麗面臨父親與舊情人即將共組新家庭所衍生的不安感與忌妒心，和憂慮成年後必須投入理性而無趣的普通生活與道德教條，遂令她伺機在男女情感上耍弄著如惡作劇般的小小心機詭計，終致引發了一齣始料未及的遺憾，以及如潮湧般的憂傷……

回溯上世紀七〇年代台灣早期譯介莎岡文學，主要包括業已絕版多年、由胡品清翻譯的《心靈守護者》（志文「新潮文庫」）、散文集《帶著我最美的回憶》，以及「大地出版社」李牧華（一九二三—二〇〇五）翻譯的《日安憂鬱》、《飄盪的晚霞》、《奇妙的雲》、《沒有影子的》、《微笑》等小說代表作，乃至三十多年後再度掀起莎岡復古熱的麥田書系（二〇〇九年重新翻譯出版），其封面設計皆不脫以作家本人形貌輪廓為本，便知莎岡每每不經意流露出來的憂傷神采早已幻化成為世人眼中無可替代的視覺印記。

據聞當年翻譯莎岡作品最為多產的譯者李牧華，早期經常也在報章雜誌發表小說，尤以文字清麗、筆調脫俗流暢見長。當時他已有一個三口之家，須得為謀家計之資而勤於筆耕。後來有朋友勸他去搞翻譯，於是他決意遍覽外文書刊，潛心鑽研，廢寢忘食，未及數年即有不少名作譯著陸續出版、成果甚豐，包括他所翻譯的五部莎岡短篇小說集，篇篇語言雋永雅潔，達意傳神，堪稱上品，復於港台等地一版再版。此處饒富興味的是，除了純文學之外，有時應友人之邀，李牧華也譯過《美容手冊》、《漫畫與素描》、《繪畫初步》等雜書。曾經一位朋友問他：「你不是翻譯文學作品嗎？怎麼搞起《美容手冊》來了呢？」他風趣地答道：「文學的目的，在美化人的靈魂，《美容手冊》的目的，在美化一個女孩子的臉。美化女孩子的臉，要比美化人的靈魂實惠些。」

言歸正傳，作為法國人心目中永遠的天才少女作家，莎岡一生起伏不定的現實生活當真要比任何電影和小說都還有戲劇性。天性浪漫不羈的她，曾兩度結婚又離婚，一輩子恣意縱情、率性而為，且經常沉溺於菸酒、毒品、情慾、賭博以及自殺式的快車。鎂光燈前，她總是以一副漫不經心、不表露任何期待也無懼於任何世俗眼光的慵懶姿態現身：凌亂的短髮、纖細的身子、清瘦的臉、深陷的眼睛、游離的眼神。興許只能歸諸這世界不可思議的奇妙造化！我著實深感驚訝於前些年（二〇〇八）黛安娜・科依斯（Diane Kurys）執導同名傳記電影《莎岡日安憂鬱》，片中擔綱女主角的法國演員希薇・泰絲特（Sylvie Testud）樣貌表情與本尊實在太過神似！

多年以來，被無數仰慕者暱稱「Le charmant petit monstre」（迷人的小野獸）的莎岡，人們從一開始只是先迷戀上她長相與放縱姿態，繼而融入她文字當中，獨具風格的語體趣味輾轉淬鍊成為一則全新的法語專用形容詞「saganesque」（莎岡式的），意指：懷舊的和奇特的，所謂「莎岡式的憂愁」即代表了一種前所未有展現優雅與叛逆的時代精神。如今提起法國文學，人們總會記得當年曾經有過這麼一位文壇奇女子。

誠如Françoise Sagan，抑或Marguerite Duras，誰說她們不是都站在世界的邊緣，以一種深切和危險的姿態密切關注著芸芸眾生？

1 阿蘭・維爾龔德萊著、段慧敏譯，《薩岡：一個迷人的小魔鬼》（*Sagan Un Charmant Petit Monstre*），江蘇人民出版社，二〇〇七，頁九二。

從海洋到宇宙：凡爾納的奇幻歷險

每個人都擁有做夢的權力、想像的自由。

回溯孩提時代，你我或許都曾經做過這樣類似的夢：天馬行空地幻想著搭乘奇異的飛行機器遨遊天際、前往一處未知的世界探險，甚至去到外太空的另一顆星球發現文明、且與外星人展開一場又一場光怪陸離的大冒險……

無獨有偶，二〇一一年，好萊塢知名導演馬丁・史柯西斯（Martin Scorsese）根據美國作家Brian Selznick的兒童科幻小說*The Invention of Hugo Cabret*改編拍攝的《雨果的冒險》（*Hugo*），片中即以人類乘坐一

1870年《海底兩萬里》（*Vingt Mille Lieues sous Les Mers*）法文原版封面書影。

1973年解人（曾覺之）譯、儒勒・凡爾納著《海底兩萬里》封面書影／香港中流出版社。

枚炮彈來到月球探險的電影畫面作為故事起源的線索。此處最令人印象深刻的，莫過於影片一開場的那枚炮彈正巧不偏不倚扎進了月球的右眼，擬人化的月球表情頓時一臉憂鬱，後來這些人物主角還在月球上遇見了當地的國王並遭到攻擊和驅趕等情節，相當鮮明地帶有一種卡通式的童真趣味，整個場景布置與演員動作雖有些簡陋粗糙，卻是很直接地傳達出某種戲劇張力，一幕幕更迭，像是在現場看舞台劇般。馬丁・史柯西斯藉此欲向一百多年前自導自演、挖空心思製作了這部影史上第一齣科幻冒險片《月球旅行記》（*A Trip to the Moon*）的法國影壇祖師爺喬治・梅里葉（Georges Méliès）致敬。

「If you've ever wondered where your dream come from, you look around, this is where they're made!」（如果你曾想像你的夢從何而來，看看你的周圍，它們就在這兒誕生啊），觀諸馬丁・史柯西斯執導鏡頭下充滿夢想的喬治・梅里葉，在電影工廠裡對著來參觀拍攝過程的小孩如是說道。

從《雨果的冒險》到《月球旅行記》，看似單純的（奇幻）冒險情節，裡頭卻包含（影射）著多段電影史中的經典，並且牽連出通俗（流行）文學史的另一段傳奇。

話說《月球旅行記》最初於一九〇二年首映問世，其劇情發想乃是取材自十九世紀末法國作家儒勒・凡爾納（Jules Verne,1828-1905）的科幻小說原著《從地球到月球》（*De la Terre à la Lune*）。

及至二十世紀初葉，彼時負笈留日的魯迅開始思考如何透過所謂的「科學小說」作為傳播工具啟迪民智，因此參酌井上勤的日譯本《地球から月へ》重譯為章回體文言文，名曰《月界旅行》，於一九〇三年日本東京進化社出版，之後又在一九〇六年陸續譯了凡爾納的《地底旅行》（*Voyage au centre de la Terre*），而約莫同一時期（一九〇二年），梁啟超創辦於日本東京的《新小說》雜誌亦刊出了《海底旅行》與《世界末日記》兩篇凡爾納作品，是為科幻類型小說最早譯介引進華文世界的先行者。

由於生平從事寫作將近半世紀之久、共著有六十餘部科幻小說獲得了巨大聲譽，因而被大批死忠讀者尊為「科幻小說之父」的凡爾納，自幼生長於於法國南特（**Nantes**）、一處濱臨大西洋岸的海港城市，童年時期常見有林立的檣桅、繁忙的舟楫，以及熱鬧的碼頭，而其家族成員也不乏海員和船主，遂使凡爾納從小就孕育了幻想的羽翼，終其一生熱愛旅遊、流浪，且對航海產生了濃厚興趣，乃至興起了投身探索大自然奧祕的強烈欲望。

二十歲時（一八四八），凡爾納離開故鄉南特前往巴黎學習法律，但他內心卻對於戲劇創作懷抱夢想，並期許自己能夠在劇場界揚名立萬。且就在凡爾納寄寓巴黎求學、生活的這段時間，由於拒絕了父親希望他將來從事法律工作的要求，致使家中津貼頓時斷絕，平常日子過得極為拮据。因此他一方面得要兼差替人補習、去公證人事務所當文書，甚至還在劇院裡找了一個祕書的職位，另一方面他也經常上國家圖書館看書自修，不惟對於各項學門領域求知若渴，同時又系統性地大量閱讀有關地理、數學、物理、化學等書籍，為他日後撰寫科學小說打下了基礎。

如是，經過了多年沉潛、歲月熬煉，直到他三十四歲（一八六二）遇到了出版商赫特左爾（Pierre-Jules Hetzel,1814–1887），兩人一拍即合，隨之共同合作推出了「驚異之旅」（Voyages extraordinaires）系列故事，其中尤以著名的三部曲《格蘭特船長的女兒》（*Les Enfants du capitaine Grant*,1868）、《海底兩萬里》（*Vingt Mille Lieues sous les Mers*,1870）、《神祕島》（*L'Île mystérieuse*,1875），以及《環遊世界八十天》（*Le Tour du monde en quatre-vingts jours*,1872）等作品最廣為人知，自此而後四十年間，凡爾納儼然成了全球暢銷書榜的票房保證[1]。

1984年呂秋惠譯、尤里．范那著《海底之旅》封面書影／好時年出版社。

1993年蕭逢年改寫、朱爾．凡爾納著《海底兩萬里》封面書影／志文出版社。

相對在台灣，凡爾納的小說通常被歸類於青少年兒童文學（而非純文學創作），其譯作的傳布大多由原著內容加以改寫。還記得高中時代幾乎每週都會去逛重慶南路書店街，對他的印象較深的是《海底兩萬里》，當時初次讀到的是志文出版社「新潮少年文庫」改寫的簡譯本。另外，大抵同一時期我也在其他坊間書店陸續看到東方出版社和國語日報社的《海底歷險記》，以及好時年出版社的《海底之旅》，作者分別署名朱勒・韋爾、維尼以及范那，後來經過了好些日子，才知道原來這些其實都是來自同一原著、同一作者。

1994年趙堡改寫、維尼著《海底歷險記》封面書影／國語日報社。

1994年管家琪改寫、朱勒・韋爾納著《海底歷險記》封面書影／東方出版社。

直到近十年來我染上了逛二手書店淘書的癖好，不久前才又在台北龍泉街「舊香居」發現了另一部更早期的全譯本，這是一九七三年由香港中流出版社發行、署名「解人」翻譯的《海底兩萬里》[2]。此處「解人」即是早年「勤工儉學」運動期間赴法留學、後來擔任北大教授的曾覺之（一九〇一－一九八二）的筆名。但觀其譯文辭采華美，迥異於晚近版本的通俗腔調，宛若行雲流水般，頗有民初一代文人的老派優雅。

在凡爾納的小說裡，那些主人公們幾乎無不例外都感染了一股濃厚的浪漫進取色彩，緣於早年有限的科技知識所展開的奇幻異想，徘徊於已知和未知之間、如真似假，卻為後人不可思議而精準地預見了科學的未來，甚至還成了法國頂級珠寶品牌「梵克雅寶」（Van Cleef & Arpels）的靈感來源，而他的知識涵養與想像力毋寧更令人為之悚懼，彷彿便是海洋本身，沉靜又暴烈。

[1] 據聯合國教科文組織的資料，凡爾納是世界上被翻譯的作品最多的第二大名家，僅次於英國偵探推理小說女王阿加莎．克里斯蒂（Agatha Christie, 1890-1976），位於莎士比亞之上。聯合國教科文組織最近的統計顯示，全世界範圍內，凡爾納作品的譯本已累計超過四千七百種，他也是二〇一一年世界上作品被翻譯次數最多的法語作家。在法國，二〇〇五年被定為凡爾納年，以紀念他的百年忌辰。

[2] 此一譯本亦即翻印自一九六一年北京中國青年出版社發行、曾覺之翻譯的《海底兩萬里》。

絕版書的死與生：
波特萊爾《惡之華》中譯本拾掇

1985年莫渝譯《惡之華》封面書影／志文出版社。

1977年杜國清譯《惡之華》封面書影／純文學出版社。

如今民主時代人人皆享保障個人生存的權利自由，倘若書本有靈，當它們長年致力於知識流通卻早已在市面上絕版消跡之際，理應亦有捍衛自身存在重新出版面世的「圖書賦權」（Book Empowerment）！

但是，就算再如何完善的制度規範，一旦落實到執行面上難免都會產生差距。針對某些總讓愛書人望眼欲穿卻苦思不得的絕版書，出版商往往基於市場考量、歇業轉讓或因著作權等複雜問題而難以重新再版。

觀望現今台灣舊書拍賣市場景況，「它」在眾多愛書人眼中的經典地位可說是無庸置疑，雖然未能如夏宇《備忘錄》或周夢蝶《孤獨國》那般讓眾多收藏家競蒐爭搶廝殺激烈的非凡魅力，卻也絕對稱得上是相當「可遇而不可求」的罕見珍品。就在一百多年前，它生來際遇坎坷，問世時往往被視為不值一顧，可在其絕版之後，卻也沒有任何書籍能夠比它贏得更多榮耀桂冠。

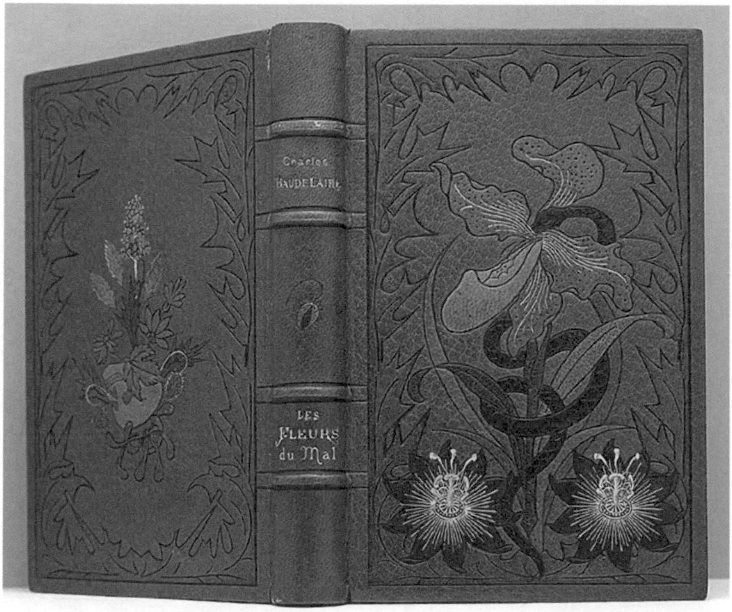

1857年法國首版《惡之華》封面書影／巴黎Poulet-Malassis出版社，封面裝幀／Charles Meunier。

它，是十九世紀法國詩人波特萊爾（Charles Baudelaire,1821–1867）生平唯一詩歌代表作《惡之華》（*Les Fleurs du Mal*）。僅僅此部內容不到三百頁的小書，便足以使作者名垂不朽且超越了所有他的同代文人作家，就連日本小說家芥川龍之介（一八九二—一九二七）也為之傾倒自嘆：「人生不如波特萊爾的一行詩。」

據知，法國最早初版《惡之華》（一八五七）首度刊行平裝本一千三百冊、精裝本二十冊，雨果謂之「灼熱閃爍，猶如眾星」替歐洲文壇帶來新的戰慄，卻也因此引起了當時巴黎社會極大震撼。由於該詩篇內容極盡詭譎華麗，取材隨處可見腐屍、地獄、吸血鬼、死亡、性慾、毒品、醇酒、惡德等幽暗形象充塞其間，部分文字似乎頗不適合乎少年與蒙昧者誦讀，但明智的讀者卻能從這詩裡得到真正稀有的力量，甚而為此欲罷不能。

當年法蘭西帝國法庭曾以《惡之華》內容「有傷風化罪」和「褻瀆宗教罪」對波特萊爾進行起訴，宣布將此書納入查禁圖書之列，作者奉令刪除其中六首，並被易科三百法郎罰金。儘管作者因此落得了「惡魔詩人」之譏，但或許更讓許多後世古書收藏家感到欽羨的是，一八五七年第一版《惡之華》由波特萊爾友人Charles Meunier手工訂製精裝本僅限量二十部，多色皮革鑲嵌封面顯見善用花紋裝飾圖像語言，恣意綻放著猶似花一般的罪惡，也恰如其分地表現了近代資本主義在巴黎盛開的城市文明花朵。

待《惡之華》於一八六一年再版時，詩人另加入「巴黎寫景」（Tableaux Parisiens）十八篇、共增補了二十六首詩，遂為後世主要（翻譯）參考定本。

波特萊爾，一個叫人難以忘懷的名字

波特萊爾文字裡夾帶著邪美之氣，逕由歐陸吹拂到了中國，早在二十世紀二、三〇年代，《惡之花》和《巴黎的憂鬱》等諸多篇章即已透過仲密、俞平伯、王獨清、焦菊隱、徐志摩、梁宗岱、卞之琳、黎烈文、戴望舒等文人筆下陸續被譯介成中文。徐志摩甚至還讚揚《惡之華》收錄〈腐屍〉（Une charogne）一詩乃是「最惡亦最奇豔的一朵不朽的花」，他並且從英譯本迻譯了此詩。

除了一些選集零星翻譯（如戴望舒發表《惡之華掇英》）以外，至於完整的中文譯本，則是直到戰後一九七七年台灣「純文學出版社」刊行杜國清翻譯《惡之華》才真正勾勒出一幅清晰面貌。此後不到十年間，由詩人作家莫渝執筆的第一部《惡之華》中文全譯本也緊接著現身了。

1997年郭宏安譯《惡之花》封面書影／林鬱文化（源自1992年中國桂林漓江出版社簡體版）。

1998年戴望舒譯《惡之華》（節譯本）封面書影／洪範出版社。

截至目前為止，這兩部譯本在台灣讀者心中皆為風評甚佳，不同偏愛者輒取素菜葷湯各有所好。杜國清「純文學版」不僅接連於一九八一年、一九八五年刊行了再版、三版（二〇一一年「台大出版中心」以此譯本為基底推出了增訂新版），莫渝「志文版」亦於一九九二年刊印再版，足見其廣獲圖書市場青睞的長銷魅力。

至於後來由郭宏安翻譯、刊行名曰《惡之花》的第三個版本，則是來自中國桂林漓江出版社「化簡骨為繁皮」不折不扣的大陸譯本，一來由於此書根據一九五七年《惡之華》最原始版本收錄的詩歌一百篇，並不如一八六一年增補二版的內容齊全，二來或許是兩岸漢字行文語調差異之故，因此在整體評價方面普遍不如前兩者。

但它們彼此最大的共通點是：都已從台灣新書市場上銷聲匿跡了，近二十年來也都未曾有新譯本問世。直到二〇一二年初，作家辜振豐有感於此，且在「舊香居」女主人及諸位書友們的鼓勵與推波助瀾下，遂毅然決定著手重譯這部過去沒有人敢挑戰的詩歌經典，並採用英、法、日三種語言版本相互交叉參考翻譯，於是他便開始往來埋首於書齋和書店之間，經年累月、多少夜晚渴盼波特萊爾的幽魂「升靈加持」，祈與《惡之華》鬼魅般的甜蜜文字為伍，案牘勞形、尋句淘字，整整費時一年終告完稿，於二〇一三年三月由「花神文坊」同時推出三種版本（平裝、精裝、特裝典藏）的全譯本《惡之華》。另在其翻譯過程中，更有「新雨出版社」截此先機，將郭宏安的舊譯本進行修訂，旋即在二〇一二年底以重新裝幀設計的《惡之華》先行問世。舉凡各種舊譯或新譯，不同版本樣貌的「惡之花朵」彼此爭妍競放，這段期間簡直就像是波特萊爾的復活年！

請求絕版書重生的網路復刊

談到舊書業這一行，人們嘗以「書籍墳場」來描述廢紙回收場紙堆書頁裡的陳年氣息，對於這些無數匯聚自各地歷盡滄桑而即將被絞廢、遺棄的隻字片紙來說，那是生與死的交界處，無論人、書或歷史，都將在此做出最後的抉擇、離別與消亡。

從絕望與沉淪當中頌揚〈死的喜悅〉（Le mortjoyeux），其初始概念正是根源自波特萊爾《惡之華》揭示了華美與腐爛共存的隱喻所在。由於無力改變現實挫敗而引發面臨人性幽黯意識的正視及省悟，乃促使詩人萌生「腐爛的身體感」，失去了動作、表情、言說能力，只能坐任肉體逐漸衰敗澌盡泯滅而止，卻無法對世界施加任何意志及影

巴黎塞納河畔舊書攤／攝影者佚名（圖片提供：舊香居）。

響。這其間寄寓著一種既頹廢且驕傲的現代性體驗，愛恨交織、神魔共構。

曾幾何時回憶起台北「舊香居」古書店裡懸掛過這麼一張老照片：那是十九世紀末巴黎塞納河畔舊書攤的滄桑景致，堤岸上塵煙密布，眼前所見只有成堆去除了精美裝幀表皮的冊葉骨骸，以及，一位老翁猶如參禪姿態倚坐在靡亂書堆旁兀自捧讀著手中書冊。這一整幅畫面陰沉詭異又有些疏離憂傷，簡直就像波特萊爾《惡之華》收錄這首〈骸耕圖〉詩裡的具體寫照，非常「視覺化」地傳達了某種生命逝去、消融、衰退的空間情境。

骸耕圖／杜國清譯

蓋滿灰塵的河岸舊書攤，
那兒死屍般的許多書籍，
沉睡著像古代的木乃伊，
且陳放著人體解剖圖版；

其中所描繪的一些圖案，
老畫工以其學識和毅力，
傳達出了「美」的氣息，

雖然它表現的主題悲慘；
在這些圖版中人們看出，
使神祕的恐怖更完美的；
像農夫似的大地耕鋤者，
無皮的人體筋絡與骸骨。

此處無論從英文字根或中文構詞來看，墓穴（tomb）與子宮（womb）同樣皆指涉著抹拭罪惡或使殘缺者得以重生的特定空間（room）。在這裡，城市大地可謂萬物之母，亦是萬物的墳墓，葬身場所同時也是生身之處。

對照於時下台灣圖書出版熱潮中，一本新書上市的營銷壽命逐年縮短，往往出生未久之後便已即將死亡。許多曾經熱銷一時的圖書很快就得要面臨絕版命運，致使往後

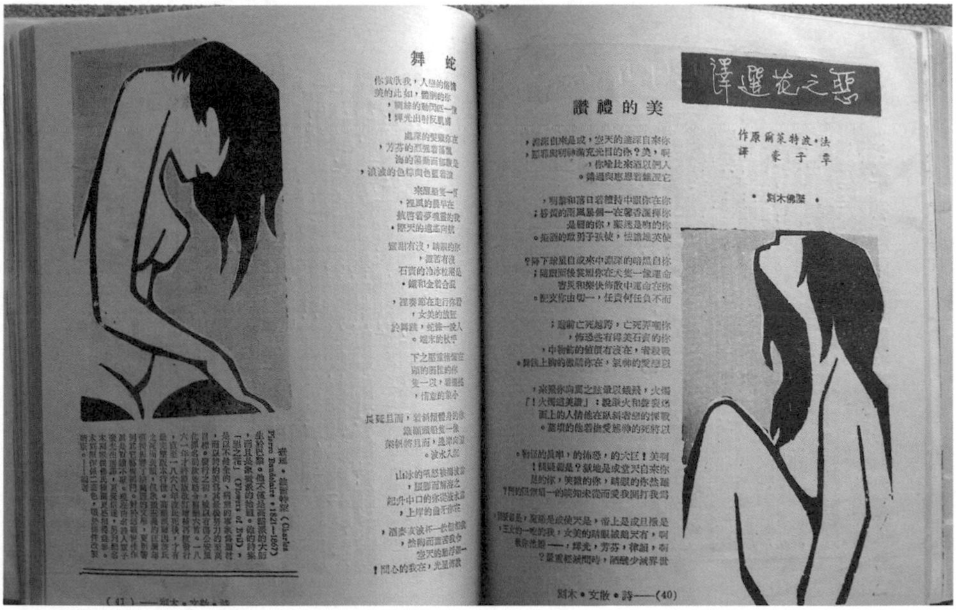

1961年《詩、散文、木刻》季刊第二期，波特萊爾原作、覃子豪譯〈美的禮讚〉、〈蛇舞〉，傑佛木刻。

讀者愈加難尋。我們如何能夠完全改變這一現狀呢？或者，其實我們根本毋須過於去強求改變？

人們對於發自內心喜愛的對象——包括人或書在內，也許正如美國恐怖小說鬼才Stephen King經典名作《寵物墳場》（*Pet Sematary*）所揭示：即使明知從墓園裡重生的親人再也不是自己熟識的那個人，卻都難免克制不了渴求「亡者重生」或「絕版書再度復活」之類的私下欲望。

事實上，台灣有許多絕版書籍再版復刊之後也經常喪失了原有老版本的風采神髓。

回歸現實層面，愛書之人若想與市場商業力量相抗衡——讓絕版書復刊，如今最為民主可行之道似乎唯有倚賴集體網民意志凝聚了。譬如二〇〇六年日本出版業者設置以開放網路票選請求絕版書重生的「復刊ドットコム」網站（http://www.fukkan.com/fk/index.html）即為此箇中典例，屆時讀者將可從候選書目當中以投票及明信片表決方式提供出版商作再版參考。

台灣已故前輩詩人覃子豪（一九一二—一九六三）生前特別喜愛波特萊爾之詩，我尤其難忘他在六〇年代朱嘯秋主編《詩・散文・木刻》刊物發表譯詩《惡之花》搭配木刻作品的版面效果真是美輪美奐。如果可能的話，要是能夠讓這幾位文藝界前輩們重生復活而編纂出全本木刻插圖的《惡之花》復刊典藏版，那該會是怎樣一本冠絕群倫的夢幻逸品呢？

電子科技讓絕版書重見天日

有些書籍由於年代久遠，雖然已不再受著作權法保護屬於「公共所有」（public domain），卻往往因為沒有商業價值而絕版，甚至經年累月被塵封在圖書館的角落無人聞問。

對此，美國搜尋引擎龍頭Google公司為了將這些久已無人問津的書籍重新賦予新生命再度被世人看見，並以順遂完成其擴張全球資訊產業版圖的雄心壯志，因而從二〇〇四年起即開始推動所謂「Google圖書搜尋（Google Book Search）」計畫，陸續和美國知名大學圖書館合作，將館藏書籍全部掃描成數位檔案，放在網路上供使用者進行全文檢索，或搜尋與檢索關鍵字有關的片段內容。

即便後來Google公司因為沒有取得著作人授權而被告進法院，使得絕大部分出版年代愈近的有版權新書只能在網路上進行有限預覽（限制頁數，或只能看書名頁與目錄），但仍叫人感到興奮的是，過去那些原本僅能在古書店尋覓的百年原版古書，反而因為超越版權年限以致允許完全開放瀏覽，不僅包括封面、內頁、空白頁等一應俱全，並且還提供了ＰＤＦ電子檔讓讀者全文下載。

僅僅看過幾種《惡之華》中文譯本的我從未親炙原書的廬山真面目，因而特地上Google圖書搜尋一番，就在鍵入書名按下ENTER的一剎那，結果發現一八五七年初版本的《惡之華》赫然在列。

這份掃瞄自美國密西根大學圖書館藏書、距今一百五十多年歷史的法文原版《惡之華》，就這麼透過數位化和圖書搜尋技術，跨越天涯海角赤裸裸地全幅展現在我電腦螢幕前。雖然，從書頁背景當中無法感受紙張本身飽受時間侵蝕的歲月顏色與氣味，但整個原版編排鉛字歷歷在目的清晰畫面，卻已經足夠讓人忍不住驚呼地異常感動。

假如今年美國亞馬遜公司剛上市不久的第二代電子閱讀器Kindle有將詩集《惡之華》納入書目軟體之列，我會希望它能夠盡量看起來接近一八五七年初版本的書頁質感。

言歸正傳，對於數位閱讀現象的思索，相信絕對不單只是選擇電子書或紙本書形式的抽象空談，許多論調說法固然都觸及到了某些重點，但卻可能忽略了也許是最根本的一環：如何幫助作者寫出更多好書？以及如何讓讀者找到它們？

從絕版書在數位時代得以重生的角度來看，電子書的科技發明其實未必造就前衛，許多人希望用它們來模仿十八、十九世紀歐洲古書的紙張墨色，就像汽車發明之初，早期設計師總是模仿馬車的樣式。但話說回來，這種模仿過去的欲望，到底是實現了數位閱讀工具所帶來全新的廣泛可能性？或是反倒局限了另一種新的閱讀體驗呢？

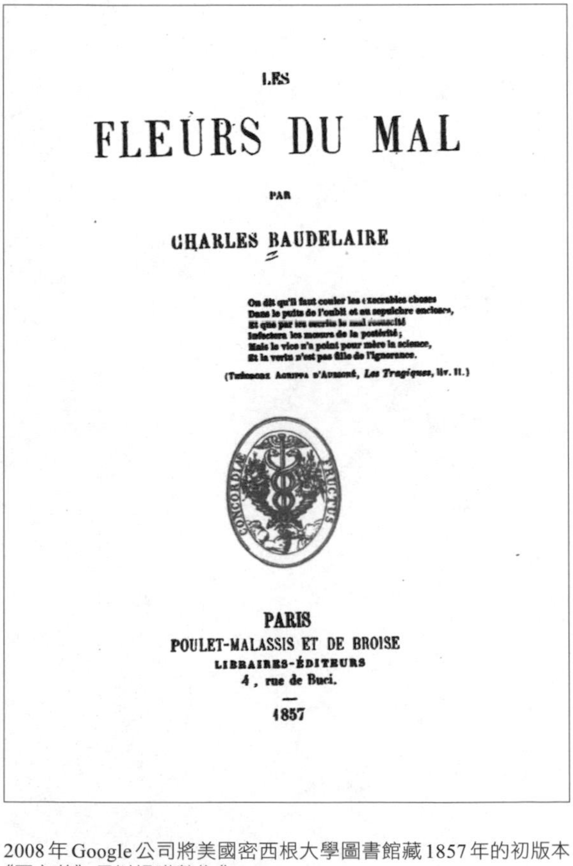

LES

FLEURS DU MAL

PAR

CHARLES BAUDELAIRE

On dit qu'il faut couler les exécrables choses
Dans le puits de l'oubli et au sépulchre encloses,
Et que par les escrits le mal ressuscité
Infectera les mœurs de la postérité;
Mais le vice n'a point pour mère la science,
Et la vertu n'est pas fille de l'ignorance.

(Théodore Agrippa d'Aubigné, *Les Tragiques*, liv. II.)

PARIS
POULET-MALASSIS ET DE BROISE
LIBRAIRES-ÉDITEURS
4, rue de Buci.

1857

2008年Google公司將美國密西根大學圖書館藏1857年的初版本《惡之華》予以掃瞄數位化。

輯三

書窗的風景

宛如魔鬼在花朵上跳舞：法國插畫家艾迪・勒格朗（Edy Legrand）

大抵自十九世紀以降，可說是歐洲繪畫藝術全面繁榮的時代，回顧西方文化史上占有重要地位的許多觀念流派，諸如浪漫主義、現實主義、印象主義和後印象主義在這段期間相繼出現，且因歐洲工業與印刷技術的迅速發展，更使得當時蔚為新興的木刻畫、銅版畫、石版畫等多樣類型藝術有了相當程度的普及與推廣。

一八一八年，發明石版印刷術的捷克裔德國人阿羅依・塞尼菲爾德（Aloys Senefelder,1771–1834）因編纂出版《石版術全書》（*Vollstandiges Lehrbuch der Steindruckerei*）廣受好評，翌年又陸續被翻譯成英文和法文，再加上當時彩色石版技術的實驗成功很快引起了歐洲各國印刷業者關注，無論單線平塗或粗獷筆觸、單色或套色，均能得到非常豐富細膩的印刷效果。於是乎，遂有大批的藝術工作者開始將目光轉向石版畫創作，並將之運用在各類報刊圖案裝飾、書籍插圖與宣傳海報等。

近代法國畫家艾迪・勒格朗（Edy Legrand,1892–1970）即以此製作了許多非凡的文學名著插畫與封面圖繪。

一八九二年出生於法國波爾多（Bourdeaux），本名Édouard Léon Louis Warschawsky Legrand的艾迪・勒格朗最初在日內瓦接受教育啟蒙，中學時期就讀「巴黎高等美術學院」（École des Beaux Artes，又稱「布雜藝術學院」），之後又進入「慕尼黑美術學院」（The Art Academy in Munich）習畫，畢業後曾在父母資助下前往義大

1950年Edy Legrand繪製《惡之華》封面插圖（資料提供：信鴿法國書店）。

1950年Edy Legrand繪製《惡之華》內頁插圖〈燈塔〉（*Les Phares*）（資料提供：信鴿法國書店）。

利旅行。一次世界大戰期間（一九一四—一九一八）他在法國步兵團服役，後來還當了飛行員。

待一九一八年戰爭結束，艾迪・勒格朗旋即整裝行囊前往荷蘭、義大利、西班牙以及非洲等地周遊，這時美國也正式取代英國成為世界首要強國，相對富足安穩的大環境促使國內經濟景氣一片大好，許多上流社會的富豪們相繼從歐陸大肆收購名畫、古董、珍本書作為私人收藏，甚至不惜耗費無數金錢與時間籌建豪華圖書館，比如銀行家J.P. Morgan、鐵路大亨Henry Huntington、石油大亨Henry Clay Folger等，此外由藏書作家愛德華・紐頓（Alfred Edward Newton）自述其蒐購古籍手稿心得的《藏書之愛》（*The Amenities of Book-Collecting and Kindred Affections*）則是當時風靡歐美書市的暢銷書，所謂「藏書癖」（Bibliophobia）在那個時代毋寧已是一種普遍的時髦象徵，亦有愈多的企業家願意傾盡平生心力投身藏書事業，相對也帶給藝術家在書籍插圖和裝幀設計領域大量表

1919年Edy Legrand繪製Macao et Cosmage ou L'Experience de Bonheur封面插圖（資料提供：信鴿法國書店）。

Grande Collection Trianon N° 4

CHARLES BAUDELAIRE

LES

FLEURS DU MAL

Aquarelles d'EDY LEGRAND

PARIS
ÉDITIONS DU TRIANON
11, *Rue de Cluny*, 11
MCMXXX

1930年Edy Legrand繪製《惡之華》扉頁插圖（資料提供：信鴿法國書店）。

現的機會。

一九一九年，艾迪・勒格朗透過結合想像和旅行經驗，首次出版了一部講述文明人來到荒島歷險的童書繪本*Macao et Cosmage ou L'Experience de Bonheur*（Macao與Cosmage的幸福體驗），此書冊開本呈正方形、畫面中僅以原始部落民族常見明亮豔麗的三原色為基調，搭配復古紋理的手寫字體，予人帶來充滿夢幻和色彩的童話世界。隨之，及至一九三〇年他又著手為法國詩人波特萊爾經典詩篇《惡之華》配上一系列水彩插圖，單純而簡練的線條色塊構成了一幅幅窗前光影、海面波粼，瀏覽其早年畫風明顯受到當時流行的歐洲裝飾藝術與部分日本浮世繪的影響。當時，他不僅是法國「裝飾藝術家協會」（Société des Artistes décorateurs）的創始成員，也是巴黎「Tolmer出版社」（Tolmer publishing house in Paris）專門聘僱的插畫家，甚至一度在知名的「秋季藝術沙龍」（the Salon d'Automne）舉辦個展，還為巴黎各地的商場與法國渡輪製作了許多裝飾圖案畫。

自一九三三年起，艾迪・勒格朗接連前往歐洲與北非各地進行遠遊，其中特別是他在摩洛哥（Morocco）停留了一段不短的日子，此處毗鄰大西洋海岸和地中海海岸，群山環繞、景色動人，還有它那錯綜複雜的殖民歷史，並且融合了法式摩登新文化與阿拉伯傳統舊文化所醞釀出特有異國情調的神祕氣氛不知啟發了多少騷人墨客，包括像是法國畫家德拉克洛瓦（Eugène Delacroix,1798–1863）、馬蒂斯（Henri

Matisse,1869–1954），以及小說家尚・惹內（Jean Genet,1910–1786）當年都曾經來過這裡尋求靈感之源。而艾迪・勒格朗同樣也是一個善於接納、吸收外來環境藝術養分的創作者，他在摩洛哥不僅留下了生平最為豐富多彩的風景畫，同時亦從北非景色有如醍醐灌頂的光影浸潤當中深受影響，從而發展出他往後描繪線條形象對比愈益鮮明、構圖手法更為獨樹一幟的插圖風格。

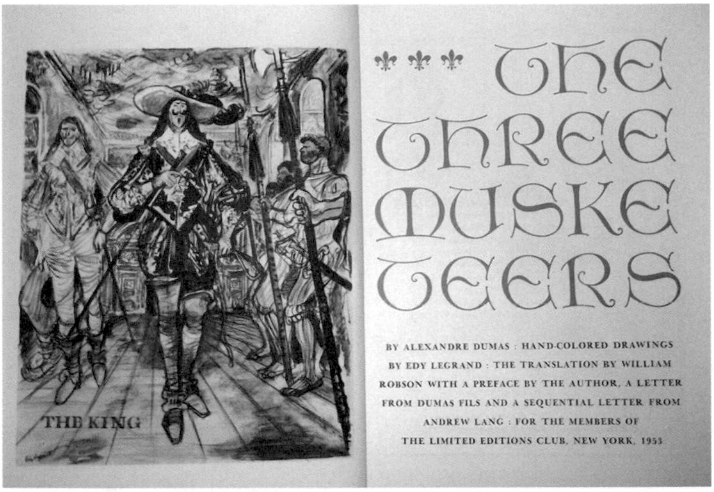

1953年Edy Legrand繪製《三劍客》扉頁插圖（資料提供：信鴿法國書店）。

不久後，因之遭逢二次大戰（一九三九—一九四五）、直到五〇年代這段期間，內心創作欲望始終蓬勃不輟的艾迪・勒格朗持續發表了數量更為龐大的插畫作品，主要包括他替多種版本的《聖經》、《莎士比亞悲劇集》（*The Tragedies of Shakespeare*）、《神曲》（*The Divine Comedy*）繪製了超過上千張插圖，以及二戰結束後他數度前往美國旅行，也為當時專門發行高品質皮面精裝書而著稱於世的「The Limited Editions Club」（限量版俱樂部）、「The Heritage Club」（遺產俱樂部）、「The Easton Press」（伊斯頓出版社）等出版公司畫了許多書籍插畫，舉凡英譯本《美女與野獸》（*Beauty and The Beast Evergreen Tales*,1949）、《三劍客》（*The Three Musketeers*,1953）、《尼貝龍根之歌》（*The Nibelungenlied*,1960），這些限量絕版書至今無疑已是世界各大圖書館重要的珍貴藏品。據聞艾迪．勒格朗平日工作量極大、自律甚嚴，彼時已年屆五十開外的他仍接受巴黎一家名叫「Casablanca」（卡薩布蘭卡，摩洛哥首都）的出版社邀約、再次於一九五〇年出版了他替詩集《惡之華》創作另一系列插圖作品。

有別於戰前舊版三〇年代水彩畫的景色描摹，艾迪．勒格朗晚期新作《惡之華》插圖除了表現出一種超越傳統繪畫框架而愈趨於自由想像的視覺語言外，也更多了些來自他早年記憶中晃遊摩洛哥市街的異國氛圍，其構圖布局往往隨興之所至，時而出入於鬼魅的文字與圖像之間相互印證、以平面創造了虛幻的深度，時而運用「後立體派」（Post-Cubist）美學技法、將不同人物（包括墓地裡的幽靈與腐屍、骷髏與貴婦、裸女和吸血鬼等）的視角片段融入在同一畫面中，仿佛變幻無窮、驚奇連連。

從不以現況為滿足、畢生不斷創新求變，這便是艾迪．勒格朗筆下構築魔幻異想的巨匠之風。

海的精靈憂鬱瘋狂向天使發起攻：卡洛斯・舒瓦伯（Carlos Schwabe）的神話與幻想

自由的人，你會永遠愛海吧！
海是你的鏡子，在波濤的
無止境進展中，你鑑照靈魂
而你的精神卻是同樣辛酸的深淵

——波特萊爾《惡之華》，〈人與海〉（*L'Homme et la mer*）

一八五七年六月二十五日，彼時歐陸藝文界正處於浪漫主義末期，法國現代派詩人波特萊爾業經多年縱浪生涯嘔心瀝血，終在他三十六歲那年正式出版詩歌鉅作《惡之華》，書中內容屢屢不乏吟詠頹廢、死亡、醇酒及性愛，侈言各種憂鬱（spleen）、形而上的不安與情色感官等概念不斷延展，小說家雨果（Victor Hugo, 1802–1885）如是形容為「灼熱閃爍，猶如眾星」，宛如「一道新的顫慄」震驚同時代之人，所謂「象徵主義」（Symbolism）風格思潮亦由此發軔。

回溯十九世紀末歐洲大陸自工業革命以降，乃開始進入了近代工商業繁榮的都市文明生活，當時人們將這個追求經濟利益至上、富足社會的時代稱作「美好年代」（Belle Epoque），尤其是世界藝術之都——巴黎，更完全沉浸在洋溢著華美享樂的氣氛當中，但相對來說在這繁榮歡樂的背後，卻隱藏著人們對文明進步虛華表象的厭惡，以及精神與物質文明之間的落差，於是遂衍生出關乎不安、苦惱、空虛、頹廢的諸多

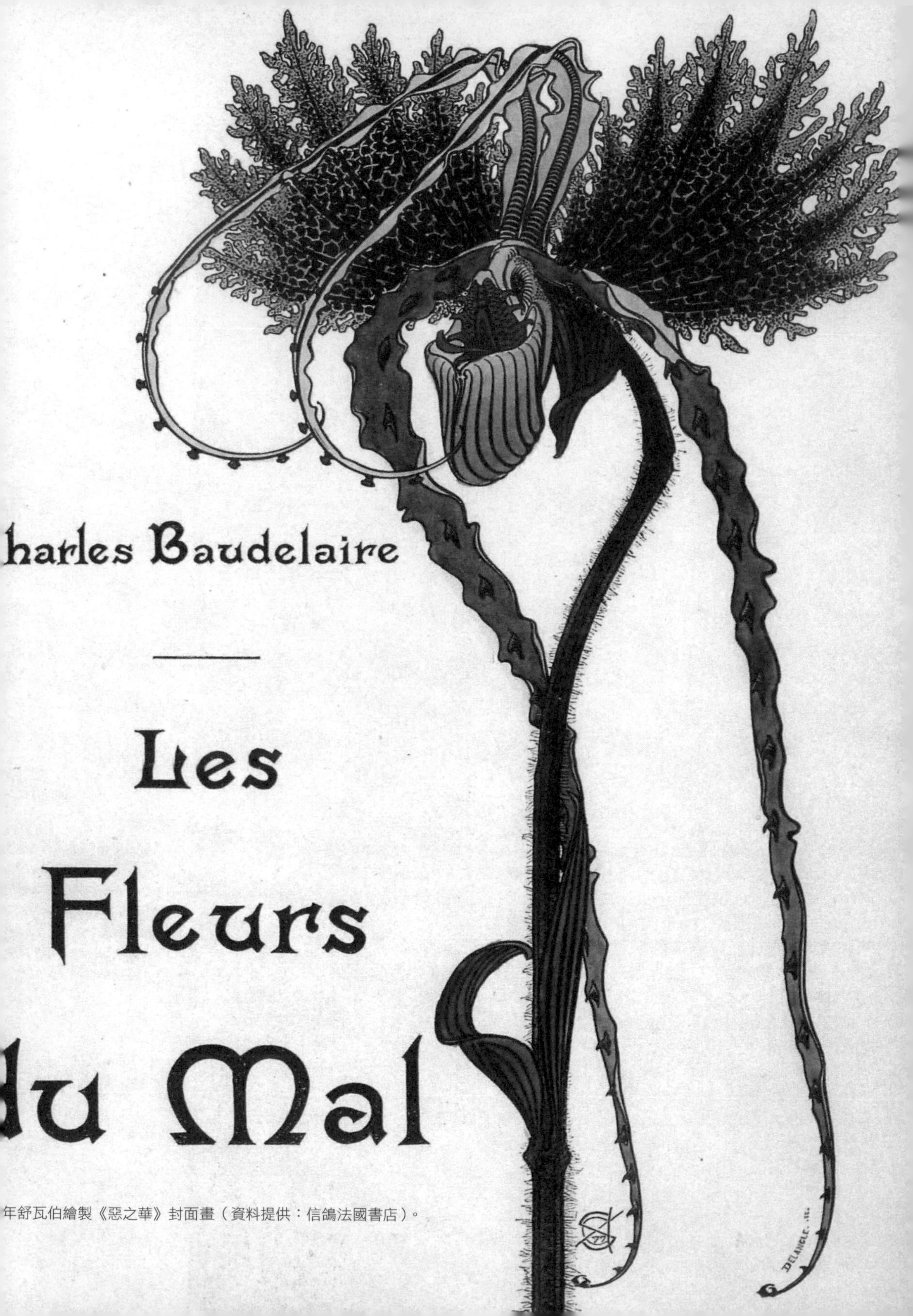

年舒瓦伯繪製《惡之華》封面畫（資料提供：信鴿法國書店）。

聯想，象徵主義即是在此世紀末的時代氛圍底下孕育而生。其最初反映在文學與詩歌創作方面，藉由刊登在報章雜誌上的文學詩篇，配合大量的插圖，促成文學與繪畫之間彼此產生對話互動，從而相繼影響音樂、戲劇和美術工藝等各個領域。

1900年舒瓦伯繪製《惡之華》內頁插圖〈人與海〉（資料提供：信鴿法國書店）。

及至一九〇〇年，恰逢世紀之交的關鍵年，德裔瑞士籍畫家卡洛斯・舒瓦伯（Carlos Schwabe,1866–1926）首次為波特萊爾詩集《惡之華》繪製一系列插畫創作暨封面設計。此書封面畫中顯見一株枝葉頂端生有異常美麗的寬唇口袋、外表貌似鮮豔果實的漂亮植物，許多昆蟲便因禁不住袋內蜜汁所引誘，遂不幸失足葬身其間化作醇液津食，用以隱喻詩人波特萊爾筆下不捨追求頹廢敗德意識的怪誕奇想，抑或召喚出《惡之華》〈美的頌歌〉（Hymne à la Beauté）詩裡對美所隱藏的危險誘惑與內心畏懼的雙重面貌、乃至歌頌死亡的「罪惡（不朽）之花」。

1900年舒瓦伯繪製《惡之華》內頁插圖〈受詛咒的女人〉（*Femmes Damnées*）（資料提供：信鴿法國書店）。

1900年舒瓦伯繪製《惡之華》內頁插圖〈美的頌歌〉（*Hymne à la Beauté*）（資料提供：信鴿法國書店）。

1990年舒瓦伯繪製《惡之華》內頁插圖〈酒魂〉（*L'Ame du Vin*）（資料提供：信鴿法國書店）。

根據封面描繪這朵帶有誘惑性的花兒，即為今日我們熟知的熱帶食蟲植物「豬籠草」，追想當初一百多年前卻是才剛剛傳入歐洲不久的新物種，早先由約瑟夫．班克斯爵士（Sir Joseph Banks）於一七八九年從原產地（馬來西亞）婆羅洲引種到英國植物園溫室內栽培觀賞，據說當時全世界的植物學者與藝術家都相繼為之風靡，很少有人能抗拒豬籠草的誘惑，並且在十九世紀八〇年代達到了高峰、被稱作「豬籠草的黃金年代」。諸如早年英國女畫家暨植物學家瑪莉安．諾斯（Marianne North,1830–1890）首開先例，畫了一幅「豬籠草」水彩作品而聲名大噪，之後又有近代著名象徵主義先驅畫家舒瓦伯將它繪入詩篇《惡之華》封面主題當中毋寧更增添了不少傳奇色彩！

話說出生於德國Altona城鎮（鄰近漢堡一地）、舒瓦伯自幼即隨家人移居瑞士，早年在日內瓦完成美術課程，十八歲時（一八八四）隻身前往巴黎闖蕩，先後擔任過牆紙設計師、版畫海報以及插畫工作，也對於當時歐洲盛行主張唯美至上的「耽美派」頹廢文學（比如王爾德的小說、波特萊爾的詩）懷有濃厚興趣，偏愛水彩畫創作的他，乃是一位善用色彩和線條的行家，且由於年少時期曾經目睹摯友亡故，舒瓦伯終其一生便對探索神祕的死亡題材情有獨鍾。

一八九〇年，舒瓦伯早期最具代表性的水彩畫作〈掘墓者與死神〉（La mort du fossoyeur）即以其妻為原型、描繪出了所謂「死亡天使」（Angles of Death）降臨人間的形象。畫中死亡天使輕閉雙眼安詳的面容宛如純潔聖母般，一手捧著冥世間的青綠

1892年舒瓦伯繪製〈第一屆薔薇十字沙龍〉（*the first Rose+Croix Salon*）海報設計（資料提供：信鴿法國書店）。

1890年舒瓦伯繪製水彩畫〈掘墓者與死神〉（*La mort du fossoyeur*）（資料提供：信鴿法國書店）。

色微光，一手指向天堂，彷彿承諾著另一個極樂世界，而底下掘墓老人仰望的姿勢也像是殷切期盼著——直將死亡當作一種美麗的救贖。隨後，於一八九二年，舒瓦伯在他接受委託替「第一屆薔薇十字沙龍」設計的版畫海報亦描繪了一幅人類向理想邁進的神祕景象：畫面下方的女人被困在俗世泥沼中，而欲掙脫將她困在俗世的鐵鍊，至於階梯上的兩人則一步步地邁向天堂，兩相對照之下藉以表達出世人盼想從現實底層攀升至理想境界的普遍渴望。

如是沉浸在構思奇特的瑰麗色彩世界裡，舒瓦伯常以豐富的想像力、精確的造型線條來表現一種纏綿悱惻的情感，他畫中人物每每形若精靈、神比天使，其裝飾畫風大抵結合了杜勒（Albrecht Durer,1471–1582）、葛飾北齋（一七六〇—一八四九）以及前拉斐爾畫派（the Pre-Raphaelites）懷舊旨趣的影響，尤其偏愛以古典神話和傳統寓言題材表現出充滿怪誕和玄思、鬼魅及情慾的視覺場景，舉凡一筆一畫，抑或各類細緻的、分析性的技法對於每個細節來說皆有其意義。

而作為一個專職的插畫家，舒

1892年舒瓦伯繪製左拉小說《夢幻》（*Le rêve*）扉頁插圖（資料提供：信鴿法國書店）。

瓦伯除了波特萊爾的詩集《惡之華》以外，還曾陸續畫過法國作家左拉（Émile Zola）的小說《夢幻》（*Le rêve*,1892）、比利時劇作家梅特林克（Maurice Maeterlinck）的浪漫愛情劇《佩利亞與梅麗桑》（*Pelléas et Mélisande*,1892）、法國詩人薩曼（Albert Samain）的《在公主的花園裡》（*Le Jardin de l'infante*,1893）等多部書籍插畫作品。

堪稱近代西方美術史上第一個以畫家身分結合象徵主義文學與繪畫領域的先驅者，舒瓦伯也是引領法國「新藝術運動」（Art Nouveau）的先鋒人物，他的畫作大抵予人詩意的感受，卻並非一般悠閒的田園牧歌，而是傾向靈感奔湧的、有如海浪般席捲而來的神祕詩篇。

病與狂的夢幻曲：法國象徵主義畫家奧迪隆・雷東

「世上最奇魅的花卉，第一是上帝創造的，第二則是雷東所畫的。」據聞十九世紀末期法國藝術界曾經流傳著這麼一句話。

奧迪隆・雷東（Odilen Redon ,1840–1916），這位近代歐洲美術史上被譽為「現代藝術啟蒙者」、「超現實風格先驅」的象徵主義畫家，其生平最喜擅用暗示象徵手法，將各種花卉靜物賦予某種神祕意境，而這些畫作大多帶有強烈的、離奇的、彷彿並不存在這真實世界裡的夢幻色彩，畫面中每每不乏各種怪物形象：包括像是從玻璃瓶（香水瓶）中化成一縷裊裊輕煙飄然現身的女人、星夜裡同月亮在一起的眼睛、吞噬生靈的怪蛇、展開雙翼的馬、漂浮的眼珠、半人的植物與昆蟲、形似蒲公英絨球的假面等，它們既有著部分植物的具象特徵，同時也參差可見人類肉體肢幹以及喜怒哀樂等情緒表現，加諸黑白單色的背景映襯更不啻流瀉出一股詭異的氛圍。

值此，畫家坦言自己之所以對「花」的題材情有獨鍾，乃是他從「花」看到了

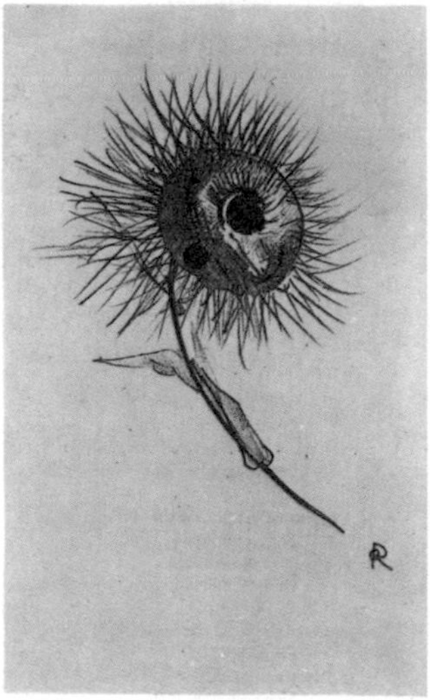

1890年雷東繪製《惡之華》內頁插圖〈塞瑟島之旅〉（*Un Voyage à Cythère*）（資料提供：信鴿法國書店）。

1890年雷東繪製《惡之華》內頁插圖〈香水瓶〉（*Le Flacon*）（資料提供：信鴿法國書店）。

「人」，「花朵就跟人的面孔一樣，本身就是一個謎，」雷東表示：「它其實是一種靈魂的反射。」

透過木炭素描和石版畫為主要媒介，在他五十歲以前，雷東幾乎一直只用黑、白兩種顏色作畫。

自小生長在法國南方古堡聳立的葡萄酒鄉波爾多（Bordeaux），家境富裕的他，因為體質孱弱，剛出生不久後便交由保母撫養，早自童年時代即已喜好獨自冥想、性情孤僻，且經常讓自己處於潛意識內省的狀態，十五歲時拜入著名水彩畫家斯塔尼斯拉・戈蘭（Stainslas Gorin,1803–1866）門下習畫，過程中相繼接觸到歐陸浪漫派畫壇巨匠德拉克洛瓦、米勒（Jean François Millet,1814–1875）等繪畫作品，自此眼界大開、內心不自覺引發的創作欲念更令他彷彿如火焰般「初次覺醒」。當時，雷東的父親原本期許他成為一名建築工程師，直到他二十二歲那年（一八六二）因未能通過巴黎

1885年雷東繪製石版畫〈沼澤之花〉（*La fleur du marécage*）（資料提供：信鴿法國書店）。

高等美術學院建築科的入學考試而作罷，但此時雷東另一方面由於受到植物學家好友阿曼．克拉奧德（Armand Clavaud,1828–1890）的影響，乃逐漸學會如何細緻入微地去觀察大自然界各類植物生態，並加以轉化對映在其素描炭筆畫作當中：諸如在某處抽象背景裡莫名湧現的一叢鮮花，或是藏掩在花草植物身上象徵性的神祕人頭，還有那看似詭譎多端、變幻莫測的黑夜景致。大致而言，雷東總愛把現實生活裡的各式物件和想像夢境併置在一塊，以便讓觀者能有更多自由去體會作品內在隱喻的象徵意涵。

及至一八七〇年普法戰爭爆發，時值而立之年的雷東毅然從軍作戰，但不久便因過度勞累病倒，且於休憩養病期間受到當時巴黎最傑出的風景畫家卡米耶．科羅（Camille Corot,1769–1875）所感召而開始熱中旅行寫生。待他回到家鄉故里之後，同時也陸續向一位名叫布雷斯丹（Rodolphe Bresdin,1822–1885）的版畫家以及當代畫壇巨匠熱羅姆（Jean-Leon Gerome,1824–1904）學得了不少新穎的繪圖製版技藝，在他三十九歲時（一八七九）方才下定決心專事繪畫之路，從此，雷東便著手開始製作一系列石版組畫，主要包括有「向戈雅致敬」（Homage to Goya）、〈起源〉（Les Origines）、〈夜〉（La Nuit）、「聖安東尼的誘惑」（La Tentation De Saint Antoine）等作品共計兩百幅左右，並且冠以總標題，名曰「Dans le Rêve」（在夢中）。

當年，出自雷東親手繪製的這些版畫有不少被刊印在詩人愛倫坡（Edgar Allan Poe）、波特萊爾、小說家福樓拜（Gustave

Flaubert）等知名作家著述書籍裡作為文學插圖，而它們卻往往帶有相對的獨立性格與創作意念、已然不僅只是單純的圖像裝飾，甚至還能藉由文學作品的題材內容來表達畫家自身的內心世界，簡直就像是另一種形式的「視覺詩」。其中，特別是他為福樓拜取材自古代宗教傳說的《聖安東尼的誘惑》所作插圖，雷東以其喜好專擅描繪的鬼怪幽靈與幻覺形象、極大程度地發揮想像力來呈現原作故事主角聖安東尼在修道苦行期間如何捱過身旁惡魔無所不用其極的糾纏阻撓，時而化作恐怖怪物、時又幻成妖冶美女，如是接連遭遇各式各樣的試探及誘惑，儼然乘著幻想的羽翼翱翔於雷東筆下匪夷所思的情景畫面當中。

據聞早年雷東曾經引介詩人波特萊爾前往老家波爾多附近著名的葡萄酒莊「夏思比霖」（Chasse-Spleen，法文指「解除憂鬱」之意）遊覽風光，後來詩人在他一八五七

1896年雷東繪製《聖安東尼的誘惑》內頁插圖（資料提供：信鴿法國書店）。

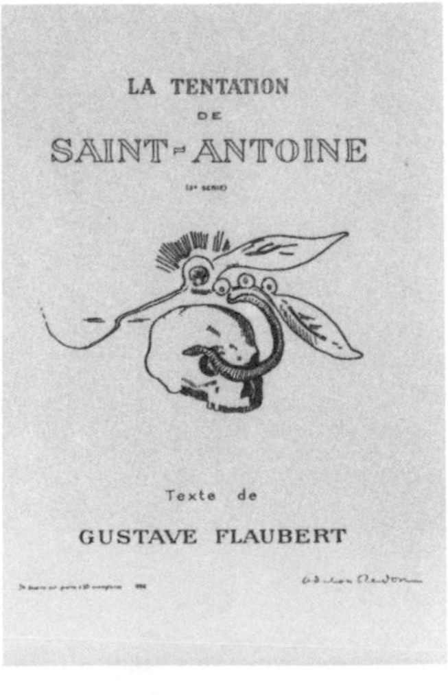

1896年雷東繪製《聖安東尼的誘惑》扉頁（資料提供：信鴿法國書店）。

年出版的《惡之華》集子裡開頭第一部篇章就叫做「Spleen et idéal」（憂鬱與理想），其中還收錄了包括〈Spleen et Ideale〉在內的多首詩作即與此一淵源牽繫相關。

「我作畫的唯一目的，」雷東宣稱：「便是向觀眾展示一個在黑暗中的未知世界。」並在自己的日記中寫道：「未來是屬於主觀想像的。」於是乎，他極力反對當時頗為盛行「印象主義」式的色光追求，遂致力於表現真實世界裡根本不存在的生物形貌（比如在沼澤中綻放的妖豔花朵、浮游的眼球、可怕的怪物等）。但遺憾的是，當年他所揭露的這些觀念和看法雖頗有一番見地，卻很難即刻得到普羅大眾的理解及青睞，顯然他的藝術表現是離經叛道的，就連學院派畫家同行也對他頗有責難。所幸在一片撻伐聲浪中，仍有少數知音者-如詩人馬拉美（Stéphane Mallarmé,1842–1898）、畫家波納爾（Pierre Bonnard,1867–1947）、莫里斯・德尼（Maurice Denis,1870–1943）等不吝給予讚譽及推崇，致使雷東終能漸漸擺脫困境。之後，法國作家于斯曼（Joris-Karl Huysmans,1843–1907）在一八八四年發表了長篇小說《逆天》（*A Rebours*），自此更讓雷東的名氣大開，甚至還從巴黎紅到了美國，話說這本書中的男主人公是個落魄貴族，生平喜好便是以收集雷東的作品為樂。

值此，來到十九世紀最後一個十年間，年逾半百的雷東突然遭逢一連串的病痛打擊，因而開始轉向油畫與粉筆畫（Pastel）創作，並且一改以往僅見的單色（黑白）素描及版畫，所畫作品盡是呈顯出豐饒的鮮豔色彩。

對於雷東而言，一位如他這般熱中自然生態的愛好者對於植物界的讚美，往往可以有著極多的啟發和興味，他那筆下彷彿自暗處浮現的朦朧色調毋寧難以言喻，且不僅將人性幽微深處的情緒、瘋狂、恐怖、神祕、愛慾表露得淋漓盡致，亦為爾後二十世紀初萌的現代抽象主義和非具象藝術開拓了新生之路。

共赴一場假面舞會的華麗盛宴：色彩魔術師克里斯汀・拉克魯瓦

凝望地上顏色與天空的距離，似乎比我們想像的還要更近一些！

儘管現代建築大師密斯・凡德羅（Mies der van Rohe,1886–1969）信誓旦旦地宣稱：「Less Is More.」（少即是多，象徵簡約為美），令我一度戀慕極簡主義黑白光影所呈現的自我獨白與餘韻的想像空間，但我總是赫然想起小時候常聽坊間電台賣藥廣播諄諄告誡：「人生應該是彩色的，而不是黑白的」這句俗諺，因而每每無法自拔地更加迷醉於那些極盡色彩絢爛瑰麗、波光粼粼宛如銀鉤鐵畫的字符線條，彷彿逕自帶你通往一個孩子眼中童話般的夢幻世界。

特別是在某些傳統古典文字語言當中，其指涉顏色命名之典雅而絕美，包括像是紺碧、琉璃、青瓷、桔梗、露草、若竹、薔薇、珊瑚、菖蒲、琥珀、焦茶、亞麻、薄墨、海松、孔雀石綠等，不禁讓人萌生一股如詩意般的情境，以及芬芳的氣味。

環顧近代書籍裝幀藝術史上，我最私心偏愛的幾位「老派」設計家幾乎毫不例外——都是有著一身高超的手繪技藝，同時擅長將各種顏色「玩」到出神入化、喜好異質圖像混搭的「色彩魔術師」，包括像是上世紀六〇年代活躍於台灣出版界、晚年自嘲為「好色之徒」（意味喜好「把玩顏色」）的圖案（裝飾）畫家廖未林（一九二二—二〇一一），以及九〇年代風靡巴黎時尚界、素有「調色大師」美譽的服裝設計師克里斯汀・拉克魯瓦（Christian Lacroix）。

2005年拉克魯瓦繪製《拉魯斯法文圖說字典》（*Le Petit Larousse Illustré*）封面插圖。

記得我第一次接觸拉克魯瓦，是在台北松江路的「信鴿法國書店」，那是法國「袖珍書出版社」（Le Livre de Poche）於二〇一一年聖誕節推出、由拉克魯瓦跨刀繪製封面插圖的經典文學口袋書（文庫版）。此一書系共編選了九部小說，分別是茨威格的《一個陌生女子的來信》（*Lettre d'une Inconnue*）、簡・奧斯汀的《愛瑪》（*Emma*）、普魯斯特的《追憶逝水年華》（*A l'ombre des jeunes filles en fleur*）、莫泊桑的《人生在世》（*Une vie*）、費茲傑羅的《夜未央》（*Tendre est la nuit*）、拉斐特夫人的《克利夫斯公主》（*La Princesse de Clèves*）、薇塔・薩克維爾（*Vita Sackville-West*）的《激情耗盡》（*Toute passion abolie*）、梅里美的《卡門》（*Carmen*）以及路易斯・卡洛爾的《愛麗絲夢遊仙境》（*Alice au Pays des Merveilles*）。

翻覽書頁，但觀其裝幀之華美，極盡超現實想像之浪漫，標題字體則為輕盈的手書線條，正所謂「書衣繽紛，時裝如戲」，透過拉克魯瓦靈光閃現的畫筆下，那些衣裝華貴絢爛的封面女子均有著神話般的花影光澤，似乎只要一閉上眼睛，就能隱隱聽見柔滑布料的娑沙聲，與精細的花邊呼吸，像鬆糕的味道，抑或文學的氣味？引領你穿梭於現實和幻想之間，屢屢令人沉醉其中，恍如親臨了一場假面舞會的盛宴、一場華麗的遊園驚夢。

我尤其喜歡 Christian Lacroix 流傳的一句話：「讓舊事物無休止地復興」，他聲稱做服裝設計乃是為了「尋找那些逝去的時光」，據說這也是他的設計祕訣。其作品向以華

2011年拉克魯瓦繪製法國袖珍書出版社典藏版《愛麗絲夢遊仙境》／吳卡密 攝影。

2011年拉克魯瓦繪製法國袖珍書出版社經典文學書系一套九冊／吳卡密 攝影。

2012年Christian Lacroix繪製《旅遊》（*Voyage*）系列立體書筆記本／吳卡密 攝影。

麗見稱，常見充滿繽紛的桃紅、豔麗的橙黃與濃鬱的紫，且鍾愛使用綢緞、絲絨等布料，而像這樣瑰麗明豔的色感，毋寧大多源自於他對故鄉的記憶。

一九五一年出生在法國南部邊城、比鄰地中海的「阿爾斯」（Arles），該地自古便有多個民族融居，山色瑰麗、風景宜人。拉克魯瓦從小即常流連於吉普賽人與西班牙人駐足的蔚藍海岸，並且熱愛觀看鬥牛、歌劇以及戲劇演出。童年時，曾經從祖母家的閣樓裡找到一份創刊於十九世紀中（一八六〇）的老雜誌《插畫時尚》（*La mode illustree*），該套雜誌內容彙集了許多古老的女裝禮服石印版畫、手繪插圖（他曾坦言忘不了書中所刊載一件鮭魚粉色禮服與偏巧克力的紫色摩洛哥蛋糕裙），讓他對早期的服裝設計有了初步的美學啟蒙。高中畢業（一九六九）進入蒙彼利埃大學（Montpellier）修習藝術史課程，並以「十七世紀繪畫中的服裝」作為論文題材。二十二歲那年（一九七三）他前往巴黎，旋即在索邦大學（La Sorbonne）研究十八世紀法國油畫人物穿的衣裳，接著到羅浮宮學校（Ecole du Louvre）念博物館學，自許有朝一日能成為博物館館長與策展人。

隨之，就在拉克魯瓦如願通過博物館策展人資格考試後，他與未來的太太法蘭索娃絲（Françoise）邂逅，且受她鼓勵而逐漸轉往時裝界發展。於是乎，經友人介紹，三十七歲的拉克魯瓦進入知名品牌公司「愛馬仕」（Hermès）工作，自此開啟了他的時裝設計生涯。一九八一年又在巴黎老牌時裝「尚巴度」（Jean Patou）擔綱設計師，一九八七年創立個人品牌，出售高級訂製服裝。由於他師出名門，又擁有厚實的藝術功底，因此除了活躍於本業之外，拉克魯瓦更不斷積極地投入各種跨界設計，舉凡服裝飾品、瓷器餐盤、家具燈飾、香水、磁磚、壁紙、筆記本、書籍裝幀，甚至包括法國高速鐵路TGV的車廂裝潢、法國航空公司的制服、巴黎瑪黑區「小磨坊旅館」（Hotel

2012年Christian Lacroix繪製《旅遊》（*Voyage*）系列立體書筆記本／吳卡密 攝影。

du Petit Moulin）的室內設計等，皆由拉克魯瓦一手包辦，簡直是將「做設計」玩上了癮！同時他還是一位古董衣的狂熱收藏者。

在他最走紅的那幾年間，拉克魯瓦可以說是法國（時尚）設計文化的代名詞（他在二〇〇二年獲頒法國騎士勳章）。

二〇〇五年，拉克魯瓦為法國「拉魯斯出版社」（Larousse）繪製了一款法文圖說辭典Le Petit Larousse illustré「百年紀念版」繪本，無論封面設計還是內頁插圖，其色彩和風格都一如他的高級時裝，極致豔麗、華美。然而，大約自九〇年代中期以降，拉克魯瓦的公司開始面臨虧損，除了當時吹起「極簡風潮」，也因為拉克魯瓦面臨商業競爭之下，掌握不住品牌的方向，致使二〇〇八年的全球金融海嘯成了壓垮拉克魯瓦的最後一根稻草，於翌年（二〇〇九）向法院訴請破產。事業遭受重挫的他，破產後依然積極做了不少突破性的設計，諸如精品旅館室內裝潢、翻新老牌Elsa Schiaparelli等作品。二〇一三年，他又推出了一套兩款結合立體書與筆記本的《旅遊》（*Voyage*）精品書系，書頁裡俯拾皆是如宮廷般瑰麗的印刷圖案，充滿了戲劇性與神祕感的紙上場景，好似過去與未來、現實與潛意識的交錯，從南法到西班牙，從羅馬到墨西哥，彷彿拉克魯瓦的調色盤裡早已容納了整個世界的幻想地圖。

克勞斯・哈帕尼米的北歐奇幻森林

北歐，來自斯堪地納維亞（Scandinavian）清透澄澈的冰雪靈感，強調創意取法於大自然、以人為本，遂由此提煉、醞釀出高度純淨且富詩意的所謂「北歐風格」設計美學最近這幾年在台灣逐漸受到矚目，書市上常見本土作者如吳祥輝的《芬蘭驚豔》、黃世嘉的《北歐魅力：冰國淬煉的生活競爭力 I. C. E.》，以及涂翠珊的《設計讓世界看見芬蘭》等相關書籍皆頗受讀者大眾歡迎、銷路不惡。

二〇一二年，繼義大利的都靈（Torino／二〇〇八）和韓國的首爾（二〇一〇）之後，素有「千島之國」美稱的芬蘭首府赫爾辛基（Helsinki）獲選授予「世界設計之都」（The World Design Capital，簡稱ＷＤＣ）桂冠，儼然成為引領當代生活美學、時尚設計與藝術文化的潮流中心。

擁有百分之十的水域面積、森林覆蓋率高達百分之七十的芬蘭地貌平坦而廣闊，境內布滿湖泊和森林，隨處可見松樹、雲杉還有楓樹垂直生長，飄浮的雲霧與靈動的湖水宛如仙境，其西南部海面則有冰河時期切割堅硬岩層而形成的許多島嶼，如芝麻般散布在前往瑞典的水道。這裡的土地曾經孕育出芬蘭近代最偉大的民族音樂靈魂西貝流士（Jean Sibelius,1865–1957），以及開啟北歐現代化設計的建築大師阿瓦奧圖（Alvar Aalto,1898–1976）。

扎根於獨樹一幟的本國傳統和生態文化，並擁有眾多與藝術設計有關的教育機

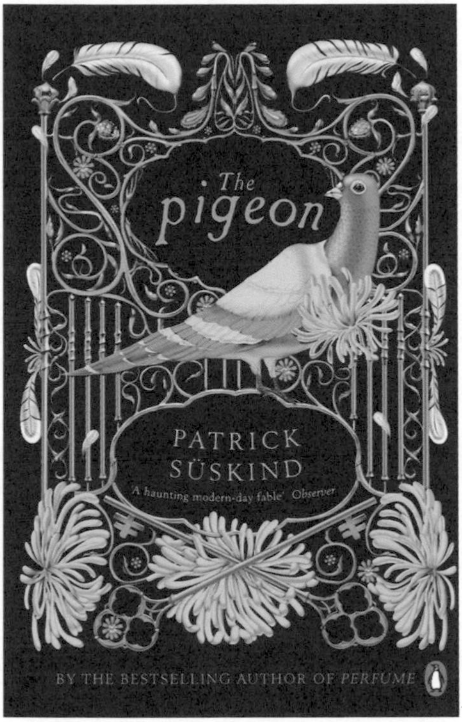

2010年哈帕尼米繪製Patrick Süskind小說《鴿子》封面插畫。

2012年哈帕尼米繪製Patrick Süskind小說《香水》封面插畫。

構，芬蘭人從小即與「設計」非常親近，許多知名設計作品早已融入大多數民眾日常生活（衣食住行）環節當中、成為彼此不可分割的一部分。比如還在幼稚園的時候，孩子們幾乎每天都會用到碗櫥裡擺著的那些阿拉比亞（Arabia）的陶瓷餐具和以童話魔幻般彩繪頂級玻璃工藝著稱的伊塔拉（Iittala）水晶玻璃杯，而當遇到一些特殊的場合時，餐桌上則常常會擺上阿瓦奧圖（Alvar Aalto）設計於三〇年代、形體彎曲美妙如湖泊河岸線的薩沃伊（Savoy）花瓶。

其中，我對於芬蘭百年國寶品牌Iittala近年來積極與各國設計師合作、特別延請年輕一代插畫家克勞斯・哈帕尼米（Klaus Haapaniemi,1970−）操刀設計了一系列名曰「Taika魔幻森林」的幾款彩繪杯盤器皿尤為驚豔！畫面中不惟充滿了瑰麗的想像力和豐富的裝飾細節，其用色的對比和自由的筆觸，總讓人一眼就能記下這股來自北歐獨有的奇幻氣息。

此處芬蘭文「Taika」，意即所謂的魔術（Magic）。自幼在芬蘭出生長大、長年沉浸於北歐傳統的神話史詩與民俗文化當中，童年期的克勞斯・哈帕尼米很早就愛上了畫畫，當他還只是八歲小孩時，便已從電視機放送的俄羅斯兒童卡通節目以及故鄉地緣環境得天獨厚的天然湖泊與森林獲得了不少創作靈感。

後來他從「拉赫提」設計學院（Lahti Institute of Design）畢業，便開始在義大利為著名的「迪賽」（Diesel）服裝公司設計印刷圖案，也相繼擔任時尚雜誌*Observer*及*VOUGE*的專屬插畫師，並與瑪丹娜女兒Lourdes Leon和作家David Hasselhoff、Rosa Liksom等名人合作撰寫童話故事書。之後，隨著他的創作涉獵範圍越來越廣，哈帕尼米陸續從書刊雜誌、童書繪本、精品瓷器、掛毯、圍巾的插畫製作，逐漸延伸擴及Levis的品牌T恤、Marimekko和Dolce & Gabbana的布料圖案、Playstation 2的特別版包裝，乃至倫敦Selfridges與日本大阪Isetan（伊勢丹）百貨公司櫥窗設計等，都有他的插畫作品出現。

二〇一〇年四月，英國「企鵝出版社」（Penguin Books Ltd）重新發行了德國作家徐四金兩本八〇年代的暢銷小說：《香水》（*The Perfume*）和《鴿子》（*The Pigeon*），負責該套書封面裝幀者，便是倫敦時尚界鼎鼎大名的插畫設計家克勞斯・哈帕尼米。前者（《香水》）封面顯見全黑的背景顏色、對比強烈的白花和纏著緞帶的剪刀，加諸花叢中還巧妙安排了骷髏頭，毋寧更讓封面本身帶出故事懸疑的開端且賦予濃烈而邪惡的詭譎氣氛（早期封面版本則是以孔雀和少女為主角）。而後者（《鴿子》）一書封面則是同樣不乏強調傳統對稱、帶有歐洲古典紋樣的裝飾圖案，展現既華麗且繽紛的Art Deco畫風。另外，他也替十九世紀俄國作家尼古拉・列斯科夫（Nikolai Leskov,1831–1895）的中短篇小說集*The Enchanted Wanderer and Other Stories*設計了一款封面，哈帕尼米以一雙深紅細羽披掛著藍金翎絨、色澤華麗的藍孔雀作為圖案裝飾，畫面中最冷的藍色和紅色形成了鮮明對照，恍如霞光漫溢、令人著迷。

其實在此之前，哈帕尼米的作品早已「登陸」台灣，那是二〇〇四年由「統一超商」為配合當季耶誕節所推出的i-cash儲值卡，卡片上面彩繪的兩款麋鹿與北極熊圖案即是出自哈帕尼米之手。據說芬蘭人與大自然的關係向來非常親密，許多人家裡的後院外面往往就是一大片森林。而在北歐斯堪地那維亞半島一到冬天便常常下雪，風光很美，森林裡也會出現北極熊、雪豹、麋鹿，芬蘭人都很喜歡這些稀有動物。

哈帕尼米最擅長的，便是將北歐那些美麗的奇幻靈獸設計成圖騰，加諸浪漫誇張的強烈對比色調，以及繁複的細節裝飾，猶如村上春樹小說裡隱隱浮動著一股魔幻的

2013年Klaus Haapaniemi 繪製哈帕尼米《列斯科夫中短篇小説集》（*The Enchanted Wanderer and Other Stories*）封面插畫。

超現實張力，因此香港人也稱他為「畫壇的村上春樹」。

對於色彩向來十分敏感的哈帕尼米，自承喜愛與眾不同的東西，就像芬蘭建築師Alvar Aalto的作品。「在我的家裡，有一些六〇年代來自義大利北部Piazzola的老沙發，」哈帕尼米表示：「無論我搬到哪裡去，我都會帶著這些沙發，我也喜歡大自然的色彩變化，夏季滿地蔥綠而冬季一片雪白。」他認為製造盤子、茶杯和設計布料、從事書籍封面插畫是完全不一樣的，因為顏料應用在不同的材質上，其效果也必然迥異。

這些富有裝飾感的插畫作品不惟有著瑰麗的想像力，亦彷彿逕自打開了一扇通往魔法世界的窗口，克勞斯・哈帕尼米每每在他筆下交融流瀉出如童話故事般、光怪陸離的奇幻場景！

2004年哈帕尼米繪製統一超商i-cash「麋鹿＆北極熊」耶誕儲值卡的卡面封面。

揮霍的美麗與慾望交纏的激情：阿根廷超現實主義女畫家萊歐娜・費妮

過去，有些孤傲的名字往往隱匿在遙遠的他方，只靜待少數有緣人去發掘。

萊歐娜・費妮（Léonor Fini,1918–1996），這位堪稱二十世紀三〇年代最豐富多產且最具影響力的超現實主義女畫家、舞台設計師及書刊插畫家，其作品總是帶有某種令人不安的神祕感與強烈的女性意識，時而殘酷絕美、時而放蕩不羈，彷彿鏡子上的裂痕，游離在白天和黑夜、現實和夢幻之間。

生於布宜諾斯艾利斯（阿根廷首都），不到一歲時費妮的母親便與她屬籍阿根廷的父親離異、隨即搬遷至義大利娘家和父母同居住在崔斯特（Trieste，義大利東北部的港口城市）。之後芬妮的父親幾番遠從阿根廷追逐而來、一心想要奪回費妮的撫養權（據聞當時正值幼年的費妮每次離開家外出時總是被母親打扮成男孩模樣，以防止被父親綁架），最終卻徒勞而返，從此就失去了聯絡，此後費妮終其一生都未曾見過自己父親的樣貌。

年少時期的費妮一度飽受眼疾之苦，為了進行治療復健，須將兩眼纏上繃帶，使她在長達一年多的時間內只能過著「暗無天日」的生活。為此，她感到相當苦悶，於是她便逐漸發掘內心世界為出口、每天不停地想像著各種夢幻般的圖畫場景。費妮形容當時這些想像畫面宛如循著夢的小徑，寧靜且充滿詩意，但她聲稱畫中呈現的並不是夢，而是夢的結構。後來當她完成復健、恢復視力以後，便下定決心要讓自己成為一名藝術家。十四歲那年（一九三二），費妮開始自習構圖和繪畫，憑著自己追求藝術的熱情和信念參觀了許多博物館，潛心研究文藝復興時期諸位大師的畫風流派，並且經常沉浸在她舅舅所收藏各類藝術圖書極為豐富的私人藏書室裡閱覽群書、因此眼界大開。

一九三五年，十七歲的費妮初次在義大利舉辦畫展，並受邀到米蘭繪製第一幅委託人像畫。翌年（一九三六）遷居至巴黎闖蕩，於焉展開了她投身藝術創作的職業生涯，同時亦與超現實主義畫家團體往來互動，並隨同他們陸續前往倫敦、紐約和東京等地展出。彼時費妮的初期畫作大多帶有神祕、朦朧的氣息，且受到前拉斐爾派與英國插畫家比亞茲萊

1940年費妮繪製《Harper's Bazaar》雜誌6月號封面書影。

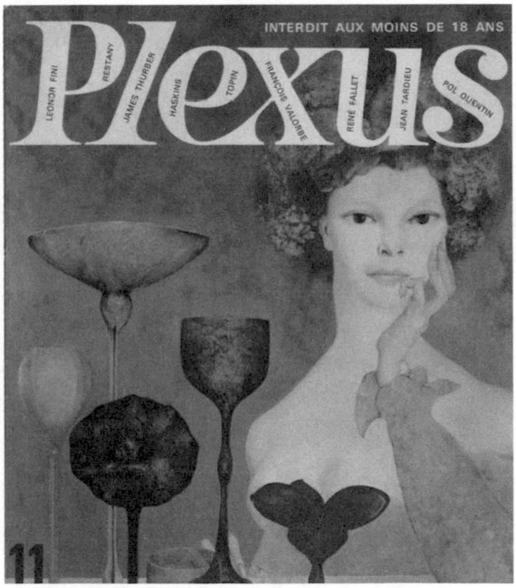

1967年費妮繪製《Plexus》雜誌第11期封面書影。

（Aubrey Beardsley,1872–1898）的影響，其畫風主要偏向古典風格及色調，屢屢強調構圖中展現唯美的筆觸、精緻的線條流轉如音樂。此外，由於費妮自幼居住在海邊（港口），因此童年記憶中的海岸、潮蝕的洞窟、貝殼、藻、蟹，以及山羊的頭蓋骨等便經常成為她入畫的題材。

「繪畫的本能從我自己當中引出整個世界，且那世界就是我。」費妮曾對作家好友戈蒂埃（Xavière Gauthier）如是宣稱。此處饒富興味的是，早在三、四〇年代期間，費妮即以自我投射的肖像畫作發展出定型的個人象徵，並且經常在自己的畫中出現，但她卻總是不直接標明為自畫像。一如她早期繪製《Harper's Bazaar》、《Plexus》等系列雜誌封面，畫面中常以單一女性為主體，不僅外表有著濃密捲曲的誇張髮型、寬大的華服裹著瘦削的身體，甚至就連眉宇之間那雙充滿挑釁的眼也頗為神似畫家本人。

一九三八年，義大利知名香水公司「Elsa Schiaparelli」推出全新系列暢銷品牌「Shocking」（震驚），其玻璃瓶身造型尤以曲線凹凸玲瓏、宛如豐滿的女性軀體馳名於世，據稱乃是費妮參照當年美國好萊塢性感女星梅蕙絲（Mae West,1893–1980）的婀娜身形為藍本設計而成。

拒絕接受經由男人定義的世界、畢生不斷尋求愛和激情的費妮，既愛男人，也愛女人。一九三九年夏天，費妮至聖馬丁（Sint Maarten）拜訪她戀慕的另一位英國女畫家卡靈頓（Leonora Carrington,1917–2011），兩人自此成為閨中密友。時值二次世界大戰爆發，費妮先後在蒙地卡羅及羅馬躲避戰亂。而在此之前，費妮曾與Fedrico Veneziani有過一次短暫婚姻，但很快在她遇見義大利畫家戀人雷普利（Stanislao Lepri,1908–1980）之後便告離婚。對此，費妮表示：「我想和不同的男人一起生活。一個是情人，另一個是朋友。」後來費妮又結識了另一作家男友——波蘭詩人傑倫斯基（Constantine Jelenski,1922–1987），直到晚年她都和這兩個男人在巴黎城郊同居一處，還有陪伴在她身邊的貓兒們。

待二戰結束後，費妮旋即回到巴黎繼續從事藝術創作，由於她本身很喜歡出席各類劇場演出和化裝舞會等活動，故而承攬了不少相關設計業務，包括像是她替卡斯提蘭尼（Renato Castellani）的電影《羅蜜歐與茱麗葉》（*Romeo and Juliet*）設計服裝，亦為巴黎皇家芭蕾舞蹈團成員量身定製了名曰「費妮之夢」（Le rêve de Leonor Fini）的專屬舞衣，甚至還替當時法國著名的「木桐酒莊」（Chateau Mouton Rothschild）設計酒瓶標籤。

在那些年裡，她的創作經歷不斷擴展，陸續也為某些熟識的作家友人、抑或當時重刊的經典文學作品-如莎士比亞的《十四行詩》（*Sonnet*）、波特萊爾的《惡之華》、薩德的《茱麗葉》（*Juliette*）等文學名著畫插圖。其中最廣為人知的，無疑該屬她替法國女作家波琳・瑞芝（Pauline Réage,1907–1998）那部著名的情色小說《O孃的故事》

（Histoire d'O）所繪製全套二十六張的水彩插畫了。

《O孃的故事》[1] 最早於一九五四年以法文出版，故事內容主要講述一位名叫「O」的年輕女孩被男友Rene帶到巴黎郊外一處城堡內遭捆綁、鞭笞和性虐待，如同那裡其他所有被囚的女人一樣淪為男人的奴隸，但由於「O」深愛著Rene，所以甘願忍受對她的各種羞辱，後來Rene因欠下大筆債務而將「O」轉送給同父異母的哥哥Stephen，並將其姓名烙印在「O」的身上，直到Stephen感到厭倦而拋棄了她。

自從該書問世以來，《O孃的故事》所激起各界強烈的爭議與辱罵從未停止過，有讀者對它深惡痛絕，亦有論者卻對它大加讚美，稱其為鼓吹解放女性情慾的虐戀文學經典。隨之於一九六八年出自費妮的畫筆下、由巴黎「Tchou出版社」重新發行的精裝插圖版本當中，一幅幅暈染墨色、

1968年費妮繪製《O孃的故事》（*Histoire d'O*）內頁插圖／巴黎Tchou出版社（資料提供：信鴿法國書店）。

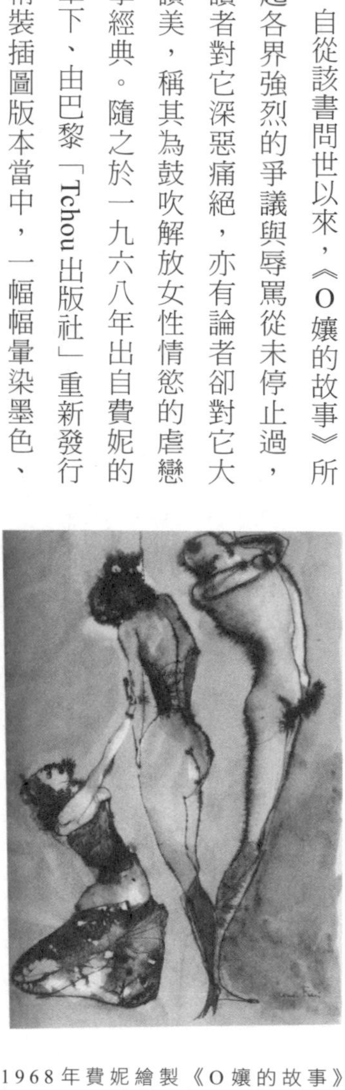

1968年費妮繪製《O孃的故事》（*Histoire d'O*）封面書影／巴黎Tchou出版社（資料提供：信鴿法國書店）。

男女肉身遂行巫山雲雨的小說畫面，不禁予人想像傳統中國水墨的韻味之外，豈料更有一片散發著神祕氣息的幽微死寂渲染了虐愛的黑暗氛圍，其間隱隱蘊含著如夢境般的冷漠與靜謐、衰敗和死亡。

無論蝕刻版畫（Etching）、素描、油畫、水彩或書籍插圖，凝視著費妮畫中的女人幾乎個個美麗，但這種美就像被過度的激情和欲望所摧殘過的、一種揮霍而尖銳的美。

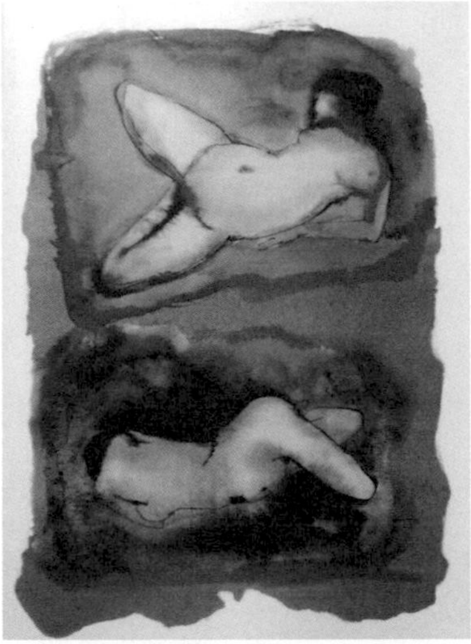
1964年費妮繪製《惡之華》內頁插圖（資料提供：信鴿法國書店）。

1964年費妮繪製《惡之華》內頁插圖（資料提供：信鴿法國書店）。

一九九四年《O孃的故事》由旅法漢學家陳慶浩教授編入「世界性文學大系——小說篇——法文卷」首度在台發行中文版（金楓出版社、易餘譯），封面副標名為「心靈忠誠肉體放蕩的性傳奇」。

光影交疊的華麗與前衛：「瑞士學派」平面設計巨匠馬克斯・胡貝

近來埋首寫作之餘，經常會去台北松江路巷弄的「信鴿法國書店」閒逛，因為在這裡除了找書之外，不時也能讓人觀察到當下歐陸圖書業界最新流行的出版潮流。彼時我一度曾由書店店員閒談當中得知，某些法國出版社的書籍似乎已有愈來愈多偏好於使用個別圖像色塊彼此交錯重疊的方式來做裝幀設計。

提及這般類似手法，不禁令人聯想到早期無聲電影裡常出現的「疊畫」（Superimposition）特效，意即剪接師把兩個或兩個以上內容迥異的畫面影像疊合同時放映，一般往往用來表現人物內心潛藏的回憶、想像或夢境，有時也藉此交代時間的流逝和各種紛繁並陳的現象。此處由於畫面螢幕的重疊顯現，遂使得各個場景之間原本存在的對比關係更為強烈，且易於激起觀眾的各種延伸思索及聯想。

同樣參照於近代出版（印刷）設計的專業領域，像這樣把個別色塊反覆疊加套印的特殊風格其實另有個專門術語，叫作Overprint（疊印），而探究此一印刷方式的出現亦有其自身醞釀的歷史淵源。

回顧歐洲二十世紀初期的平面設計史上，出身瑞士的馬克斯・胡貝（Max Huber,1919–1992）可說是最早開始大量採用圖像拼貼、並擅長搭配Overprint色塊構成整個版面視覺層次及動態感而著稱的知名設計師。

1952年胡貝設計《爵士時光》（*Jazz time*）雜誌創刊號封面書影。

從四〇年代活躍至八〇年代，馬克斯・胡貝同時也是二次大戰後歐洲設計界最重要具有開創性的圖像藝術家之一，當今位於瑞士南端的邊陲小城基亞索（Chiasso）甚至為此創設了著名的馬克斯博物館（Max Museo）予以紀念和展示他的生平成就。

一九一九年在瑞士出生，十七歲那年（一九三六）進入「蘇黎世工藝美術學院」（Zurich School of Arts and Crafts）就讀，主修圖案設計和影像藝術，在學期間馬克斯・胡貝一方面在廣告公司兼差實習，另一方面則是經常流連於學校圖書館內閱覽群書、拓寬眼界，在那裡他首次接觸到德國包浩斯（Bauhaus）平面設計大師奇霍爾德（Jan Tschichold,1902–1974），以及歐洲未來主義藝術家與俄國結構主義者的實驗創作。

當時，尤其是蘇黎世和巴塞爾這兩個城市，在美術設計方面屢屢不乏各種外來刺激，包括有來自德國的流亡藝術家紛紛落腳定居於此，以及在地青年藝術工作者如瑞士籍設計師Ernst Keller、Theo Ballmer、Max Bill、Theo van Doesburg等人，共同為瑞士的學院設計教育奠定了專業基礎，乃至後來還由此發展出五〇年代廣泛影響歐洲各國的「瑞士平面設計風格」（Swiss Design），且由於這種風格簡潔明確，因而很快透過各類海報插圖、書刊雜誌傳遍全世界，成為國際間最流行的平面設計風格，因此又稱作「The International Typographic Style」（國際主義平面設計風格）。

於是乎，就在這瀰漫著一股象徵前衛進步的環境氛圍底下，馬克斯・胡貝逐步展開了他日後探索設計領域的執業生涯。一九四〇年底，二十歲的馬克斯・胡貝前往米蘭參觀名設計師Antonio Bogger的私人工作室，據聞當時他說話結結巴巴連一句義大利語也不會講，卻無意間留下了一張細膩的手繪圖畫讓Antonio Bogger對他作品產生深刻印象，Bogger二話不說便立即雇用了胡貝協助從事設計工作。

早昔從老家瑞士輾轉來到義大利尋求發展，馬克斯・胡貝此時彷彿進入了一處兼容著繪畫、插畫、攝影及印刷等各類藝術文化相互激盪並存的大鎔爐，在這裡不僅讓他得以和當時引領世界潮流的創作者、

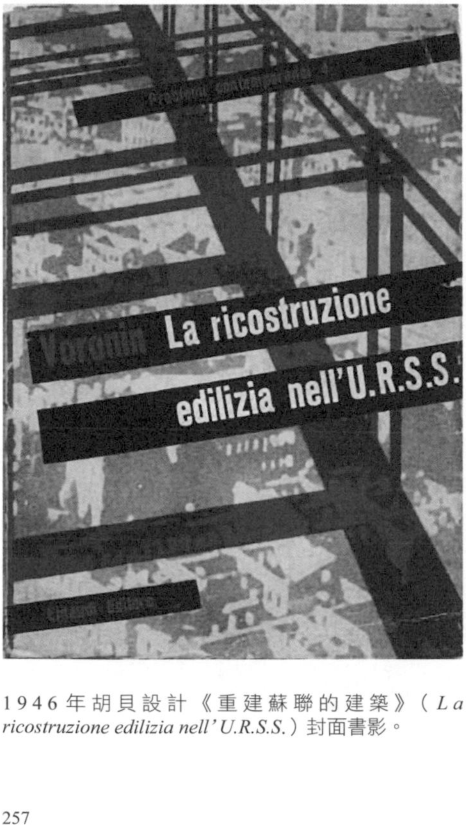

1946年胡貝設計《重建蘇聯的建築》（*La ricostruzione edilizia nell' U.R.S.S.*）封面書影。

1959年胡貝設計《石油與南方》（*Petrolio e Sud*）封面書影。

知識分子以及前衛藝術家們彼此充分交流，同時也擁有不少機會與小說家卡爾維諾（Italo Calvino）、女作家娜塔麗亞・金茲伯（Natalia Ginzburg）、音樂學家馬西莫・米拉（Massimo Mila）、詩人帕維瑟（Cesare Pavese）、小說家皮瓦諾（Fernanda Pivano）等義大利左翼文藝圈內人士有所往來。

二次大戰初期，馬克斯・胡貝被迫返回瑞士故鄉避難，且從一九四二至一九四四年間，他開始和以Max Bill為首的蘇黎世「當代瑞士藝術家聯盟協會」（the Alliance Association of Modern Swiss Artists）成員頻繁互動。待戰爭結束後，他隨即下定決心要移民至義大利永久定居。

如是經歷了數年的烽火浩劫洗禮，胡貝本人深信：他將會透過「設計」事業來重建人類因為戰爭而遭破壞殆盡、失落已久的文化價值，類似這番人文主義理念曾一度影響了當時整個歐洲。

這段期間，馬克斯・胡貝也陸續替義大利的Einaudi與Etas等出版社設計了許多展現疊印特色的書系裝幀代表作，諸如俄國社會主義詩人Vladimir Mayakovsky的詩集《列寧》（*Lenin*）、俄國考古學家Nikolaj Voronin的《重建蘇聯的建築》（*La ricostruzione edilizia nell'U.R.S.S.*）、義大利巴勒莫（Palermo）大學經濟系教授Gabriele Morello的《石油與南方》（*Petrolio e Sud*）等。在這些封面裡頭，馬克斯・胡貝巧妙地利用彩色油墨本身的透明性質，以及使之縱橫交錯的複疊、透疊技法，加上具有透視消點效果和富於張力的圖案線條，使其產生了前所未有的豐富強烈的生命力與深度感。

除此之外，自從他開始踏入設計師這一行業多年以來，馬克斯・胡貝始終對於爵士音樂懷有極大興趣及熱忱，連帶也讓他經常熱衷於設計自己所喜愛的唱片封面、爵士演奏活動海報與相關出版品。比方他在五〇年代所設計一系列音樂期刊《爵士時光》（*Jazz time*）的雜誌封面，畫面中融混了各個層次交疊的實驗性攝影圖像與大膽的基本造型原色，以及

1952年胡貝設計《爵士時光》（*Jazz time*）雜誌第四期封面書影。

那些起伏跌宕宛如音符跳動般的簡潔文字排比，乃將音樂中的韻律節奏融入轉化成為另一種關乎形象與色彩的視覺語言，搭配著精緻的印刷質感每每教人一覽馬克斯・胡貝前衛銳利的設計風格─包括他最著名的義大利Monza「Gran Premio dell'Autodromoa」（蒙札賽車大獎賽）海報設計。

畢生不囿於「平面」的框架、且偏愛明晰和韻律的異質結合，馬克斯・胡貝的設計作品儘管經過了半世紀以上的歲月洗練，迄今仍留存在好幾代人的記憶當中，歷久彌新。

1948年胡貝設計義大利Monza「Gran Premio dell'Autodromoa」（蒙札賽車大獎賽）海報。

從風格中解放出來：荷蘭風格派前衛設計師彼特・茲瓦特

正是在缺乏豐厚天然資源的條件下，「設計」產業往往被視為非常重要的創意資源。

觀諸近年來所謂的「荷蘭設計」儼然享譽全球，不惟已是當代前衛創作者眼中的時尚主流之一，乃至成了挑戰傳統、致力於革新實踐的具體象徵，舉凡從Droog Design的前衛設計到Mooi的創意品牌，從Marcel Wanders和Maarten Baas的時尚家具到Tord Boontje的剪紙藝術，新一代的荷蘭年輕設計師每每不乏以其獨特的視野，進而在世界設計版圖上找到自身的立足點，誠可謂百舸爭流、人才輩出。

由於位居三角洲地帶，歐洲多條匯入北海的大河均流經此處，地理位置異常優越的荷蘭，自古以來即是整個西歐地區的貿易和運輸中心。該國小國寡民（面積四萬一千五百二十六平方公里，人口約

1931年茲瓦特設計《電影藝術叢刊》（*Filmkunst*）第7期雜誌封面書影。

1931年茲瓦特設計《電影藝術叢刊》（*Filmkunst*）第5期雜誌封面書影。

一千六百萬人、比台灣還少），有四分之一的國土面積低於海平面，且天然資源僅天然氣略具規模，然而他們卻早在十七世紀初即已遠渡萬里重洋創設「東印度公司」稱霸大半個地球，迄今仍能在全球經貿體系中占得一席之地。

端看這幾年台灣出版界所引進的設計類書籍，除了前陣子掀起一波波熱潮的北歐設計之外，其次最夯的，大抵便屬地處歐陸北緣、無論地理環境或產業歷史皆與台灣相仿的荷蘭了，此間一般在書市常見如《荷蘭嬉設計》、《新荷蘭學：荷蘭強大幸福的十六個理由》、《荷蘭不唬爛》等書籍毋寧皆屬箇中之選，甚至包括西方美術史上赫赫有名的大畫家林布蘭、梵谷、蒙德里安，以及同樣根源自荷蘭的De Stijl風格派繪畫也都對後世發展藝術及設計領域產生了深遠影響。

回顧過去，彼時荷蘭一度風起雲湧的現代主義設計思潮最早發軔於二十世紀初期，約莫二、三〇年代由著名畫家凡·杜斯堡（Theo van Doesburg,1883–1931）、建築師里特維德（Gerrit Rietveld,1888–1965）以及藝術家蒙德里安（Piet Mondriaan,1872–1944）等核心人物所共同引領一場名為「De Stijl」（風格派）的前衛藝術與設計運動，並透過其成員編纂的同名雜誌De Stijl月刊為媒介，據以發表交流各自的美學觀念，廣泛影響了當時的工業設計、繪畫和建築。

當時，正值一次世界大戰剛結束，隨之而來的社會革新氛圍與前衛藝術新思潮宛如雨後春筍般勃然叢生，相對也成為孕育新一代設計界風雲人物的溫床：一位來自阿姆斯特丹鄰近小鎮贊代克（Zaandijk）學建築的年輕人開始進入隸屬荷蘭風格派團體成員之一、建築師**Jan Wils**的事務所擔任繪圖員，雖然原本接受的是正規建築師的專業教育，但是後來卻在圖像設計領域逐漸闖出名號、成為國際間聲譽鵲起的平面設計大師，他的名字叫彼特・茲瓦特（Piet Zwart,1885–1977），當今位在荷蘭第二大城市鹿特丹（Rotterdam）的Piet Zwart Institute（鹿特丹視覺設計學院）即為紀念他而命名。

早昔學生時代（一九〇二—一九〇七）就讀阿姆斯特丹應用藝術學院（the School of Applied Arts in Amsterdam）學習繪畫、素描、建築與應用美術等技藝，待修業完成後曾一度專注於家具製作、布紋裝飾和室內設計。一九一九年，決心脫離先前投入的建築設計與工藝領域、三十三歲的彼特・茲瓦特初次接觸荷蘭「風格派」作品，並與這個現代設計團體成員往來酬酢。某次因緣際會讓他結識了當年創辦《風格派雜誌》（*De Stijl*）並擔綱首期封面設計的匈牙利畫家暨建築設

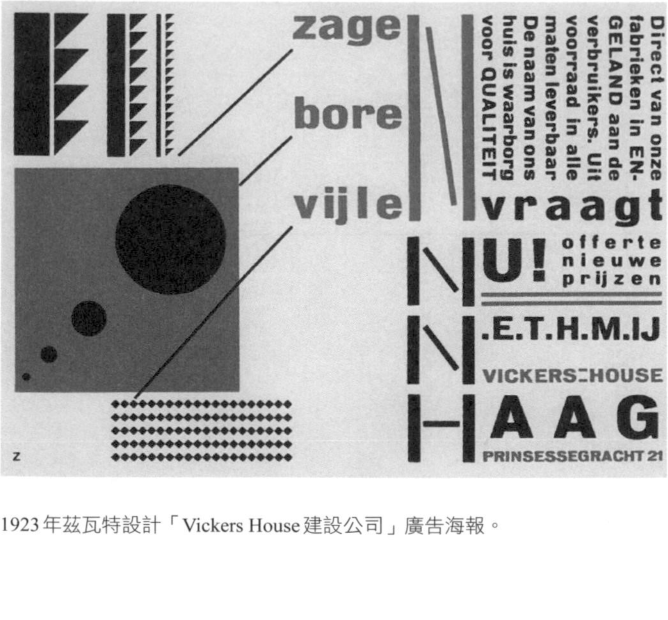

1923年茲瓦特設計「Vickers House建設公司」廣告海報。

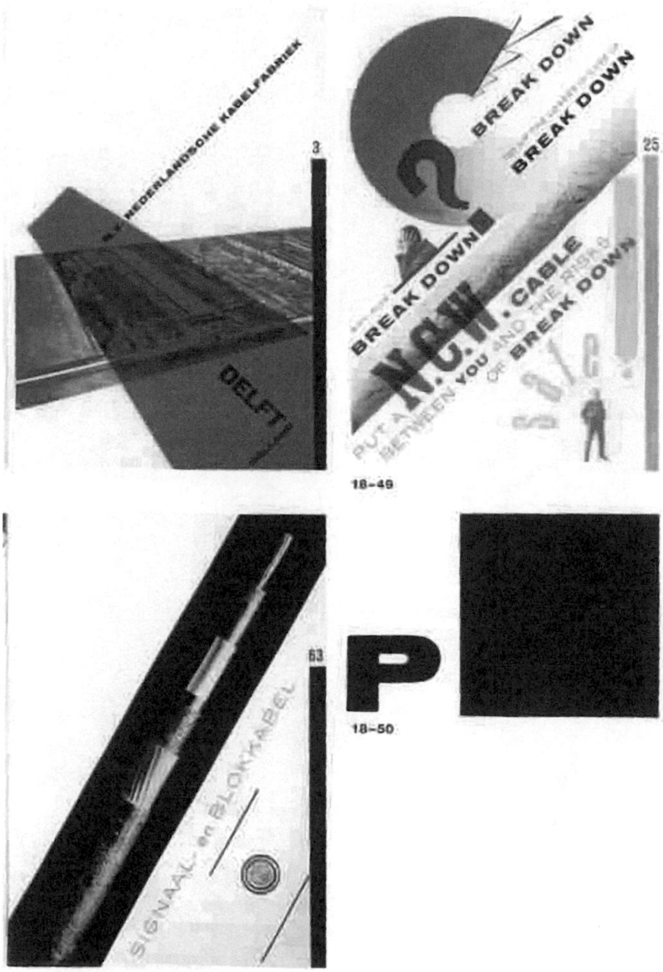

1926年茲瓦特設計「NKF公司」廣告型錄書影。

計師胡薩爾（Vilmos Huszàr,1884–1960），他們經常交流彼此有關建築規畫與圖像設計的想法，同時他也被凡・杜斯堡所宣揚建構抽象烏托邦世界的風格派基進理念所深深吸引，並且極為著迷於那時一度風靡的達達主義（Dadaism），以及源自俄羅斯構成主義（Constructivism）的前衛藝術。其影響所及，從他在一九二〇年代初期替Vickers House建設公司設計一系列的平面廣告（海報）作品中所呈現各種尺度縱橫錯落、自由排列宛如躍動的字體符號，以及獨特鮮明的版面留白手法便可窺見端倪。

一九二一年，茲瓦特擔任荷蘭建築師貝拉赫（H.P. Berlage,1856–1934）的助手，陸續參與了基督教理科教堂、海牙市政博物館等規畫案，並還嘗試運用六邊形和圓形造型設計了一套早餐杯具組。一九二三年透過貝拉赫的引介，彼特・茲瓦特輾轉前往台夫特（Delft）市區的「ＮＫＦ」（Nerderlandsche Kabelfabriek）公司工作。往後十多年間，他不斷以活版印刷形式來進行各種實驗探索，持續製作出數以百計富有開創性的平面廣告海報和書籍裝幀設計，甚至還從他負責設計印製「ＮＫＦ」公司廣告型錄的印刷廠資深工人身上學到了不少印刷知識，遂得以深入了解自由地運用不同大小的文字、圓和矩形等元素來進行各種造型試驗，並懂得有效利用強烈的對角線、基本原色（primary colours）組合以及不對稱構圖形式來強化他所要傳達的視覺訊息。

彼時隨著攝影照片的出現日漸普及，茲瓦特很快也欣然擁抱這個新媒介，且將之大幅運用在平面設計上。諸如一九二六年他率先於「ＮＫＦ」商品目錄圖冊設計當中首度完成長達八十頁全彩的照相排版實驗，包括使用高度對比的負片攝影圖像拼貼，搭配彩色油墨疊印、剪裁成幾何形狀等（自一九二八年起他買了一台相機開始自行蒐集攝影素材，並很快學會各種基本攝影技術），茲瓦特意欲將看似對立的兩種現代藝術風格：達達主義和構成主義結合起來，類似這些表現方式在他後來（一九三一）設計一系列《電影藝術叢刊》（*Filmkunst*）雜誌封面時更頗見其異曲同工之妙。

自承出身建築背景、大半輩子未曾受過專業平面設計訓練的茲瓦特，總是戲謔地對外宣稱他自己是「Typotekt」（排印建築家），意即編排印刷師（typographer）和建築師（architect）兩者的綜合體。據說向來對工作極其狂熱的他，在深夜三點鐘以前工作室的房間通常是不熄燈的，而且平常也很少去度假、絕大部分時間幾乎都待在工作檯上。

終其一生，他僅只為了能夠做好一件事而努力：那就是，要將讀者從過去平淡枯燥的印刷版面設計當中解放出來。

我已將音樂一勞永逸地放下了

走過跌宕起伏的青蔥歲月，人到了一定的年紀時，似乎總會期待出現某種轉折、甚至透過轉換職業跑道來改變自己的人生。

二〇〇七年，英國搖滾樂史上以開創另類迷幻風格著稱的傳奇樂團「The Stone Roses」（石玫瑰）靈魂人物、年屆四十五歲的吉他手John Squire發表聲明要告別音樂生涯、退出樂壇，且從此全心投入繪畫創作。對於眾多樂迷而言，這一突如其來的消息簡直是難以置信，其引起世人震驚的程度委實不下於先前美國職籃巨星「空中飛人」Michael Jordan宣布退出籃球界改打棒球那般讓人瞠目結舌。

1989年John Squire設計《石玫瑰》（*The Stone Roses*）專輯封面。

如此違逆世俗的抉擇，豈止是一種單純身分的轉換。

儘管當時周遭大多數人幾乎都認為John Squire作了一個莽撞的決定，但為了一圓夢想，John Squire卻不惜放棄他原本最擅長的音樂創作、改行當畫家，這位曾被無數死忠樂迷們視同神一般的吉他手就這麼毅然褪下昔日最輝煌的職業光環，一切從頭開始，重新挑戰不可知的未來。

二〇一〇年，John Squire被英國ＢＢＣ選為近三十年最佳吉他手第十三名。恰好就在這一年，英國老牌企鵝出版社（Penguin Press）為紀念公司創立七十五週年，即從五〇年代到八〇年代各挑選出五部代表每十年間的經典小說，名曰「世代書系」（Penguin Decades）。對此，企鵝出版社還特別找來當年引領各時代藝術浪潮的佼佼者，分別以不同裝幀手法重現經典，其中擔綱八〇年代系列封面設計者，便是早昔（八〇年代末）崛起於知名搖滾團體「The Stone Roses」（石玫瑰），後來宣布引退的吉他英雄John Squire。

於是，就在企鵝出版社藝術總監Jim Stoddart的規畫指示下，包括當代英國小說家約瑟夫・卡爾（Joseph Lloyd Carr,1912–1994）的《鄉間一月》（*A Month In The Country*,1980），編劇作家威廉・博伊德（William Boyd,1952–）的長篇小說《冰淇淋戰爭》（*An Ice-Cream War*,1982），歷史學家彼得・艾克羅德（Peter Ackroyd）的偵探小說《霍克斯摩爾》（*Hawksmoor*,1985），藝術史學者暨小說家安妮塔・布魯克納（Anita Brookner,1982–）的《遲到者》（*Latecomers*,1988），以及律師作家約翰・摩提梅爾（John Mortimer,1923–2009）的政治小說《遲到的世界末日》（*Paradise Postponed*,1988）等文學書籍，皆由John Squire陸續著手繪製了數幅現代風格的抽象畫作為書系封面。

從音樂創作乃至封面設計，敏感多情的John Squire似乎總是不斷地追求超越自我

2010年John Squire設計安妮塔・布克《遲到者》（*Latecomers*）封面書影。

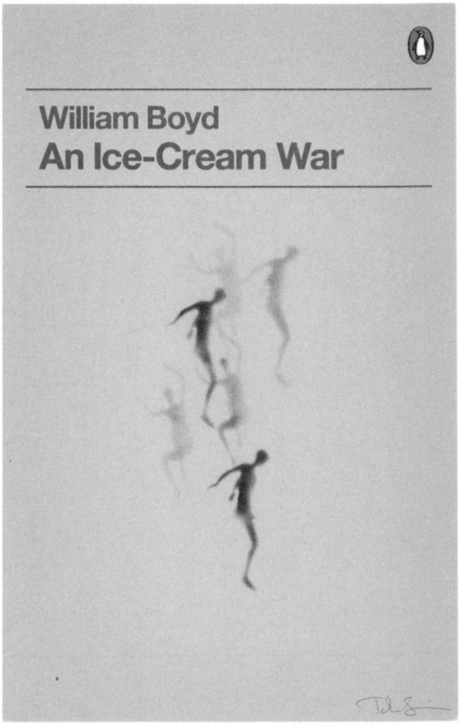

2010年John Squire設計威廉・博伊德《冰淇淋戰爭》（*An Ice-Cream War*）封面書影。

局限的各種可能，從而散發出某種迥異於流俗的時代氣味。

諸如一些六〇年代的流行吉他曲風再加上一部分八〇年代英式復古的舞曲節奏，話說當年來自英國曼徹斯特的四人搖滾團體「The Stone Roses」不惟有著John Squire如鬼魅般的吉他技巧，且搭配敲擊樂與合音的編曲方式創造出一種迷幻絢麗的鮮明樂風，歌詞則以批判當時英國的社會政治衝突為主。而「The Stone Roses」除了在音樂表現上獨創一格，視覺效果與音樂的結合更是他們有別於其他樂團的特色之一。

其實早在他正式對外宣告「棄樂從畫」以前，幾乎所有「The Stone Roses」樂團發行的唱片專輯及單曲封面視覺概念也都是出自John Squire之手。

一九六二年出生於英國西北部郊區一處名叫Altrincham的小鎮（鄰近曼徹斯特），John Squire自幼即對繪畫和模型製作深感興趣，由於他的父親是一位音樂愛好者、平日喜歡吹奏薩克斯風自娛，母親也曾學習過一段時期的油畫和陶藝，因此John Squire坦言自己多多少少受到了家中喜愛親近藝文活動的氛圍所影響，家人從小就非常鼓勵他畫畫。在一次生日上他得到了一盤磁帶，用這盤磁帶他錄了很多當時的流行音樂（如Beachboys、Beatles、Sex Pistols）。後來John覺得應該要買一把吉他來練練，並於十六歲那年組建了第一支樂隊。當時John Squire不僅頻頻專心苦練吉他、也常利用課餘時間去美術部畫些海報和傳單給樂隊現場做宣傳。

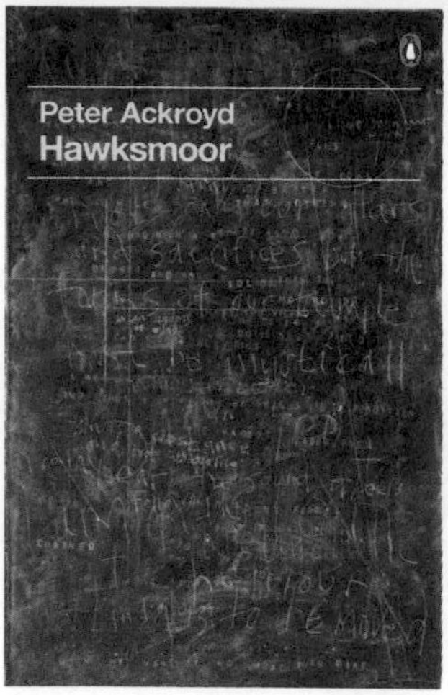

2010年John Squire設計彼得．艾克羅德《霍克斯摩爾》（*Hawksmoor*）封面書影。

2010年John Squire設計約瑟夫．卡爾《鄉間一月》（*A Month In The Country*）封面書影。

2010年John Squire設計約翰．摩提梅爾《遲到的世界末日》（*Paradise Postponed*）封面書影。

但沒過多久，這支樂隊隨即宣布解散，之後他去Tesco（英國最大的食品零售公司）當理貨員，斷斷續續做過酒吧招待、菜園苦力，甚至是汽車修理場工人等各種形形色色的行業，後來他在曼徹斯特的「Cosgrove Hall」動畫公司找到了一份從事模型製作的固定職位。就在這段期間（一九八五），John Squire和吉他手Andy Couzens、主唱者Ian Brown，和音兼鼓手Reni，以及貝斯手Gary Mounfield等人組建了「The Stone Roses」（石玫瑰）樂團。

一九八九年，「The Stone Roses」發行了由John Squire和Ian Brown擔任詞曲創作的首張同名專輯一炮而紅，在市場上獲得排山倒海般的成功，旋即攻占各大搖滾雜誌「年度最佳排行榜」，並在當年榮登NME（*The New Musical Express*雜誌）有史以來英國最佳專輯寶座。此處值得一提的是，彼時正值美國「抽象表現主義」（Abstract Expressionism）畫風盛行的濫觴時期，許多知名龐克搖滾樂團（如英國的「The Clash」）的唱片印刷品上常見有仿效美國抽象繪畫大師Jackson Pollock（一九一二—一九五六）以其在帆布上隨意地潑濺顏料、灑出流線的技藝而著稱的典型圖像，早年John Squire無疑亦為死忠粉絲之一。

根據John Squire的說法，當年他負責構思封面設計時，本想用Jackson Pollock的原畫當封面，但因授權費用索價不菲，而樂團很窮，所以John Squire只好開始模仿。觀諸一九八九年這張「The Stone Roses」專輯封面主要仍以充滿流動、跳躍感的Jackson Pollock風格構圖為背景基調，就連該樂隊早期的樂器（如John Squire手中那把酷炫的吉他）與宣傳照也溢滿了五顏六色的潑墨式油彩，唱片封面上的紅白藍則是象徵法國大革命的三色旗（也就是今日的法國國旗），至於搭配點綴於專輯文字與背景圖像之間、宛如天外飛來一筆的檸檬切片，其實是比喻當時的街頭抗議者使用檸檬汁液浸潤手帕來遮蓋臉部、用以減輕（中和）催淚瓦斯的威脅，這就是封面那幾顆檸檬的由來。

此一封面設計，後來還被*Q magazine*列入「The 100 Best Covers of All Time」（史上最佳百大專輯封面）榜單當中。

John Squire表示，從事畫畫或平面設計從來不像做音樂那麼難，「人一旦在某個領域裡有了過多的了解，就會想辦法繞開他不想碰見的東西」。可儘管John Squire再怎麼感嘆自覺多走了一趟冤枉路，他勢必得回頭感謝讓他曾經輝煌的搖滾音樂。或許，也正因為他是樂界名人之故，所以人們才更容易留意他所畫出來的作品。

黑與白的狂歌亂舞：棟方志功的木刻裝幀

美麗的事物總是令人嚮往。一本漂亮的書籍同樣也是。

執一而論，人一旦對於身旁（美麗）之物興起了占有欲，便為癡人，而我們買書的目的也從來不是僅僅為了閱讀。

說穿了，熱愛（購書）藏書的行為本身就像是患了一種無可救藥的犯癮。但凡只要看見喜歡的、漂亮的書，無論如何一定得買（即便是不去讀它）。類似這般自得其樂的偏執、荒謬甚至有些執迷不悟的收藏動機，局外人往往難以理解。

我猶記得數年前，在台北龍泉街「舊香居」書店第一次看到小說家谷崎潤一郎的《夢の浮橋》、《鍵》與《瘋癲老人日記》初版本的那份奪目的驚豔！裝幀形式採用平背書盒精裝，搭配封面版畫作品的刀痕墨印幽黑交錯，形成了線條流動和斑斕色塊對比、由內而外迸發著一股不可思議的魅力及律動，其間佐以樸拙飽滿的木刻文字點綴，彷彿布滿鬼氣似的生命感，不惟氣勢磅礴如滔滔大河奔流，且極富有禪味、意韻綿長。

如是熱烈奔放的木刻裝幀藝術，委實前所未見，古樸、稚拙，且洋溢著飽滿而深沉的精神力量，但讓人一見難忘，更令我自此情有獨鍾。他是日本現代版畫家棟方志功（一九〇三—一九七五）。

昭和三十七年（1962）棟方志功繪製谷崎潤一郎《瘋癲老人日記》木刻裝幀與書盒／中央公論社發行／吳卡密 攝影。

隨之，恰逢某日午後，我在拙作《尋聲記》新書發表會上，承蒙深諳日本文學與圖書文化的作家前輩林景淵慨然相贈一冊日文舊書，初時乍見其封面圖案線條極盡癲狂、用色大膽，似有一股酣暢淋漓之氣汩汩流出，此為日本昭和十四年（一九三九）出版、當代文藝評論家保田與重郎（一九一〇—一九八一）的大作《ヱルテルは何故死んだか》（少年維特為何死去），豈料打開扉頁一看，竟是出自我所心儀的版畫大師棟方志功的裝幀手筆，夾頁裡還附有一

昭和三十五年（1960）棟方志功繪製谷崎潤一郎《夢の浮橋》木刻裝幀與書盒／中央公論社發行／吳卡密攝影。

張棟方版畫的紀念書籤。摩挲書頁之間，彷彿染上了一層神祕而美麗的色彩，還有舊書本身特有的香氣。

「我的板畫是從樸質事物中生出來的，而不是製作出來的。」棟方志功在他晚年回顧生平創作經歷的自傳文集《板極道》書中強調，他是以木板代替畫布，以刻刀代替畫筆，在木板上直接作畫，因此稱作「板畫」。

一九〇三年出生在日本青森縣（與作家太宰治是同鄉），父親是打鐵工匠。棟方志功從小就非常喜歡繪畫，卻因為天生患有重度弱視，讓他很難用一般正常人的視線觀察模特兒的輪廓作畫，致使創作或觀畫時必須把整個臉部貼近畫面，而身旁周遭的人都叫他「絵バカ」（只知道繪畫的笨蛋，意即「畫癡」）。小學畢業後，棟方志功一方面幫忙家中打鐵業的工作，另一方面協助他的叔父描繪青森「ねぶた祭」（睡魔祭）[1]所需的彩繪燈籠與津輕風箏畫。舉凡畫中狂野而鮮烈的原始色彩，加諸晦冥神祕的線條紋樣，以及祭典期間徹夜狂歡跳舞的景況，由此孕育了他早期作品生命力和創作欲望的根源。

1 青森「ねぶた祭」（睡魔祭），乃為日本東北最盛大的夏日祭典。相傳起源自西元八世紀奈良時代，當時征夷大將軍坂上田村麻呂赴東北征討時，以大型燈籠騙出當地蝦夷族，以巨大的竹子劈成細枝，作成人的形狀，糊上日本紙、畫上墨線，使用極鮮豔的黃、紅、青、紫等各種顏色的染料，再加上蠟著成模樣而成，後來逐漸發展出驅逐鬼怪或神怪相助等許多鬼神傳說；但另有一說為，青森的夏天熱得讓人想睡，因此舉行熱鬧慶典趕跑睡魔，並祈求豐收。一九八〇年被日本政府指定為「重要無形民俗文化財」。

年少時期的棟方志功，特別崇拜法國後期印象派畫家梵谷，因受其以火焰般熱情作畫的精神感召，早昔曾一度模仿梵谷畫風，也和一干藝文同好結成「青光畫社」、參與創刊文學同人誌《夢》，並發表模仿詩人石川啄木的短歌。二十一歲那年（一九二四），立志「上京」揚名立萬的青年畫家棟方志功搭乘夜行快車，手裡拿著一封「帝國美術院」會員中村不折的地址之介紹信，前往舉目無親的東京大都市闖蕩天涯，且誓言「如果不能入選『帝展』（日本官方舉辦的年度大型展覽會）的話就不回家」。

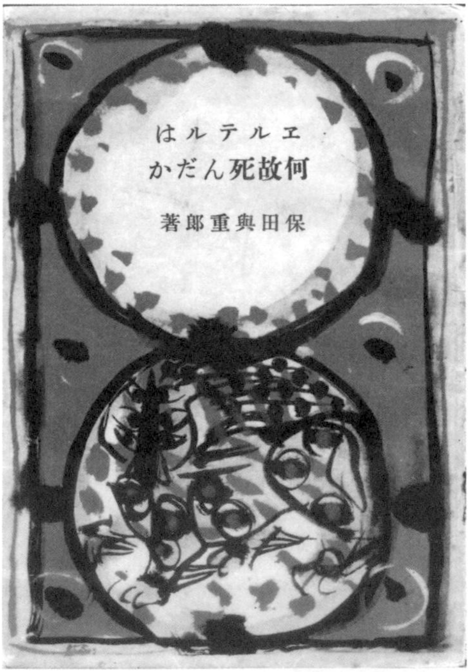

昭和十四年（1939）棟方志功繪製保田與重郎《ヱルテルは何故死んだか》（少年維特為何死去）木刻封面書影。

然而，在他決意走上職業畫家之路的初始並不順遂，連續四年（一九二四—一九二七）在帝展落選的慘痛經歷，曾令他感到自責悲觀、甚至一度陷入低迷不安的情緒中，但他卻仍表現出永不屈服的骨氣與決心，一步一步勵求精進，同時也開始反省思考西方主流的「油畫」傳統之於自己存在的意義，轉而逐漸將心力投注於鄉土民俗的版畫創作，後來棟方陸續也替柳宗悅、河井寬次郎、式場隆三郎、山崎豐子、中

昭和三十九年（1964）棟方志功繪製《板極道》木刻裝幀與扉頁設計／吳卡密 攝影。

昭和三十五年（1960）棟方志功繪製谷崎潤一郎《夢の浮橋》木刻裝幀與扉頁設計／中央公論社發行／吳卡密 攝影。

河與一、保田與重郎、谷崎潤一郎、中谷孝雄、田村泰次郎等當代作家文人繪製一系列風格獨具的木刻封面及插圖。

據聞棟方志功的個性極為害羞、性情耿直而溫柔，可一旦遇到了知己同調，講起話來就像是連珠炮似地口沫橫飛，開心時還會情不自禁地一面自言自語、一面手舞足蹈。二〇〇八年，日本富士電視台推出以棟方志功為傳記主角的特別劇：《我はゴッホになる！愛を彫った男・棟方志功とその妻》（我要成為梵谷！雕刻愛的男人・棟方志功與其妻子），劇中不僅找來知名搞笑藝人「劇團一人」（劇団ひとり，本名川島省吾，藝名意為「一個人的劇團」）主演棟方志功，女星香椎由宇飾演棟方之妻，而藤木直人也在此軋上一角，飾演棟方的畫家摯友澤村涼二。其中最令我深覺動容的，毋寧是男主角劇團一人在鏡頭前屢屢展現如孩童般的笑容和祭典時融入人群跳舞的身影，以及因重度近視而整個人趴在作品上，邊哼著貝多芬的〈歡樂頌〉邊將木板不斷翻轉迴旋、手執刻刀飛快雕鑿的模樣，簡直是把棟方志功給演活了！

印象裡，只見他把全副精神貫注在木板上，不停流著汗、喘著氣，生命也就如此沸騰著，可以教人感到有鬼氣，或教人覺得欣喜。

一生不求師匠、矢志宣稱「要創出以自己為始的世界風貌」的棟方志功，在他妙筆刻繪下，無論是津輕的巫女、佛境的天女，抑或地神、風神、雨神、太陽神、釋迦、文殊菩薩、婆羅門女、觀世音，皆無不盡興展露其青春泉源如陽光燦爛般奔流著原始的情慾，且於淚流成河之後狂歌亂舞，共同交織出森羅萬象的奇想世界。

昭和三十九年（1964）棟方志功繪製《板極道》木刻裝幀與扉頁設計／吳卡密 攝影。

關於舊書與裝幀隨想三則

之一：世代的色彩學

在設計的世代中，使用色調讓人感覺開朗健康的，是比較老一點的世代。相當於我們父執輩的那個世代，是典型的C大調。他們對色彩非常肯定，用色明亮乾淨，毫不混濁。世代下降一點，用色就有點複雜，帶有嘲諷意味的中間色彩使用得很明顯。

——《請偷走海報：原研哉的設計隨筆集》

就傳統藝術學科而言，色彩是觸發視覺感受的第一要素，能直覺地喚起人的情緒波動。

素聞二十世紀法國畫壇巨匠馬諦斯（Henri Matisse,1869–1954）終其一生都在做著實驗性的探索，在色彩上追求一種單純原始的稚氣與熱情（我尤其鍾愛他晚年以彩紙剪貼作畫和親筆手寫詩文彙編成冊的限量插圖繪本《Jazz》，僅只寥寥數種的原色對比效果卻充滿了豐富的音樂感，彷彿潮水般向我襲來！）而不同顏色本身，往往也有著不同的寓意及象徵性格，就像星座。

舉凡畫家梵谷（Vincent Van Gogh,1853–1890）生平喜用大片尖銳的、猛烈的黃色，令人不禁為之騷動，且一如他經常顯露出某種焦慮、急躁瘋狂的本性。而在當代漢語裡，紅色無疑是政治意識最濃的一個顏色詞（日語「獵紅」即意指追捕思想犯），特別是許多台灣早年老一輩的畫家、藝術家抑或從事圖像設計的創作者，在那禁忌的年代幾乎多多少少都曾經對「紅色」有過一段不堪回首的往事記憶。

除此以外，提及早昔崛起於三、四〇年代上海文壇的華文小說界祖師奶奶張愛玲，據說一輩子性情孤傲、敢愛也能捨的她，最偏愛一種介乎純綠和深藍之間的藍綠色，她早在當年的成名作——短篇小說集《傳奇》再版（一九四四）時的序言中寫道：「以前我一直這樣想著：等我的書出版了，我要走到每一個報攤上去看看，我要我最喜歡的藍綠封面給報攤子上開一扇夜藍的小窗戶，人們可以在窗口看月亮，看熱鬧。」及至戰後以降，台灣「皇冠出版社」重新出版一系列張愛玲經典作品《秧歌》、《流言》、《怨女》、《張愛玲短篇小說集》等封面皆以知名插畫家夏祖明（一九三七—）描繪的月亮為主題，分別以黃、藍、綠三原色做背景，恆常透露著浮華與蒼涼的一貫基調。自云：「一生與月亮共進退」、「看月亮的次數比世上所有的人都多」，捧讀張愛玲筆下的月亮，留在讀者心裡面的，永遠是最美麗的傷痕。

但以飲食為喻，正所謂「秀色可餐」，那些顏色鮮豔美麗的食物（或書本），通常即能讓人產生一種近乎吞噬咀嚼的口腹占有欲，且其色彩繽紛之生命力又更流露出一派青春無敵的氣息。無怪乎戰後台灣五〇到七〇年代橫跨封面設計、雜誌插畫、副刊漫畫、電影布景等多重領域的美術設計家廖未林（一九二二—二〇一一）儘管年屆八旬之齡，仍每每不忘戲謔自嘲曰：今生今世願做「好色之徒」（意即喜好把玩顏色之喻）。

綜觀廖老先生一生波瀾起伏，年少時經歷動蕩顛沛的抗戰烽火，他曾加入「抗日漫畫宣傳隊」走遍大江南北，也演過抗日街頭話劇，因此學會了如何化妝做造型，從而在劇場後台初遇作家巴金，後來還在巴金主持的「文化生活書店」布置櫥窗兼畫封面設計。一九四九年來台之初，廖未林先生是在台北中山堂對面的國際照相館工作，並由一筆一畫替黑白相片手工著色的過程中領略了色彩調配的奧妙。

記得小時候常聽民間流傳一句俗話：「紅配綠，狗臭屁」，大意是說紅綠兩色一同出現在畫面者多為劣作，能將大紅大綠同時處理好更屬不易，但廖未林的諸多封面作品

1968年張愛玲著《流言》封面書影／皇冠出版社。

1944年張愛玲著《傳奇》封面書影／上海雜誌社。

1968年張愛玲《短篇小說集》封面書影／皇冠出版社。

卻經常可見鮮明的紅綠配比而絲毫沒有突兀庸俗之感，這便是他不拘泥於色彩教條而猶能獨創自我的功力所致。

古人用色謂「隨類賦彩」，但對廖未林來說卻是「隨心賦彩」，隨著主觀情感變化，可以把同樣一株花朵畫成藍色、紫色、黃色，為所欲為、變幻萬千。

之二：掌中書

毫不諱言，我一向深度迷戀於紙本書，尤其是那些出版年代久遠的絕版舊書，但仍無礙的是，我同時也頗習慣以「哀鳳」這類的智慧型手機來閱讀，偶爾用指尖「滑」過螢幕「翻」頁的感覺其實還挺不錯。

近年來，隨著電子媒材與圖書數位化的普及，許多超過上百年歷史的古書善本、老報刊雜誌等紙本出版物，如今已都能從公家學術單位（如日本國立國會圖書館、早稻田大學「古典籍総合データベース」）、甚至是民間自行創立共享的數位典藏資料庫免費取得下載閱覽。而目前儲存在我手機裡，至少就有一兩百部日本明治大正時代的小說、詩集、繪本，還有日治時期的《台灣霧社事件誌》、

「仙人掌文庫」書系風景／李志銘攝於舊香居（2015年）。

《昭和十年台灣大震災紀念畫報》，以及幾乎一整套的《民俗台灣》（當然這些全部都是掃瞄的高清電子檔，加起來的體積與重量總和是零！）

從某個角度來說，「哀鳳」手機儼然已是當下新一代年輕人流行最夯的掌中書、口袋書！

書的封面及其裝幀開本的盛行與否，同時也反映一個社會當時的審美觀與書市文化。回顧過去，「口袋書」（pocket book）此一說法最初出現於一九三五年掀起「平裝本革命」（Paperback Revolution），且以封面設計簡潔統一、按顏色區分書種為特色（比如橘色系封面是小說、粉紅色封面是旅遊書）的英國企鵝叢書，在法國稱作 livre de poche，意指小而低價的書，而日本則是在一九二七年發行的「岩波文庫」首創「文庫本」概念，目的是讓更多讀者透過便宜的價格、攜帶便利的方式讀到文學著作。

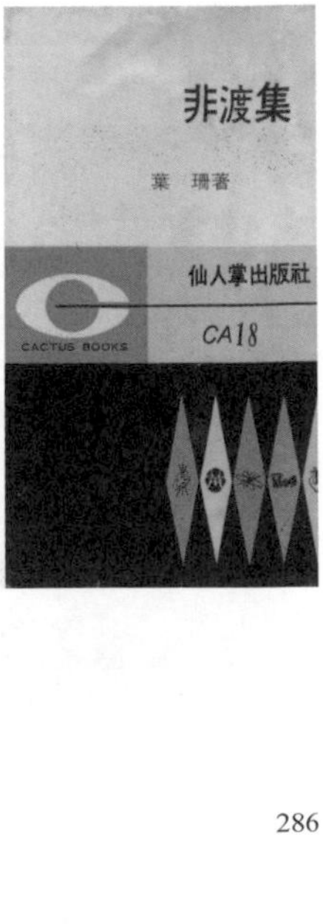

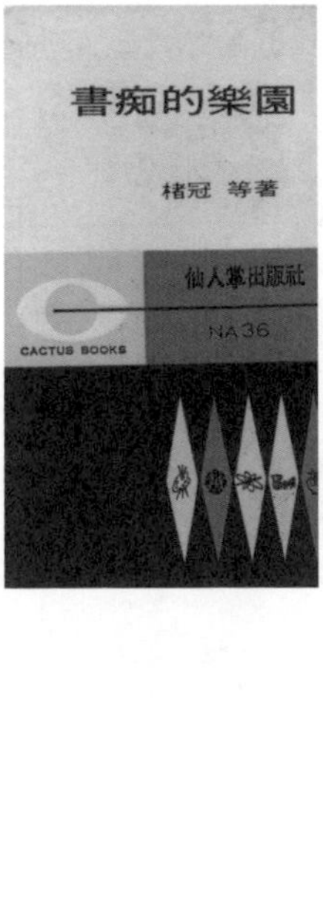

同樣在台灣，蕭孟能籌創「文星書店」於一九六三年正式推出《文星叢刊》，標榜以「儘可能好的書，儘可能低的價錢」回饋愛書人，並且找來當時甫從師大美術系畢業、擅長畫插圖的龍思良（一九三七–二〇一二）負責該書系封面設計，他參酌中國傳統線裝古籍的版面比例，結合西方現代平裝形式，以獨特的四十開本做出了簡單大方的台版「文庫本」樣式，其中有些作品歷年既久、保存至今，業已成了嗜書者眼中可遇而不可求的稀罕珍本——如周夢蝶的《還魂草》、周棄子的《未埋庵短書》。

自《文星叢刊》首輯問世以降，台灣許多出版社紛紛效仿。先是一九六八年國民黨政府查禁李敖主編的《文星》雜誌，遂使「文星書店」被迫歇業，繼而由「文星」出身的林秉欽、郭震唐夥同兩位友人合資開設了「仙人掌出版社」，旋即以白先勇小說《遊園驚夢》為創業作，陸續推出了自己的口袋叢書《仙人掌文庫》，翌年（一九六九）更接

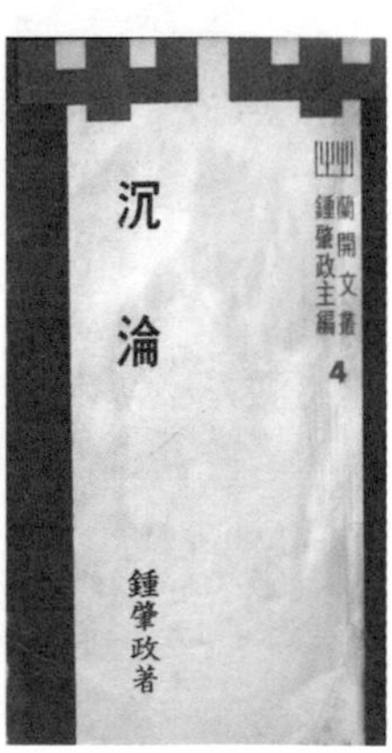

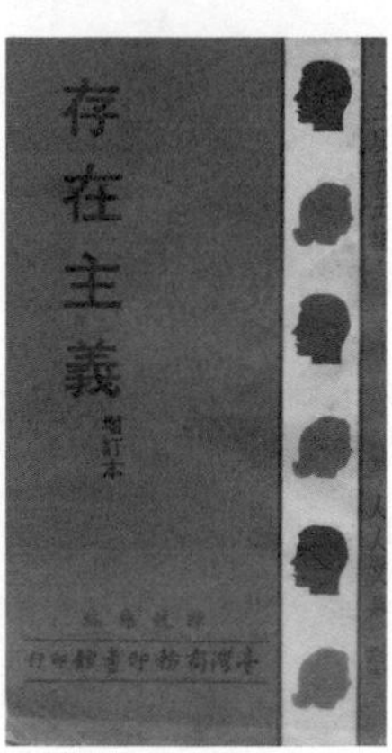

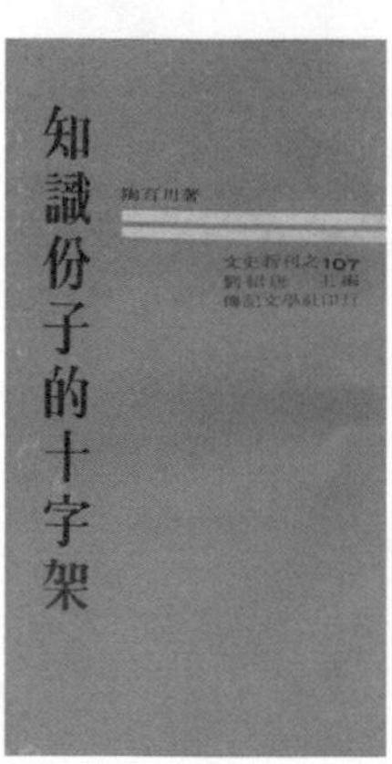

著發行精裝版，包括葉珊的《非渡集》、黃春明的《兒子的大玩偶》、徐訏的《懷璧集》、朱西甯的《冶金者》，以及劉大任與邱剛健合譯貝克特的《等待果陀》、葉笛翻譯芥川龍之介的《地獄變》等國內外名家大作，每冊包覆塑膠封套，使得整體裝幀更加精美，但是價錢稍貴（《文星叢刊》單本定價十四元，精裝版《仙人掌文庫》定價十八元）。

隨之，從一九六〇年代末至一九八〇年間，幾十種「文庫本」口袋叢書相繼出現，諸如傳記文學叢刊、普天文庫、愛眉文庫、人人文庫、水牛文庫、大林文庫、大江叢書、河馬文庫、金字塔文庫、蘭開文叢、向日葵文叢等，甚至有些出版社一家同時就有數款不同封面，然其裝幀型態與版式編排大抵皆不脫《文星叢刊》之影響。

巧合的是，就在島內「文庫本」風潮大肆席捲的這段期間，剛好也正是台灣經濟快速成長、

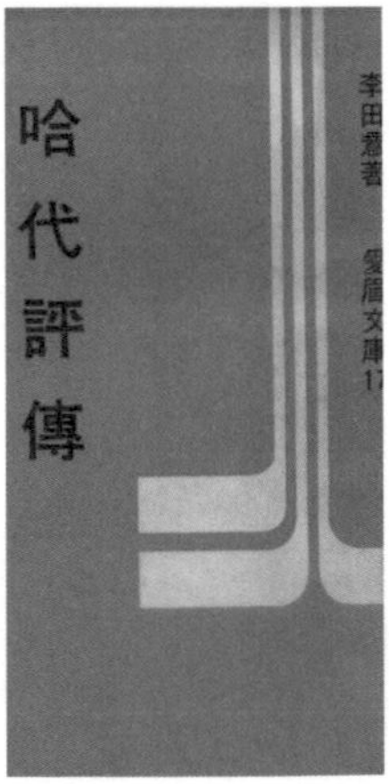

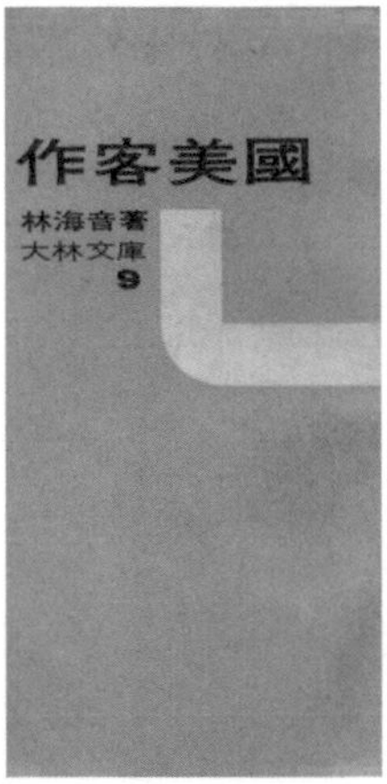

純文學出版最景氣的「黃金時代」。

如今又經歷了許多年，出版社和書店業者開始面臨所謂「景氣寒冬」到來，當年一度蔚為百花齊放的「文庫本」口袋書系，現下差不多早已全盤絕跡。畢竟台灣的讀書風氣不如日本，也缺乏足夠的市場規模，無法以大量的「文庫本」滋養著上班通勤的地鐵閱讀一族。

值此，每當我在台北街頭或捷運上隨處看到人手一機低頭猛滑，便總是一廂情願地安慰自己：台灣人並非不愛閱讀，只是閱讀的媒介與型態不同罷了。

之三：紙上電影

在過去電視機仍不普遍的年代，收聽廣播節目所帶來的生活娛樂，相信並不比電視少。（相較現今多媒體匯流時代，自從有了網際網路和平

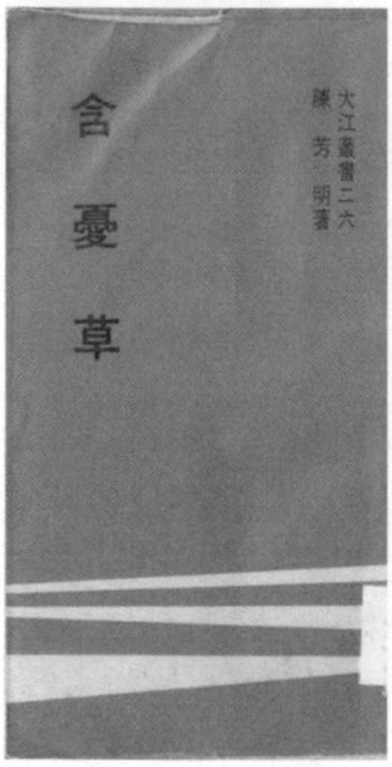

板電腦之後，誰還守著電視？）

除了上電影院、泡咖啡館、逛廟口看野台戲，彼時五、六〇年代正值盛行的，毋寧更是早昔情竇初開的紅男綠女，以及趁家務之餘打發時間的婆婆媽媽們一路捧閱追讀通俗言情小說的天下，當時甫出道未久、年方二十五的瓊瑤才剛在《皇冠雜誌》刊出了第一部短篇羅曼史《窗外》（一九六三）。在此之前，坊間（租）書店最搶手的大眾暢銷小說，乃是金杏枝的《一樹梨花壓海棠》、《冷暖人間》（該書曾在一九六五年改編成台語電影《難忘的車站》），還有禹其民的《籃球情人夢》，瀏覽其故事內容若非講述富家公子與苦命女的曲折愛戀，不然便是癡情女和負心漢的悲歡離合，總而言之就是灑盡狗血、驚濤駭浪還復來，而這兩位作者的書絕大多數都是由廖未林繪製書皮，這類封面常見以鮮明的對比顏色相互混搭，令人既覺驚豔又感矛盾的衝突，配合小說劇情本身委實確有某種異曲同工之妙，後來中廣甚至還

1966年金杏枝著《一樹梨花壓海棠》封面書影／文化圖書公司，封面設計／廖未林。

1970年金杏枝著《春風秋雨》封面書影／文化圖書公司，封面設計／廖未林。

曾以廣播劇形式合作播出「文化圖書公司」出版的禹其民《籃球情人夢》、金杏枝《晚霞》、《春風秋雨》等，那些一本本厚如磚塊的長篇作品，簡直就像是當年紅透半邊天的紙上（八點檔）青春偶像劇！

脫然有懷，記憶中忽想起上世紀六、七〇年代之交，《皇冠雜誌》曾有一段時期非常流行「紙上電影」專欄，顧名思義即是利用一幅幅連環的電影劇照，一旁配上簡短的劇情對白，讓那些還沒有機會進戲院的讀者，也能夠透過平面式的編輯圖片和紙本文字，彷彿親臨現場般看一齣電影。

此外，有別於金杏枝、禹其民恍如電視連續劇的浪漫奇情，乃至《皇冠雜誌》開創瓊瑤小說影劇一脈的大眾通俗路線，對於當年自恃走在時代尖端、標榜追求前衛與實驗精神、平日喜歡看外國電影的老派

1962年禹其民著《籃球情人夢》封面書影／文化圖書公司，封面設計／廖未林。

1960年金杏枝著《冷暖人間》封面書影／文化圖書公司，封面設計／廖未林。

1966年《劇場》第5期封面書影／劇場雜誌社，封面設計／黃華成。

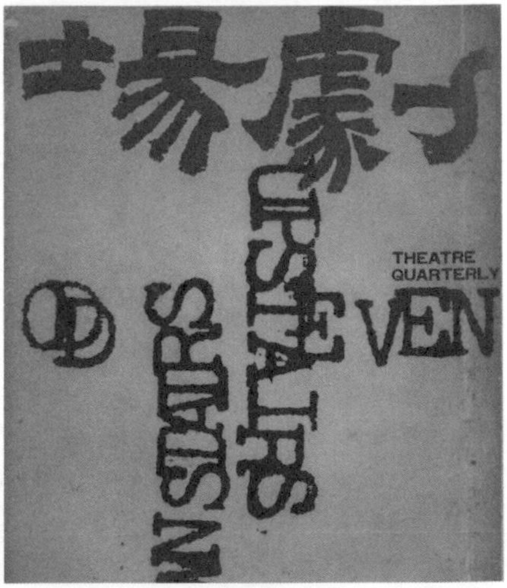

1965年《劇場》創刊號封面書影／劇場雜誌社，封面設計／黃華成。

「文青」來說，卻只有這麼一份編輯風格特立獨行、美術設計極盡搞怪反叛的《劇場》季刊，才配稱得上是他們心目中的「聖經」。

該雜誌從一九六五年元月創刊到一九六六年十二月停刊，共發行九期，其中前八期均由藝文界一代鬼才黃華成（一九三五－一九九六）主編設計。刊物內容主要以專題方式引介當時歐美、日本等地難能得見的前衛導演（如費里尼、高達、安東尼奧尼）電影劇本及其相關創作評論，另外也介紹貝克特《等待果陀》的現代荒謬劇，甚至還有美國現代音樂先鋒John Cage的作品。

有趣的是，早年在台灣有些根本還不曾放映過的前衛電影，對此有所景仰的「文青」們有不少卻是先讀了《劇場》裡的專欄推介，包括《去年在馬倫巴》、《廣島之戀》、羅布．格利葉和瑪格麗特．莒哈絲寫的電影腳本，好像真的看過了一樣地深深崇拜著，直到後來有機會在電影院看到這些昔日曾在《劇場》介紹過的「經典名片」，才驚覺它們竟如此沉悶，一點也沒有《劇場》的文字好看！

唯有愛書人才知道：文字的重量比語言深刻，文字的想像比現實更精采。

附錄

傳承台灣古書業的新世代：側寫舊香居（台大店）

二〇一二年四月十五日這天，過去二十年來吸引了為數眾多的小咖啡館、文教產業及書店業者群聚最為密集的台大公館（溫羅汀）商圈終於首度出現了一家無論就檔次與服務品質均足以媲美日本東京神保町「小宮山」等級的「Antique bookstore」（古書店）。

就在「真理堂」教會大樓旁「西雅圖咖啡」二樓，舉目即見店內設有大片玻璃櫥窗正對著台大校園新生南路側門入口，即便是偶然經過的路人都能隱約感受滿室書香氛圍彷彿呼之欲出，屋外牆面更掛著書友們熟悉的老招牌、由國畫大師黃君璧題寫的「舊香居」三字。

走上樓梯，一推開書店大門，登時便是深入瑯嬛寶山，遇上絕版逸品哪甘空手而回？內心難免掙扎一番，然後只得乖乖

黃君璧手書「舊香居」招牌高懸於台大新生南路旁。

地將囊中一張張鈔票親手奉上（所謂愛書人的「銷金窟」、「黑洞」是也），書架旁一瞥何紹基的書法對聯、藍蔭鼎的水彩風景相映成趣，室內隨處可見鏡子折射出周邊書影人影、不禁令人想像某書牆後面是否暗藏有另一處魔法密室，而端望窗外陽光灑落滿地的青蔥綠蔭近在咫尺，更教人幾乎誤以為眼前美景僅有一步之遙的錯覺。除此，就算在這裡待上一整天尋書翻書也不厭倦：舉凡三〇年代魯迅周作人徐志摩聞一多的裝幀絕品，上海四〇年代張愛玲穆時英張恨水的原版小說，日治時期的民俗台灣古文獻老地圖木刻版畫，乃至戰後五、六〇年代于右任臺靜農的手稿墨跡等，包含各種珍稀紙本古物簡直令你眼界大開、目不暇給，走讀之餘閒坐在店內歐式古典大紅沙發上看書簡直就像在「五星級」圖書館，甚至讓人總是抱怨時間不夠而難以盡興。

如我是聞，這裡便是繼二〇〇三年「舊香居」落腳於師大夜市龍泉街之後，另一處全新開幕的「舊香居」（台大店）。

午後舊香居：台北的小巴黎

自從「舊香居」第二代吳雅慧、吳梓傑姊

何紹基的書法對聯、藍蔭鼎的水彩風景相映成趣。

「舊香居」別具人文氛圍的書店沙龍。

弟倆接掌家族事業以來，由初期師大附近龍泉店的創立，到今日公館台大店的進駐，其間經歷了大抵十年累積經營的過程中，恰好也正是台灣舊書業者進行觀念革新以及世代交替最為關鍵的年頭。

迥異於一般走大眾通俗（平價）路線、強調書籍快速流通的「used bookstore」或「secondhand bookstore」（二手書店），回顧近來這幾年每逛「舊香居」於我而言最具吸引力的地方，除了此地絕無僅有的大量珍本書、羅患各種不同程度書癮症狀的書友（日人河村徹稱之為：中毒極深的「蒐書狂」），以及落落大方的美麗女主人之外，同時更不乏有海內外文化界人士造訪交流、喝紅酒開Party的獨特沙龍氛圍，還有許許多多往往令你原本料想不到會遇見的人與事。即使身在台北，但只要一進店門內就彷彿來到了充滿法式浪漫與驚奇的「小巴黎」。（事實上，今年四月中旬新開張的「舊香居」（台大店）裡面也真有擺放一座具體而微的紙模巴黎鐵塔！）

的確，誠如先前許多媒體報導所言，「舊香居」來來往往出入過不少作家名人、藝文創作者、雜誌編輯等，可我以為最難能可貴的，卻是那些在過去報導中向來不被重視的、屬於小眾性質的、具有潛力而未成名（或小有名氣但尚未竄紅）的創作者，往往早在一般主流媒體還沒注意到他們之前，「舊香居」就已在行動上先給予了實質的關注與支持，包括引進各類文學獨立出版物、提供場地舉辦新書發表會，或是協助宣傳各類攝影展、繪畫展等，迄今許多香港青年輩創作者（如漫畫家智海、詩人陳智德、小說家陳志華、鄧小樺等）每有公開活動或私人行程來台，總是不忘抽空前往「舊香居」寒暄一番，對此，書店女主人雅慧總笑稱她跟這些「香港掛」的年輕作家似乎特別有緣。

此外，「舊香居」不僅早與香港藝文界建立起深厚情誼，對於少數外籍（歐美）在台藝術家也同樣頗有些奇妙的緣分。

老客人在窗邊小桌上讀書一景。

法籍旅台藝術家François Fleche（傅自華）在舊香居。

日治時期風景明信片專櫃。

店內陳設一派古樸風雅、獨具韻味。

還記得有一回，我在開幕不久的台大店遇見一位曾經把他親手裝幀製作的插畫繪本拿來「舊香居」寄賣（據說很快就被讀者搶購一空）、目前旅居台灣從事繪畫創作的法國人——名叫François Fleche（傅自華）。畢業於巴黎美術學院（école des beaux-arts）的他，擁有扎實的古典繪畫功底，幾年前開始來台從事藝術創作、也娶了台灣太太住在金山。根據女主人雅慧的說法，François Fleche是個性格保守的「老派」法國人，但是其作品（插畫）卻每每令人匪夷所思，此君的畫風極為獨特，尤其在他擅用畫面線條、構圖及明暗層次當中經常以「女體」和「性器」為主題，既有陰陽交雜、雲雨分合，亦有化作山水自然景觀的男女肉身不斷交替變幻，甚至還從腐敗崩壞的臉部長出一條條宛如群蛆蠕動的白金女體。

今年（二〇一二）七月中旬，François Fleche準備要在「舊香居」

舉辦個人素描插畫展覽，並於展後售出這些插畫作品原稿。其中有一幅女體素描畫巧妙構成了中國山水形貌，我和雅慧都認為這是Fleche全部展出作品當中最經典的一張，雅慧似乎情有獨鍾，而我也對另外幾幅畫作頗為心動……

古書・字畫・老地圖的歲月驚奇

相較於一般國內公家單位重重深鎖的善本書室、文獻博物館，此處以絕版古書、字畫手稿、文獻老地圖為號召的「舊香居」（台大店）不僅在收藏方面毫不遜色，甚至在經營心態上反倒更為開放、自由且親近一般讀者大眾。

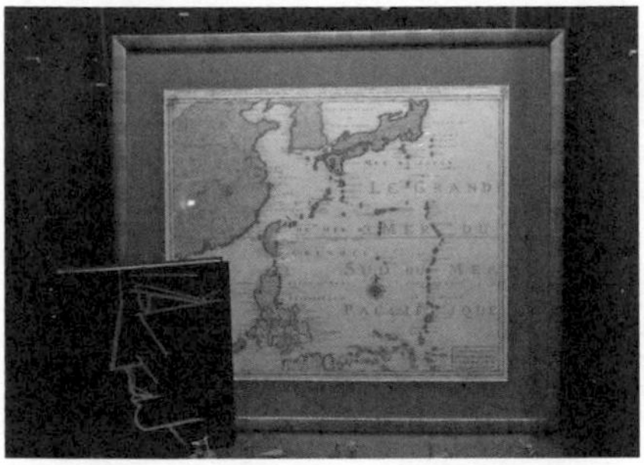

店內陳設一景。

早期中國二〇、三〇年代西方經典文學譯本。

三〇年代中國新文學珍本。

日治時代台灣研究相關史料文獻。

珍貴的西川滿限定版書刊與藏書票集。

比方說在公家圖書館往往得要特別填寫調書單、經過一段繁瑣程序之後才能得見的日治時期台灣研究相關出版物如佐山融吉與大西吉壽合著的《生蕃傳說集》、台灣總督府鐵道部編纂的《台灣鐵道史》、渡部慶之進的《台灣鐵道讀本》、伊藤武夫的《台灣植物圖說》、出石誠彥的《支那神話傳說の研究》、大谷光瑞的《台灣島之現在》等，類似這些年代久遠的絕版珍本在「舊香居」（台大店）書架上幾乎是司空見慣、隨手可及，但凡只要抱持著愛書惜物之心謹慎翻閱（畢竟老書的紙張較為脆弱），任何有興趣瀏覽的讀者（客人）在店主允許下都能直接從開架上取來閱讀。另外，當然更不用提那些平常在圖書館博物館藏難得一見的文人手稿（像是于右任、溥心畬、江兆申、臺靜農、羅家倫信札、陳定山信札、齊如山詩稿、梁實秋致陳紀瀅函、錢穆致王雲五函、雷震致彌堅函、朱西甯致陳紀瀅涵），來到「舊香居」一覽當可讓人有如醍醐灌頂、撼動心弦。

二〇一一年適逢民國百年之際，台北國際書展基金會策畫台灣主題館「精彩一百・文化紀事」活動，「舊香居」不吝提供店內收藏百餘件戰後初期南來文人的字畫、書札等珍稀文獻參與此番展期盛事，結果頗受好評，隔年「國家圖書館」有鑑於此，也開始決定利用館內收藏的明代珍本原版古籍（過去都是用複製品）作公開展覽。

換言之，像這樣的古書店簡直要比一般博物館還更像博物館。

於此，前些年（二〇一一）來台數度造訪「舊香居」、歷任哈佛燕京圖書館善本室主任的古書專家沈津曾經為文盛讚其「鬻書之功高于藏」，並以坊間俗諺：「三百六十行生意，不如鬻書于毛氏」之語設想三百年後的台北「舊香居」竟也步毛氏汲古閣的後塵，因而成就了一則現代書林佳話。

Old can be New：納藏為用、書友共享

書店，乃是書與人相遇的地方。特別是在今天逛書店遇上絕版好書的機會已是愈來愈少，而識貨者多，買書一時猶疑或手慢，事後回想起來通常只會後悔。而對「舊香居」來說，這裡並不只

沉浸在骨董、老書交織的氛圍中。

走進書店，彷彿掉入流轉的時光，沉浸書頁流連忘返。

是公開展售骨董絕版書的書店空間，同時更是一處予以細膩體會人際之間彼此交流互動、往來情分的人心試煉場。

相信熟悉「舊香居」的老客人大概都知道，此地不僅常有閱歷豐富的老書蟲彼此「搶書」鬧得凶，就連年輕一輩的蒐書愛好者之間也每每出現買書「瘋魔」的各種瘋狂舉動和行徑。

相較於某些台灣老一輩文化人總愛埋怨「現今年輕人大多不愛讀書、也不買書」，但是在「舊香居」這裡相對懂得愛書、熱衷買書的年輕人卻委實不少，甚至有更日漸增長的態勢。殊不知，此地不乏還有年輕讀者從學生時代（念大學、研究所）就已開始固定前來「舊香居」買書，即使從學校畢業一直到了出社會工作多年後也都依然保持這份習慣，甚至進一步逐漸培養古書收藏的觀念及嗜好、亦有經濟能力去購買一些高價絕版書（因此以往一般認為「只有老先生才會懂得珍惜舊書價值」這樣的說法絕對是一種偏見）。值此，參照店裡印製一張由資深美術設計者陳建銘跨刀設計的宣傳明信片上寫道：「從舊事物的記憶中，找尋新的熱情新的觀念」，其中談論對象不僅僅唯有「買書」一事，更要緊的，則是忠告青年一代設計師、雜誌編輯最好也要多逛古書店，便能從這些舊書故紙中重新發掘許多創意想像。

明代藏書家胡震亨曾謂：「祕不示人，非真好書者。」話說蒐書過程中最有趣的，莫過於和同好分享。然而，當你面臨眾人都想要搶蒐同樣一部珍本書絕無僅有的情況下，如何在諸多熟客裡面決定（判斷）該賣給哪位客人才是？這就如實考驗著身為古書店經營者的應對手腕和智慧了。為此，「舊香居」女主人雅慧總是和最後「獲准」買書之人彼此約定，日後書店若有舉辦展覽活動所需，該藏書擁有者得要盡量提供協助而不許一味私藏！

偉哉，今於「舊香居」真好書者如好飲，然獨飲當不適也！

註：二〇一三年五月，舊香居台大店因人手不足而停歇，並且遷移至龍泉店地下室古書區繼續服務諸位書友讀者，卻也在這裡留下了不少難忘的回憶，故而特撰此文誌念。

店內擺放紙模巴黎鐵塔一景。

與書有染的浪漫

明人張岱曾言：「人無癖不可與交，以其無深情也。」只是，嗜書的人其實最是無情，因為，沒有最愛，只有更愛。

自從我的第一本著作《半世紀舊書回味》出版問世（二〇〇五年）以來，迄今剛好滿十年。再加上先前因寫作碩士論文、研究台北舊書業期間而開始逛舊書店的因緣契機，隨之即對淘書產生濃厚興趣，舉凡牯嶺舊書街、台大師大附近巷弄小書店、新舊書市集、網路珍本拍賣，乃至福和橋下跳蚤市場等幾乎無所不逛、無所不淘。這十多年來，儼然已養成了一種習慣：無法克制買書的癮頭！

都是浪漫惹的禍。

尤其當你走入一家鍾愛的書店，便宛如浸潤在一片知識的書海，漫遊於書架之間，儘管你根本不可能讀遍每一本書，甚至連許多書名也只是匆匆一瞥而過，卻會令你萌生一股狂喜的暈眩感，而你仍然興奮不已，彷彿已經獲得了全世界。

彼時於我最熱衷逛書店蒐書的日子，只消隔幾天不到熟悉的書店走走，就好像平日辛勤耕作的農夫突然有一天因為沒去「巡田水」（有時一天還要巡好幾次）而為此感到惶惶不安。

回首過去，我剛開始購書無所用心，單純只為排遣個人餘興而買，之後隨著知識的積累、興趣的延伸，閱讀範圍便逐漸如滾雪球般急遽增多，以致買書脾胃愈益癲狂，寧可錯買而不可錯失，每每為求蒐得心中的奇書珍本而傾盡囊中，近年則又增添了一項新歡：黑膠唱片，無異於踏上了另一條浪漫的不歸路。

對於每個時代的文青或文化人而言，書店，不僅僅是賣書的地方，而是一處「與書相逢」、「與人相遇」的美好場域，是讓書與人完整彼此的理想所在（無怪乎古今「開書店」的浪漫想像總吸引著人們前仆後繼）。

「逛書店」之於我，與其說是樂趣或喜好，毋寧更近乎一種規律的生活、日常的浪漫。同時，也正因為書店的緣故，令我無心插柳地開啟了通往寫作出版的意外人生道上，迄今走來即便有些跌跌撞撞、風雨不斷，倒也慶幸自己總有機會得到許多人的幫助，且仍樂在其中，受益匪淺。

對此，首先我要感謝「舊香居」女主人雅慧十幾年來的一路相伴、情義相挺，無論是在平常的閱讀分享或是寫作建議等各方面，尤其每當我新書出版的時刻，必會竭盡心思替我撰寫一篇真情序文，宛如一期一會的書緣往返。

此外我更要謝謝梓傑、小琍平日在書店的熱忱服務與關切，以及浩宇的細心閱讀協助校對。

談及藏書癖的感染、愛書的情懷，往往能夠跨越不同語言文化之間的隔閡，這也是我雖然完全不懂法文，卻仍愛常去逛信鴿法國書店的主要因素，而最初這一切起心動念的源頭和緣份，都得要感謝小萩在信鴿任職期間的熱情推介，帶引我進入歐洲經典立體書、手工書繪本的美妙世界。

然後，我得要特別感謝諸位不吝提供相關資訊、願意於百忙之中撥冗陪我聊天訪談的書店主人：「胡思二手書店」阿寶（蔡能寶）、「明日書社」賴老闆、花蓮「時光二手書」秀寧、「舊書舖子」掌櫃張學仁大哥、大稻埕「一九二〇書店」周奕成大哥、「蘭臺藝廊」李紀美小姐（May）、「趣味書房」文自秀小姐。另外還有「時光二手書」店員小美，以及「舊書舖子」店員皓怡。

因為愛書無悔的你們，從不放棄對於推展閱讀文化的熱情與堅持，方得以在台灣各個城市角落造就了一道道最美的人文風景，敝人對此甚感銘心。

書與人之間的微妙牽連，毋寧是深藏於眾多愛書人心中的一個美麗情結。

因之，我要特別感謝時常於書店相遇的前輩書友老辜（辜振豐）和邱振瑞的提攜指教，也謝謝城鄉所老同學兼書友何立民在藏書領域的分享，顧小妹惠文慨然提供書影資料，並提供相關書訊的聯繫和協助。

感謝中國時報人間副刊主編簡白、自由時報主編孫梓評先生，並且謝謝多年來固定邀寫專欄的廈門《書香兩岸》雜誌編輯智曄和志偉，由於你們長期所提供自由創作的發表園地，今日遂讓寫作者的辛勞筆耕終於有了開花的機會。

話說真正的浪漫，其實乃藏在日常生活裡最不起眼的細節，就像編輯做書。

所以在最後，我仍要謝謝聯經出版公司林載爵發行人、胡金倫總編輯，感謝一直以來有你們的支持與包容，同時也要謝謝文學編輯逸華在收尾階段的編務協助。另外還有蔡南昇工作室的美編排版、雅圖創意設計公司黃靄琳製作的精緻藏書票，以及莊謹銘的封面設計，敝人在此一併銘謝。

當代名家．李志銘作品集4

舊書浪漫：讀閱趣與淘書樂

2015年9月初版　　定價：新臺幣平裝550元

精裝800元

著者	李志銘
發行人	林載爵

出版者	聯經出版事業股份有限公司	叢書主編	胡金倫
地址	台北市基隆路一段180號4樓	叢書編輯	陳逸華
編輯部地址	台北市基隆路一段180號4樓	校對	吳美滿
叢書主編電話	(02)87876242轉203	封面設計	莊謹銘
台北聯經書房	台北市新生南路三段94號	內文設計	一瞬設計
電話	(02)23620308		
台中分公司	台中市北區崇德路一段198號		
暨門市電話	：(04)22312023		
台中電子信箱	e-mail：linking2@ms42.hinet.net		
郵政劃撥	帳戶第0100559-3號		
郵撥電話	(02)23620308		
印刷者	文聯彩色製版印刷有限公司		
總經銷	聯合發行股份有限公司		
發行所	新北市新店區寶橋路235巷6弄6號2樓		
電話	(02)29178022		

行政院新聞局出版事業登記證局版臺業字第0130號

本書如有缺頁，破損，倒裝請寄回台北聯經書房更換。
聯經網址：www.linkingbooks.com.tw
電子信箱：linking@udngroup.com

ISBN 978-957-08-4610-2 (平裝)
ISBN 978-957-08-4611-9 (精裝)

國家圖書館出版品預行編目資料

舊書浪漫：讀閱趣與淘書樂/李志銘著．初版．
臺北市．聯經．2015年9月（民104年）．312面．
17×23公分（當代名家．李志銘作品集4）

ISBN 978-957-08-4610-2（平裝）
ISBN 978-957-08-4611-9（精裝）

855　　104016759